남해의 고독한 성자聖者

남해의 고독한 성자聖者

초판 1쇄인쇄 2022년 6월 27일
초판 1쇄발행 2022년 6월 30일

저   자 변영희
발행인 박지연
발행처 도서출판 도화
등   록 2013년 11월 19일 제2013 - 000124호
주   소 서울시 송파구 중대로34길 9 - 3
전   화 02) 3012 - 1030
팩   스 02) 3012 - 1031
전자우편 dohwa1030@daum.net
인   쇄 유진보라

ISBN | 979 - 11 - 90526 - 85 - 2 *03810
정가 15,000원

*장편소설 『남해의 고독한 성자(聖者)』는 2021년 10월부터 12월까지 남해군 상
주면 노도길 22 - 22 문학의 섬 노도창작실에 제1기로 입주하여 저작했습니다.

도화道化, fool는

고정적인 질서에 대한 익살맞은 비판자,
고정화된 사고의 틀을 해체한다는 뜻입니다.

남해의 고독한 성자聖者

변영희 장편소설

도화

남해유배문학관 전경.
'남해유배문학관' 현판은 고 신영복 교수의 글씨다.

오래전. 대수술을 받고 3년여 동안 거의 누워 지냈다. 그때 존경하는 지인 한 분이 이런저런 설명도 없이 나에게 『구운몽』을 읽으라고 하셨다. 하필 하고많은 책 중에서 구운몽? 나는 반드시 무슨 뜻이 있을 것이라고 생각했다. 구운몽이라면 고등학교 시절 국어 시험에 나오는 사씨남정기와 함께 익히 알고 있는 책이었다.

아들에게 당장 구운몽을 새로 구입하도록 부탁. 누운 채로 구운몽을 읽기 시작했다. 소염진통제, 항생제 대신 책 속으로 통증을 밀어넣었다. 환자의 시간을 극복하고자 구운몽을 읽기 시작하면서 자주 웃게 되었다.

육관 대사와 수행자 성진, 세속에 환생한 양소유, 남악 여 신선의 시녀侍女 여덟 선녀가 펼치는 이야기가 너무나 엉뚱해서 웃고 울다 보니 절로 독서의 유익과 장점을 헤아리게 되었다. 소설 구운 몽은 재미가 있었다. 읽을수록 신기하고 새로웠다. 초췌한 환자에 서 일약 구운몽 일급 독자로 승격했다. 세상에는 꿈 이야기가 많 다. 나는 청허휴정淸虛休靜 서산대사의 선시를 다시 보았다. 전에 지리산 산인山人이 글씨를 써주서서 액자에 넣어 벽에 걸어둔 것이 었다.

삼몽사/ 서산대사

주인몽설객(主人夢說客) 주인이 나그네에게 꿈 이야기를 하고
객몽설주인(客夢說主人) 나그네도 주인에게 꿈 이야기를
하네
금설이몽객(今說二夢客) 지금 꿈 이야기를 하는 두사람
역시몽중인(亦是夢中人) 이들 역시 꿈속의 사람들이네

구운몽이 여기에도 등장하나 싶었다. 흔히 사람들은 우리의 인 생이 일장춘몽이라고 한다. 그 일장춘몽을 살아내느라고 각자 자 기 배역, 연기에 골몰한다. 연기를 하는 사람이나 연기를 보는 관 객은 몽중몽인. 구운몽 속의 성진, 소유할 것 없이 모두 한바탕 꿈, 꿈속의 사람들이 아닌가.

환자로서 살맛 있으려고 구운몽을 읽었고, 지금은 『남해의 고독 한 성자聖者』를 통해서 감히 서포 선생을 신원伸冤하려고 그 대오

에 서 있다. 구운몽의 저자 서포 선생도, 나 역시도 몽중몽인, 그렇다면 더 말할 것 없이 한바탕 꿈속에 노닐던 호접몽胡蝶夢인가. 끝내 나비도 장자도 아닌, 어쩌면 장자도 될 수 있고 나비가 되기도 하는.

꿈속의 양소유와 실제의 성진은 다를 바가 없다. 따라서 구운몽의 저자 서포 선생뿐 아니라, 이 책을 읽는 독자 또한 성진도 되고 양소유도 될 수 있다. 불가에서 분별심을 버리라는 말씀, 불이不二의 가르침과 무엇이 다르단 말인가.

지난 8개월여 동안 『남해의 고독한 성자聖者』를 지극히 존경하고 사모하는 마음으로 집중, 집필했다. 초고는 남해 노도창작실에서, 퇴고는 귀가해서 조심스럽게 마칠 수 있었다. 오로지 서포 선생의 전무후무한 충심 효심 문심을 배워 시방세계에 널리 알리고 싶었다. 성자 각자 신선인 서포 선생의 인품은 어느 생애에서도 두 번 다시 만나보기 힘들 것이라고 확신하기 때문이다. 또한 서포 선생의 어머니 윤 부인의 모성도 각별히 살펴 부각시켰다. 오늘날 윤 부인 같은 모성을 만나기는 하늘의 별 따기일 것 같다. 서포 선생이 남해 노도 섬에서 세계명작 『구운몽』의 기적을 이룬 데에는 하늘의 뜻과 숭고한 이치가 분명 존재한다고 여긴다.

코로나19가 맹위를 떨치는 이 시대에 꿈속에서 꿈을 꾸듯, 많은 분들이 『남해의 고독한 성자聖者』를 일독해주시기를 간절히 희망한다.

여기까지 읽어주신 여러분께 진심으로 감사드립니다.

임인년 여름

변영희 두손모음

차 례

작가의 말

남해의 고독한 성자聖者

선상의 아기

추위가 맹위를 떨치는 병자년 겨울이었다. 시나브로 내리던 눈이 함박눈으로 변했다. 온 세상은 금세 눈보라로 뒤덮였다.

눈보라를 뚫고 청의 기마부대가 압록강을 건너 강화도로 쳐들어왔다.

─대감들께서는 원손과 대군들을 호위하여 강화성으로 들어가시오!

왕의 명령이었다. 영의정 김상헌의 형 김상용 대감과 김만중의 조부 참판공 김반, 둘째 아버지 창주공 김익희가 임금의 수레를 모시고 강화성으로 떠났다. 수레 위로 함박눈이 폭폭 내려 쌓였다. 길은 미끄러웠다.

김만중의 아버지 성균관 학생 김익겸은 만중의 할머니 서 부인을 모시고 강화도에 들어갔다. 생원공의 부인 윤 부인(만중의 어머

남해의 고독한 성자(聖者)

니)은 만삭의 몸으로 성 바깥 마을에서 남편과 떨어져 큰아들 다섯 살 만기와 지내고 있었다. 윤 부인은 무엇보다도 나라가 화평하여 가족들과 태중의 아기가 무사하기만을 기도했다.

무슨 소리를 들었던가. 무슨 기미를 눈치챘던가. 윤 부인이 갑자기 집 밖으로 나갔다. 그 지역 선비의 부인과 사녀들이 치마를 거머쥐고 허둥지둥 마니산으로 올라가고 있었다. 강화성 쪽에서 시뻘건 불길이 치솟았다. 눈보라를 뚫고 화약 냄새와 피 냄새가 훅, 끼쳐왔다.

마니산으로 올라가는 그들 말고도, 어디서 몰려왔는지 모를 피난민들이 강 쪽으로 급하게 달려갔다. 일이 수상하게 돌아가는 모양새였다.

윤 부인은 본능적으로 생명의 위협을 느꼈다. 당장 어디론가 피난을 가야 할 것 같았다. 다섯 살 만기의 손을 꼬옥 쥐었다. 장쇠가 윤 부인을 뒤따라와 만기를 등에 업었다.

윤 부인은 무작정 강가로 나아갔다. 구할 수만 있으면 배를 타고 육지로 나가기로 작심한다. 윤 부인이 급히 움직이자 만기가 장쇠의 등에서 내려 어머니 손을 잡았다.

—나는 강가로 나가서 배를 얻으면 살 것이요, 얻지 못하면 마땅히 물에 몸을 던져 적에게 욕을 보이지 아니함이 옳도다.

윤 부인이 결연히 말한다. 일행이 포구에 이르렀다. 윤 부인의 기도에 응답이 일어난 것인가. 전지에서 후퇴하고 돌아가는 피난선 영남전선嶺南戰船을 발견하게 된다.

―오랑캐 쯤은 걱정할 게 못 된다. 갑곶진을 방비하지 말라!

강화도를 지키는 수신 김경징이 큰소리쳤다. 그가 갑곶진을 수
비하기 위해 온 지원군, 삼남수군三南水軍에게 그렇게 명했기 때문
에 영남전선은 전쟁에 임하지도 않고 후퇴하는 중이었다.

큰 배 한 척이 푸른 물결을 가르며 서해바다 가운데로 나아가고
있다.

―이보게! 어서, 저, 저 배를 세우도록 하게!

배를 발견한 윤 부인이 비복에게 분부했다. 윤 부인의 입에서
강 물살이 갈라지듯 고함이 연속 터져 나왔다. 강을 건느냐 못
건느냐에 생사가 달린 위급한 상황이었다.

―여보슈! 뱃님네들! 여기 환자가 있어요! 사람 좀 살리라요!

장쇠가 소리쳤다. 두건을 벗어들고 세차게 흔들었다. 한 번 두
번, 몇 차례나 목이 터져라 배를 향해 악을 썼다. 강 물결이 하얗게
질려 높이 튀어 오른다. 갈매기도 날개를 펼치고 멀리 날아간다.
배는 무심한 듯 점점 멀어져 갔다. 윤 부인이 멀어져 가는 배를 보
고 죽기를 작정한다.

―할 수 없다. 이 지경에 내 어찌 살기를 바라겠는가.

풍덩!

눈 깜짝할 사이였다. 강물 소리가 한겨울 꽁꽁 언 산하를 울렸
다. 강에는 바윗돌 같은 두꺼운 얼음덩어리가 둥둥 떠다니고 있
었다.

풍덩!

장쇠가 강물로 뛰어들었다. 얼음 덩어리를 헤치고 물에 가라앉으려는 윤 부인을 겨우 구했다. 이미 몸이 얼고 생기를 잃은 상태였다.

장쇠가 윤 부인을 강에서 건져 올려 모래바닥에 누인다. 장쇠가 다시 배를 향해 악을 썼다. 웃저고리를 벗어 들고 허공에 마구 휘둘렀다.

－어머니! 어머니! 눈 좀 떠 보세요! 나 만기여요! 나 보여요?

만기가 기척 없는 어머니 윤 부인을 부른다. 강바람이 심하게 불었다. 만기는 거세게 휘날리는 눈보라가 원망스럽다.

강 위를 날아가는 갈매기가 애타게 부르는 장쇠의 그 소리를 전해 주었던가. 홀연 피난선이 방향을 돌리기 시작했다.

배가 물살을 힘차게 가르며 윤 부인이 누워있는 뭍으로 다가왔다. 가까스로 윤 부인이 정신을 추스린다. 장쇠의 부축을 받아 배에 오른다. 장쇠가 만기를 덥석 안아 배에 태운다. 장쇠도 재빨리 배에 오른다. 배 안의 승객들이 윤 부인 일행에게 자리를 내어준다.

윤 부인은 어렵게 자리를 얻었다. 언 몸을 바로 누인다. 얼마의 시간이 흘렀을까. 배가 다시 방향을 잡고 강 위를 미끄러져갔다.

윤 부인이 눈을 감은 채 휴~ 큰 숨을 내쉬었다. 수런거리던 사람들이 다시 제자리로 돌아갔다.

－으아! 으아!

아기 울음소리였다. 영남전선에 돌연 새 생명의 탄생을 알리는 울음소리가 서해바다의 파도를 타고 멀리 흩어져갔다. 모체와 함께 얼음 강에 빠졌던 태아가 살아서 세상에 나온 것이다.

병자호란 와중에 퇴각하던 병선을 얻으므로 비록 선상에서지만 윤 부인은 무사히 아기를 출산한다. 정축년 2월 10일 정오였다.

─으아! 으아!

아기의 울음소리는 힘찼다. 하마터면 산모도 아기도 생명을 잃을 뻔했지 않은가. 후퇴하는 피난선이 아기의 산실이 되었다. 아버지는 가고 아들은 온 것이었다. 배 안에 있던 사람들이 산모 곁으로 모여왔다. 입었던 털옷을 벗어 산모와 아기를 덮어주는 따뜻한 손길도 있었다.

─허! 그 녀석 한 인물 하게 생겼군!

─대학사 감이여!

윤 부인은 아무것도 보이지도 들리지도 않았다. 기력을 차리지 못한다. 깊은 혼수상태에 빠져 있다. 아기를 들여다보던 사람 중에 누군가가 더운물을 가져와 산모와 아기의 입안에 흘려 넣어 주었다.

2월은 한겨울보다 더 바람이 매웠다. 비록 배 안이라고는 하지만 거친 파도와 함께 밀려오는 강바람은 선실에 한기를 뿌렸다.

─내 한 몸이었으면 나도 역시 사람인지라 검붉은 불길과 피 냄새가 하늘을 찌르고 전란의 살성이 내게도 다가오니 살 뜻이 전혀 없었노라. 강물에 몸을 던져버리는 게 적에게 몸을 더럽히기보다 나을 것이라 여겼도다.

윤 부인이 정신을 추스르고 배에 탄 사람들에게 고백했다. 승객들이 일제히 손뼉을 쳐 아기의 탄생을 축하해 주었다. 영남전선은 만중의 산실이 되었고, 배에서 태어났다고 해서 그의 이름을 선생船生이라 불렀다.

―하늘이 점지한 생명인지라 자식도 살리고 난리 중에 여자가 능히 정절을 온전히 하여 살아났도다.

윤 부인은 만감이 교차했다. 병자호란 와중에 퇴각하던 병선을 얻어 비록 선상이지만 만중을 무사히 출산한 것, 윤 부인은 자신도 아기도 죽지 않고 살아난 것을 하늘의 도우심으로 여겼다. 윤 부인은 눈을 감았다. 전신으로 피곤이 밀려왔다.

―강화도가 적에게 무너지던 날 참으로 참혹했지요.

―충신 김상용 대감은 굴욕을 못 참으시고 그만 분신을 하셨다고 합니다.

―그뿐이 아닙니다. 불타 죽은 사람 중에 젊은 생원공生員公이 있다지 않습니까?

―그렇죠? 생원공 김익겸은 사우士友를 규합하여 관군을 도와 죽음으로 강화성을 지킬 계획을 세웠다던데요.

―아들이 불타 죽자 그 생원공의 어머니도 품 안에서 은장도를 꺼내 그만 자결했다 합니다.

비몽사몽이던 윤 부인은 긴가민가 자신의 귀를 의심한다. 졸지에 남편과 시어머니의 흉한 소식을 듣게 된 것이다. 윤 부인이 졸도한다. 윤 부인은 몸과 혼이 어디론가 멀리 사라져버리는 것 같다. 보이느니 동서 사방에 검은 장막뿐이었다.

어머니가 정신을 잃자 만기도 앙! 하고 울음보를 터트렸다. 만기로서는 오래 참아온 눈물이었다. 눈물이 볼을 타고 주르르 흐른다.

－어머니! 어머니! 앙! 앙!

만기가 어머니 손을 잡고 흔든다. 윤 부인이 만기의 울음소리에 놀라 몸을 일으키려 한다.

－오, 내 아들!

윤 부인은 큰아들을 껴안고 흐흐흑! 흑! 소리죽여 흐느낀다. 배 안의 승객들은 그들 모자를 바라보며 한숨을 쉬었다.

난리가 점차 진정되어갔다. 남한산성에 머물던 김장생의 3남인 만중의 할아버지 김반과, 만중의 둘째아버지가 강화도로 달려갔다.

강화도는 곳곳에 전쟁의 상흔이 그대로 남아 있었다. 아군과 적군, 백성들의 시체가 성안과 밖에 널려있었다.

－음마! 음마!

피바람 속에 살아남은 아기들이 어미를 부르며 사방에서 눈 위를 기어다녔다. 어떤 아기는 이미 죽어 있는 어미의 젖을 빨고 있었다. 차마 눈 뜨고 볼 수 없는 참상이었다.

만중의 숙부 창주공 김익희와 할아버지 참판공 김반은 서 부인과 김익겸의 주검을 간신히 찾았다. 사체는 뭉그러져 눈으로 보기

도, 손으로 만지는 것도 끔찍했다. 온몸에 경련이 일어나고 소름이
끼쳤다.

─아이고~ 아이고~

애절한 곡소리에 강물도 놀라 흐느꼈다. 그들은 만중의 할머니
서 부인과 만중의 아버지 생원공의 주검을 거두어 교하 청라촌으
로 가서 임시로 묻었다.

─이 무슨 마른하늘에 날벼락인고. 어서 여기를 떠나자!

울어줄 사람도 없는 쓸쓸한 최후였다. 소리 내어 울 수도, 마냥
슬퍼만 할 수도 없다. 그들은 서둘러 교하 청라촌을 떠나 한양으로
돌아왔다.

윤 부인이 몸을 추스려 일어났다.

─내가 죽는 것은 참으로 시원하나 남은 어린 것들, 만기 만중
형제로 하여금 입신케 하지 못하면 어떻게 지하에 가서 군자를 뵐
수 있겠는가.

가까스로 자리에서 일어난 윤 부인이 추연히 말한다. 혼자 몸이
라면 남편과 시어머니를 따라 윤 부인도 죽고 싶었다. 어미마저 죽
고 없으면 두 아들은 누가 거두어 주겠는가. 윤 부인이 살아남은
까닭이다.

남편과 시어머니를 잃은 윤 부인의 삶은 역경의 나날이었다. 윤
부인은 자신의 안위보다 두 아들의 양육과 장래를 염려했다.

윤 부인은 슬픔을 억누르고 만기 만중 형제를 데리고 친정으로

가기 위해 행장을 꾸렸다. 윤 부인은 강물에 빠졌을 때 자신의 생명을 구해준 장쇠를 부른다.

—그동안 고생 많았네. 내가 가진 것이라고는 이것밖에 없으니 자아, 이걸로 여비를 하게. 이제 고향으로 돌아가거라, 참으로 고마웠다!

—마님! 이러시면 안 됩니다.

극구 사양하는 장쇠에게 윤 부인은 장지에 끼고 있던 금반지와 머리에서 옥비녀를 풀어 걸망에 넣어 주었다.

윤 부인은 만중을 등에 업는다. 큰아들 만기는 어미를 쫓아 제법 잘 걸었다. 그들은 발걸음을 재촉했다. 장쇠가 멀어져 가는 윤 부인 일행을 한참이나 지켜보고 서 있다.

—쯧쯧. 네가 이 난리 중에 살기를 작정하고 나를 찾아왔구나!

손녀딸 윤 부인을 맞이하는 친정 할아버지 윤신지의 언사에 울분과 슬픔이 배어 나왔다.

—잘 왔다. 혹 네가 전란 중에 어떻게 될까 몹시 걱정이었구나.

윤 부인의 친정어머니 홍 부인도 버선발로 달려 나왔다. 홍 부인이 딸에게서 아기를 받아 안았다. 홍 부인은 전란 중에 딸 삼모자가 용케 살아서 돌아온 것이 꿈만 같았다.

—저는 몸이 따르지 못하여 이리도 저리도 못하고 감히 할아버님의 은후를 받자와 예까지 오게 되었습니다.

—오냐! 잘 왔다.

윤 부인이 친정할아버지 윤신지와 할머니 정혜옹주 그리고 친정어머니에게 재배를 올렸다. 여섯 살 만기도 윤 부인을 따라 공손히 절을 했다.

−어서 안으로 들라!

할머니 정혜옹주가 시자를 불렀다.

−아씨와 아기들을 조심히 모시도록 하라.

할머니 정혜옹주가 시자에게 뒤란의 방으로 손녀인 윤 부인을 안내하도록 분부했다. 윤 부인의 친정할아버지 윤신지는 저간의 참람한 세정을 헤아리는 듯, 더 말씀이 없으셨다.

어머니 선생님

만중의 어머니 윤 부인은 경북 선산의 해평 윤 씨 집안에서 부친 예조참판 윤지와 모친 홍 부인의 무남독녀로 태어났다. 윤 부인은 날 때부터 두뇌가 명석하였다. 좋은 가문의 무남독녀로 가족들의 사랑을 독차지했다.

유아 시절 할머니 정혜옹주에게 소학을 배운 총명한 손녀였다. 하나를 알면 열을 깨우쳤고, 점점 자라면서는 경서와 사기에 통달하였다. 그녀는 스스로 자신을 향상시키기 위해 늘 서책을 벗 삼았다.

─손녀와 더불어 대화를 할 때면 매양 가슴속이 확! 트이는 것 같다.

윤 부인의 친정 할아버지 윤신지가 말했다.

─저 애가 만일 남자였으면 우리 집안에서 대제학이 나오지 않

았겠느냐.

윤 부인은 집안 어르신에게 칭찬을 받는 슬기로운 여식이었다. 윤 부인의 할머니 정혜옹주와 할아버지 윤신지는 손녀의 재주와 총명을 무엇보다 아까워라 했다.

－총명하고 지혜로워 한 번만 가르쳐도 즉시 깨달으니 아깝다! 저애가 여자 된 것이….

윤 부인의 어린 시절 할머니 정혜옹주는 손녀에게 소학을 가르치며 혀를 끌끌 찼다. 정혜옹주는 손녀의 총명하고 지혜로움으로 인해서 여자 된 윤 부인의 앞길이 어려울까 걱정했다. 실제로 윤 부인의 삶은 어렵고 사연이 많았다.

열네 살에 진사 김익겸에게 출가한 윤 부인은 열여섯 살에 맏아들 만기를 낳았다. 스물한 살에 만중을 피난선에서 낳기까지 남편과 같이 산 것은 불과 몇 년이었다. 남편 김익겸이 전란에 휩쓸려 비명에 갔을 때, 그녀 나이 스무 살을 겨우 넘었다. 꽃다운 나이였다.

할머니 정혜옹주의 말처럼 윤 부인에게 여자 됨의 불운이 닥쳤다. 병자호란으로 남편을 잃은 그녀가 감내하기에는 현실은 너무나 버거웠다.

윤 부인은 아비 없는 아들 형제와 함께 세 모자의 삶을 친정에 의탁했다. 그녀는 친정어머니 홍 부인의 가사를 도왔다. 또한 아버지 윤지에게 정성을 다해 효도했다. 윤 부인은 한시도 쉬지 않고 친정 가사를 돌보았다.

두 아들 만기 만중 형제에게는 아버지도 할머니도 계시지 않아 윤 부인은 더욱 자식 교육에 열성을 보였다. 그녀는 몸소 어린 두 아들에게 글을 가르치기로 작정한다.

전란 중에 퇴각하는 배를 만나 배에서 유복자 만중을 출산한 윤 부인은 잠시도 두 아들의 교육을 등한히 할 수가 없었다. 만기 만중 두 아들을 철저하게 훈육했다.

그녀는 수시로 만기 만중 두 아들에게 아버지가 안 계시다는 냉엄한 현실, 남편 없이 혼자서 자식을 기르는 자신의 고충에 대해 깨우쳐 주었다.

어머니로서의 본분 외에 아버지 역할까지 도맡은 윤 부인은 수시로 그 사실을 두 아들에게 상기시켰다.

─너희들은 다른 사람에게 견줄 바가 아니다. 재주와 학문이 모름지기 당나라 문인 소동파만큼 뛰어나야 하리라. 사람들이 행실 없는 이를 꾸짖을 적에 반드시 과부의 자식이라 하나니, 너희들은 내 말을 마땅히 뼈에 새길지어다.

깊은 뜻이 있는 말씀이었다. 아버지가 있는 다른 사람과는 비교하지 마라. 아버지가 계시지 않음으로 너희들은 당나라 때 그의 모친에게 공부를 배운 소동파처럼 더 잘나야 한다고 강조했다. 소동파는 그때 이미 만기 만중 가슴에 새겨졌다. 과부의 자식이라고 남에게 업신여김을 받아서는 안 된다는 지엄한 말씀이었다. 그 말의 의도는 두 아들에게 내리는 훈육 지침이었고, 윤 부인 자신을 향한 다짐이기도 했다.

윤 부인은 만기 만중 형제에게 아버지가 건재하는 다른 애들보다 한 단계 더 높이 올라가야 한다고 당부하면서 스스로도 뜻을 굳건히 했다. 처음 단계부터 학습 계획을 분명히 세웠다. 그녀의 삶이 고달픈 것과 반비례하여 두 아들의 양육에 일종의 신성한 사명감을 느꼈다.

친정에 온 후로 만중 어머니는 세시 제사를 공경스럽게 행했다. 명절이나 좋은 날에도 비단옷을 몸에 걸치지 아니했다. 화려한 자리에는 한사코 나가지 않았다. 화려한 자리보다는 그녀는 두 아들 교육과, 그녀 자신 미망인으로서의 체통과 품격을 무엇보다 중하게 여겼다.

만중은 만기 형과 어머니 윤 부인이 다 함께 외갓집에 살게 되자 나름대로 안정을 찾았다. 그러나 일가친척이 번다한 집안이므로 상사가 자주 일어나 집안이 어수선했다. 만중 4세 때 조부 참판공 김반이 타계했다. 윤 부인에게는 시아버지였다. 참판공은 병자호란이 끝난 직후 만중의 숙부와 함께 강화도에 달려가서 서 부인과 만중의 부친 생원공 김익겸을 애도했다. 황망 중에 시신을 서둘러 수습하여 청라로 가서 임시로 묻고 오지 않았던가. 참혹한 전란에 다행히 살아남기는 했어도 전란의 후유증은 이렇듯 심각했다.

9월에 회덕 정만리에 참판공을 장사 지내고 강화도 함락 당시 자결한 서 부인을 옮기어 한 자리에 같이 모셨다. 만중의 할아버지와 할머니는 사후에 비로소 다시 만난 것이다. 만중의 아버지 김익겸도 같은 언덕에 모셨다.

만중은 8살이 되었다. 외할아버지 하빈공 윤지가 돌아가셨다. 친할아버지가 돌아가시고 4년 후였다. 친할아버지에 이어서 외할아버지마저 돌아가시자 가세가 급격히 기울었다. 끼니를 잇지 못할 정도로 어려움을 겪게 된다.

가까운 인척들의 도움으로 근근이 생활을 유지한다. 윤 부인이 손수 베를 짜고 수를 놓고 길쌈을 하는 등, 갖은 고생을 겪는다.

만중은 자라면서 자신의 특수한 운명에 대해 지극한 아픔을 겪는다. 전란 중 퇴각하는 배에서 태어났다고 하여 자신의 이름이 선생이 된 것, 태어나기 불과 이십여 일 전 강화성에서 아버지가 순절하고 할머니도 자결하므로 손자로서 할머니의 사랑도 받지 못하는 것, 평생토록 아버지 얼굴도 못 보고 살아가야 하는 유복자라는 것, 영영 아버지를 만날 수 없다는 사실을 힘겨워했다. 어머니 윤 부인이 만기 만중 형제에게 큰 버팀목이었다.

─어머니 모시고 행복하게 살 거야!

만기 만중 형제는 늘 입버릇처럼 말했다. 그들은 어린 마음에도 어머니 윤 부인이 고생하는 것을 모르지 않았다. 밤에 자다가 혹 깨어나면 어머니는 베틀 위에 올라 베를 짜고 있었다.

─어머니! 아직 안 주무셨어요?

만중이 잠자리에서 일어나 윤 부인 곁으로 다가온다.

─오! 만중아 잠이 깼구나. 내 조금 있다가 잘 터이니 너는 잠을 더 자거라.

윤 부인이 만중을 꼭 껴안아 준 다음 자리에 데려가 이불을 덮어주고 다시 베틀에 올랐다. 밤을 지새워 몸소 베 짜고 수놓아 자급자족한다고 하지만 살림살이는 매양 부족함을 면치 못했다.

두 형제는 오로지 공부 잘해서 벼슬길에 나아가 어머니를 편안하게 모시겠다고 말했다. 어려서부터 공부 잘하는 것이 가장 큰 효도요, 나라의 동량지재가 되는 지름길이라고 여겼다.

땔나무가 없어서 술통을 쪼개어 땔 형편에 이르렀지만 윤 부인은 애써 태연히 지냈다. 다른 어머니 같았으면 이렇게 말했을 것이다.

―밤낮 책만 붙들고 있으면 책에서 밥이 나오느냐, 쌀이 나오느냐? 냉큼 지게 지고 산에 올라가서 나무 좀 해오너라.

윤 부인은 달랐다. 두 아들에게 곤궁한 살림살이 때문에 근심스러운 모습을 보이지 않았다. 만기 만중 형제가 땔 나무가 없는지 밥 지을 쌀이 떨어졌는지 알아채지 못하게 했다. 자식들이 집안일을 걱정하느라 배움에 방해가 될까 염려했다.

만중은 날 때부터 자질이 출중한 데다 책을 붙들면 놓지 않았다. 외종조 할아버지 해숭공 윤신지와, 둘째 아버지 김익희를 좇아 경서와 사기를 배웠다. 또 만중의 형 서석공에게 글 짓는 공부를 배웠다.

―너희 형제는 오직 문학에 힘써야 할 것이요, 빈곤을 근심하여 생업을 마음에 두어서는 안 된다. 사람이 비록 가난하더라도 굶어 죽는 이는 없느니라.

윤 부인은 아무리 곤궁해도 살아가는 방도는 있다고 믿었다. 윤 부인의 두 아들에 대한 교육은 자애로운 가운데 온전하고 완벽했다. 가난하더라도 문학을 중히 알고 부지런히 갈고 닦으라는 분부였다.

윤 부인은 전생에 남아였던가. 부녀자로서 가산보다는 오직 문학을 귀히 여겼다. 훗날 그녀는 손자녀들에게도 문학에 힘써야 함을 가르쳤다.

―할머니! 할머니는 선산善山 서당 훈장님 같아요.

손자녀들도 할머니에게 공부를 배웠다. 때로는 선산 서당 훈장님처럼 엄하다고 애교 섞인 투정을 하기도 했다. 윤 부인은 그냥 보통의 아녀자가 아니었다. 두 아들의 선생님, 박식하고 영명英明한 김 씨 가문의 명교사였다.

만중은 젖먹이 때부터 어머니로부터 경서와 사기를 구송으로 익힌 천재였다. 만기 만중 두 아들은 어머니 윤 부인의 수제자였다.

―대학지도는 재 명명덕하며 재 신민하며 재 지어지선이니라.[1]

윤 부인이 만중에게 대학 편을 읽어준다. 만중은 한 글자도 어긋남이 없다. 그대로 옹알옹알 따라 읽었다. 만중은 형 만기가 글 읽는 것을 옆에서 잠시 듣기만 해도 그 뜻을 곧 깨우쳤다.

---

1. 大學之道 在 明明德 在 新民 在至於至善

남해의 고독한 성자(聖者)

만중의 유아기에 그의 어머니는 왼손엔 미음 그릇, 오른손엔 회초리를 들었다. 공부 자세가 조금이라도 해이해진 눈치가 보이면 만중 형제는 가차 없이 어머니 선생님의 회초리를 맞아야 했다.

─아야야! 어머니 잘못했어요. 다시 외울게요.

두 아들은 회초리를 맞은 날, 틀린 구절을 한두 번 읽는 게 아니었다. 열 번이고 스무 번이고 달 달 외울 정도가 되어야 책을 손에서 내려놓았다.

그의 형 만기 서석공이 광주 부윤으로 부임할 때에 만중은 형제의 어릴 때 기억을 시로 지었다.

> 큰애는 낭랑히 시경과 예기를 외우고
> 작은 애는 글 배우는데 아직 젖먹이러라
> 왼손엔 미음 그릇, 오른손엔 회초리
> 가르침으로 사랑 삼으매 어머님 마음 아파라

만중이 시에서 언급한 것처럼 어머니의 가르침이 윤 부인의 자식 사랑이고 변함없는 일상이었다. 두 아들에게 가르침을 베푸는 것이 전부였다고 할 만큼 엄격하고 철저했다. 윤 부인은 길쌈과 수를 놓아 조석을 이었다. 삶은 갈수록 팍팍하고 버거워졌다. 두 아들이 조금이라도 학문하는데 게으른 빛을 보이면 무섭게 꾸짖었다. 그런 어머니를 볼 때마다 어질고 착한 만중의 마음은 더욱 아팠다.

―너희 부친이 너희 형제를 나에게 의탁하고 하늘나라로 갔거늘, 너희들이 어찌 이렇듯 게으르게하니 내 죽어 하늘나라에 가면 무슨 면목이 있으리요. 글을 못하고 사는 것은 차라리 죽는 것만 못하다.

만중은 어머니의 그 말씀을 듣고 아버지가 하늘나라에 계신다고 믿게 되었다. 그때부터 하늘나라에 대해서 호기심이 생겼다. 하늘나라 호기심은 훗날 만중이 천문, 역법, 주역, 도가, 불가에 대해 깊이 공부하는 계기가 되었다.

윤 부인은 사람으로 태어났으면 반드시 글공부를 열심히 해서 사회적으로 명성을 얻고 인정을 받아야 한다는 입신양명을 꿈꾸었던가.

입신양명은 『효경孝經』에 나오는 말이다. 『효경』은 유가의 십삼경 중 하나이며, 효를 주된 내용으로 하는 책이다. 제1장인 개종명의장에는 책 전체의 개요를 밝히고 있는데 그중 다음과 같은 구절이 있다.

신체의 머리털과 살갗은 부모에게서 받은 것이니 감히 손상하지 아니함이 효도의 시작이고, 입신출세하여 도를 행하여 후세에 이름을 드날려 부모를 드러내는 것이 효도의 마침이다.[2]

---

2 開宗明義章 身體髮膚, 受之父母, 不敢毁傷, 孝之始也. 立身行道, 揚名於後世, 以顯父母, 孝之終也.

전란으로 남편을 잃은 윤 부인은 두 아들이 학문을 부지런히 연마해서 입신양명하여 스스로의 사회적 지위를 높이고 남편 김익겸의 몫까지 성취시켜주기를 원했는지도 모른다.

어머니 선생님 윤 부인에게 지극히 자랑스러운 일은 일곱 살 만중이 치아를 갈 때부터 그의 문재를 인근 각처에 드러낸 사실이었다.

─세상에 양반댁 부녀로서 자식에게 손수 글을 가르치는 윤 부인 같은 어머니가 어디 있겠노. 그 댁 두 아들도 여간 총명한 게 아니구마.

─양반 마님이면서 어쩌면 베짜고 바느질을 그리 야무지게 잘하누.

이웃들이 사랑에 모여 앉으면 만중 형제와 그 어머니를 탄복하여 마지않았다. 윤 부인은 당연히 모든 어머니들의 귀감이었고, 만기 만중 형제는 동리 아이들의 모범이었다.

윤 부인은 살림이 궁색하여 만기 만중 형제에게 스승을 따로 모시지 못했다. 윤 부인의 속마음은 어미 혼자 가르치는 것이 두 아들에게 미안하고 안쓰러웠다. 그녀는 생계를 위해 손바닥 피부가 거슬거슬 벗겨지도록 길쌈하고 수를 놓았다. 두 아들에게 직접 글 읽기를 부과하고 길쌈하는 중간에도 틈을 내어 감독하고 점검했다.

난리가 끝나 청나라 군대가 물러간지 얼마 되지 않은 때여서 서책 구하기가 여간 어렵지 않았다. 윤 부인은 중용, 좌전, 사략, 당시 등을 구해 두 아들에게 읽게 하려고 넉넉하지도 않은 살림에 곡식을 주고 책으로 바꾸었다. 베틀에 앉아 비단을 짜다가 그 비단을 잘라서 책값을 갚기도 했다.

돈이 없어 책을 살 수 없을 때는 이웃 홍문관 서리에게 사서와 시경언해를 빌려왔다. 그 책을 구슬을 꿴 듯, 손수 베껴 형제를 가르쳤다. 어떤 날은 손바닥에 물집이 잡히기도 했다.

─만기야, 만중아 보아라! 이거 어미가 직접 손으로 썼구나! 너희들은 오늘부터 이 책을 공부하도록 해라.

─예! 어머님!

─잘 읽겠습니다.

두 아들은 윤 부인이 손수 베껴 쓴 책을 가슴에 안고 폴짝 폴짝 뛰었다. 윤 부인이 그런 두 아들을 가슴에 끌어안았다.

입신양명

김만중의 유아 시절 기초학문을 가르친 선생님은 어머니 윤 부인이었다. 어머니 선생님은 공부하는 김만중 형제에게 궁핍한 집안일로 짜증을 내거나, 걱정하는 모습을 단 한 번도 보인 일이 없다.

—어쩌면 형제가 저리 의도 좋고 공부도 똑같이 잘할까.

—어린 마음에도 즈그 어머니 고생하는 것을 잘 알고 있대이. 참말로 기특하고마.

—아드님들도 영리하고, 그 모친도 공부 실력이 대단하시구만요.

이웃들이 열심히 공부하는 만중 형제를 극구 칭찬했다. 그들은 또한 그 어머니에 그 아들이라고 윤 부인을 부러워했다.

가정형편이 어려운 만중 형제는 계보가 있는 학통이나 스승이 없다. 형제는 어려서 외갓집 증조 할아버지와 작은 아버지 김익희에게 경서와 사기, 성리학과 역학을 배웠다. 그다음은 외조부가 그들의 스승이 되었다. 만중은 친형 만기에게 한시와 패관지설을 배웠다. 대부분 독학이었고 친 외가에서 그들을 가르친 것이다.

윤 부인이 보통의 어머니 같았으면 만기 만중 형제에게

—너희 아버지가 일찍 세상 떠나고 어미 혼자 살림 살기 힘들다. 너희들도 무슨 생각이 있어야 하지 않겠는가.

했을 것이다. 그러나 만중의 어머니는 집안 살림에 대해서는 일체 말을 아꼈다. 성정이 어질고 속이 깊은 어머니였다. 아들들에게 쌀독에 쌀이 떨어져도, 땔 나무가 없어도 내색하지 않았다. 혼자 힘으로 모든 걸 감당하고 해결하면서 태평히 지냈다. 오직 학문에 힘써 세상에 나아가 나라에 충성하고, 부모에게 효도해야 할 바를 가르쳤다.

김만중은 3살부터 글공부를 시작하여 7살에는 이미 글재주가 드러났으며, 무자년 (1648 인조 26)에 열두 살이 되었다. 윤 부인은 만중에게 최초로 공식적인 학교 시험이랄 수 있는 상시庠試를 보도록 주선한다. 시험 일자가 다가오자 윤 부인은 아들 만중보다 더 가슴이 설레고 당황하였다. 만중에게 손수 홍색 깃이 달린 둥근 포袍로 만든 홍단령을 입혀주었다. 만중의 머리를 둘로 나누어 쌍상투를 매어주는데 윤 부인은 자신도 모르게 손길이 떨렸다.

—마음을 다스리고 시험 잘 보고 돌아오너라!

—네! 어머님!

윤 부인은 만중을 홀로 시험장에 보냈다. 가슴이 떨려 종일토록 손에 일이 잡히지 않았다. 마루에 앉아 아들을 기다리며 남편 생원공 김익겸을 생각했다.

－만중 아버지! 당신의 아들이 오늘 최초로 시험을 치러 갔습니다.

아버지 없이 태어난 아들이 무럭무럭 자라서 최초로 시험을 치러 가니 마음을 굳게 먹는다고 해도 어쩔 수 없이 남편이 그리웠다.

만중은 시험을 치르고 돌아왔다. 어머니 윤 부인에게 답안지에 쓴 것을 세세히 말했다. 윤 부인은 만중을 가슴에 품어주었다.

만중 13살이었다. 기축년(1649 인조 27) 5월에 인조 임금이 승하하고 효종대왕이 그 자리를 이었다. 그해 12월 만중의 작은 아버지 정자공 김익후金益煦가 타계한다.

만중 형제는 숙부를 아버지처럼 믿고 따르면서 경서와 사기를 배웠다. 형제는 하늘이 무너지는 것 같았다. 윤 부인의 심정은 말할 것도 없었다.

－사내대장부가 눈물을 흘려서는 아니 된다. 이런 때일수록 마음을 굳게 먹어야 하느니라.

윤 부인은 마음에 비통함이 몰아쳤지만 자식들에게 눈물을 보이지 않으려고 공연히 마당과 부엌을 바쁘게 오갔다.

기축년 (1650 효종 원년) 만중은 열네 살이 되었다. 진사 초시에 응시하여 합격한다. 이어서 복시에 응시할 수 있게 추천을 받았다.

작은 아버지 정자공 김익후가 세상을 뜨고 일 년 후 정자공의 부인, 만중 형제의 숙모도 세상을 떠났다. 만중은 숙모의 장례 관계로 시험장에 나가지 못한다.

―어이 이리 세월이 야속 할꼬! 무슨 액운이 이처럼 질기노.

음으로 양으로 만중 일가의 의지가 되어주던 정자공이었다. 정자공에 이어 친형제 같던 정자공의 부인마저 세상을 뜨자 윤 부인은 더욱 마음을 굳게 다잡는다. 자칫 슬픔에 겨워 삶의 활력을 잃을까, 마음을 엄히 다스렸다.

신묘년 (1652 효종 3)에 만중 16세였다. 8월에 진사 초시에 합격하고, 9월 복시에 진사 1등의 다섯 번째로 합격한다. 만중의 형 서석공도 함께 합격했다.

―김 씨 집안에 경사 났네. 훌륭한 아들을 두었네.

―한 아들도 아니고 두 아들 모두 영특하고마.

이웃들이 입을 모아 칭송했다.

시험관이 진사 합격자 이름을 내걸 때에 만중을 제일 으뜸에 두고자 하였다. 이때 윤이지가 말했다.

―이 아이의 재주와 문벌이 참으로 으뜸이 되기에 합당하나 나이가 매우 어리니 마땅히 그 복을 아껴야 할 것이다.

만중은 시험 친 사람 중에 가장 나이가 어렸으나 성적은 제일 좋았다. 너무 어리므로 타고난 복을 아껴야 한다는 취지였다. 그래서 만중의 차례를 다섯 번째로 내려놓았다는 것이다.

윤 부인의 마음은 기쁨으로 벅찼다. 그러면서도 아들들로 인해 경사가 있을 때마다 마음이 착잡했다. 공부라면 당할 사람이 없는, 자비롭고 지혜가 출중했던 남편 김익겸이 새삼 가슴에 사무쳤다.

서석공이 여러 벗들과 모여 이반룡의 화산기華山記를 읽을 때였다. 처음 읽는 책이라 누구나 다 더듬거리며 겨우 읽었다. 시원하게 바로 통하지를 못했다. 서석공이 만중을 돌아본다.

─아우야! 이 책 한번 읽어보겠니?

─형님! 제가 읽어도 돼요?

─그럼 되고말고.

화산기를 손에 들자 만중은 줄달음치듯 막힘없이 읽어 내려갔다.

─과연 대단한 인재로다!

─바위에 시냇물 흐르듯 거침이 없구나!

─외운 듯이 읽네.

그 자리에 모인 서석공의 친구들이 모두 놀라 감탄했다.

만중이 입신양명으로 나아가는 길이 활짝 열리고 있었다.

결혼과 관직

경인년 (1650 효종 원년) 12월 27일, 16세 김만중이 장가간다. 만중이 진사 시험을 8월에 합격하고 나서 넉 달 만이었다. 주혼主婚은 만중의 증조부 김장생의 2남 신독재 김집이었다. 만중의 부인이 될 여인은 월사 이정구의 손자인 동리 이은상의 딸 연안 이 씨였다. 진사 합격에 이어서 결혼까지 하니 연달아 경사가 겹쳐 일어났다.

며느리를 맞는 윤 부인에게는 생애 가장 뜻깊은 날이었다. 또 한편으로는 눈물겨운 날이기도 했다.

―이 좋은 날, 어찌 내 홀로 지켜보리오!

집안에 경조사가 연달아 발생할 때마다 윤 부인은 남편이 몹시 그리웠다. 왜 아니겠는가.

―만중이 당신을 닮아 이렇듯 훌륭하게 자라서 오늘 양가의 규

수와 혼인을 합니다.

윤 부인은 울컥하여 마음속으로 부르짖었다. 남편이 살아있으면 얼마나 기뻐할까 생각하니 속절없이 눈물이 흘렀다. 슬프면서도 행복한 눈물이었다.

그 시절에 이르러서 윤 부인은 가장 아름답고 유복한 삶을 누리게 되었다. 며느리를 맞이하고부터 지난날의 고생이 무색할 정도로 모든 것은 순탄했고, 부요와 명성이 그 집에 가득 차기 시작했다.

계사년(1653 효종 4) 만중의 나이 17세였다. 그해 2월에 홍 부인이 타계한다. 어머니 윤 부인에게 큰 의지가 되었던 두 아들의 외할머니였다. 만중은 17년을 살아오는 동안 가까운 인척들의 숱한 죽음을 겪어낸다. 어머니가 슬피 우는 모습에 만중도 눈물이 북받쳤다.

그해 11월에 만중의 형 서석공 만기가 정규 과거시험 외에 임시로 시행한 과거시험. 즉 나라에 경사가 있을 때, 또는 인재의 등용이 필요한 경우에 실시하는 별시에 합격한다. 만중의 집안에 슬픔 뒤에 기쁨이, 인생의 희비가 교차하는 한 해였다.

갑오년 (1654 효종 5) 만중이 18세부터는 그 재주가 날로 더 뛰어났다. 한漢 위魏 악부 외 『이소離騷』와 『문선文選』 등 제가에 힘써, 이때부터 고체의 여러 시를 지으며 저술에 힘쓰게 된다. 공부 영역이 확장된 것이다.

을미년(1655 효종 6년) 김만중 19세에 첫아들 진화鎭華가 태어난다. 그는 그 시대 사회 통념으로 보면 든든하고 장래가 촉망되는 청장년이었다.

병신년(1656 효종 7) 20세 김만중은 별시 초시에 합격한다. 그 해 5월 김장생의 2남 김집 신독재의 상을, 12월에는 만중의 둘째 아버지 창주공 김익희 상을 당한다.

정유년 (1657 효종 8) 21살에는 그의 외증조 할아버지 해숭공 윤신지의 상을 당한다. 대소가 집안에 상사가 줄을 이어서 일어났다.

7월에는 만중의 딸이 태어난다. 가문의 연속되는 길흉사로 심신이 고달팠던 것일까, 그는 과거시험에 낙방한다.

기해년 (1659 현종 원년) 만중 23살에는 효종이 승하하고 현종이 대를 잇는 과정에서 결시가 된 것 같다. 임인년 (1662 현종 3) 26세 만중은 나라의 경사가 있을 때 시험 보게 하는 임시 과거제도인 증광 초시에 합격한다.

시험 시기에 당하여 집안에 상장례 같은 큰일이 일어나지 않는 한, 만중은 무슨 시험이건 쳤다 하면 합격이었다. 다른 사람들보다 훨씬 순탄하게 만중은 입신立身하고 양명揚名을 이룬 것이다.

을사년(1665 현종 6), 그의 나이 29세 4월에 대궐 안마당에서 치르는 정시에 드디어 장원급제의 영광을 안게 된다. 만중이 12세부터 시험을 보기 시작하면서 벼슬길에 나선 후 대부분 순조롭게, 온전히 본인 실력으로 시험쳐서 올라온 것이었다.

정시의 제목은 장자 외편 제18편에 나오는 구절이었다.

─당나라 육상선이 세한송백歲寒松柏에 비유됨을 사례함.

이는 '오직 송백이 홀로 겨울과 여름에 푸르고 푸르다'는 뜻 이다. 추운 겨울이 지나야 소나무와 잣나무가 푸르다는 것을 알 수 있다는 것으로 어떤 역경 속에서도 지조를 변치 않는 당나라 재상 육상선을 비유한 말이었다.

만중은 세한송백에 짝을 맞추어 변려문을 지었다. 변려문에서 변騈은 말 두 필을 나란히 수레에 매는 것이고, 려儷는 둘을 나란히 짝짓는 것을 뜻하는 글자다. 중국 6조 시대에 성립된 문체로 4자와 6자로 이루어지며 대구를 많이 쓴다. 육기의 문부가 그 선구라 하며, 중국의 시선 이백의 춘야연도리원서가 가장 유명하다.

만중에게 당나라 육상선은 나라가 위태한 지경에 당하여도 마치 겨울철 송백처럼 푸르고 푸른 지조 있는 선비였다. 만중은 제목에 딱 들어맞는 변려문 첫 글귀를 지었다. 시험관들이 모두 찬탄했다.

그해 4월 19일 전의감 관가의 건물에서 과거에 급제한 사람들의 모임을 가졌다. 만중에게는 생애 최초로 가장 영예롭고 공적인 모임이었다.

─만중 아버지! 당신의 아들이 장원급제를 하였습니다.

윤 부인이 눈물을 흘린다. 남편이 곁에 있기라도 한 것처럼 허공에 대고 큰소리로 외쳤다. 만중의 장원급제로 인하여 윤 부인은 병자호란 이후의 노고와 온갖 설움이 모두 해소되는 듯했다. 두 아들을 기르고 가르친 보람을 깊이 느꼈다.

장원급제 후 5월 1일 만중의 관직은 정6품 전적으로, 성균관에 속하며 학생지도 담당이었다. 5월 22일 정5품 예조좌랑이 된다. 쾌속 승진이었다. 만중은 예악, 제사, 연회, 조빙, 학교, 과거 등을 담당하는 직책을 받았다.

6월 9일 승문원에 분속되어 큰 나라는 섬기고 이웃 나라는 사귀는 외교정책 즉, 사대교린에 관한 문서를 담당한다.

그즈음 만중의 형 서석공은 왕에게 소를 올려 한유한 고을을 맡을 것을 소원했다. 어머니 윤 부인을 편안하게 봉양하기 위해서였다. 서석공의 극진한 효심의 발로였다. 서석공은 맏아들로서 더 높고 좋은 벼슬자리보다도 어머니 윤 부인을 잘 모시고 싶었다. 상감께서 허락하지 않았다. 오히려 쌀을 하사하셨다.

그해 11월에 만중은 형 서석공을 대신하여 상감에게 쌀을 하사하신데 대하여 사미사전賜米謝箋을 지어 올렸다.

'소인에게는 어머님이 계신데 외람되게도 고을을 구걸하는 글을 올렸습니다. 성스런 군왕께서 은택을 널리 베푸서서 특별히 쌀을 하사하시는 은전을 시행하시니 집안사람 모두 감격에 눈물을 흘렸고, 어루만짐에 이미 두렵고 부끄러웠습니다.

엎드려 생각하니 신은 여생이 험난하고 우환이 많아 어머니와 자식이 서로 보호했고, 배움이 충분치 않은데도 벼슬길에 나갔습니다. 대개 어버이를 기쁘게 하는 데서 나와 효성을 군왕 섬기는 일로 옮길 수 있었으니, 아버님이 계시지 않는 것이 스스로 조금은 위로가 되니 어찌 세상의 큰 은혜가 아니겠습니까?

게다가 보잘것없는 미천한 신하가 거듭 관직을 받은 곳이 청요한 직책이 아닌 것이 없었으니, 어머님을 살피는 사이에도 오직 충성으로 신을 면려했습니다.'

임금님에게 쌀을 하사받고 집안사람 모두가 감격하여 눈물을 흘렸다고 한다. 만중은 그가 배움이 충분치 않은 데도 벼슬길에 나아가 어버이를 기쁘시게 하는 효성을 그대로 군왕을 섬기는 일로 옮길 수 있어 아버님이 계시지 않는 것에 조금 위로가 되었다고 술회하고 있다.

만기 만중 형제는 벼슬보다도, 관직 승진보다도 먼저 어머니 윤부인을 잘 모시는 것을 우선순위에 두었다.

12월 18일에는 처음 벼슬한 해에 김만중이 홍문록에 신진으로서 뽑혔다. 홍문록은 후보 간선제도였다. 홍문록은 3년에 한 번 정기적으로 선정하도록 되어 있었다. 필요하면 수시로 이루어졌고, 1차에 15인 안팎이 간선되었다. 홍문관에 결원이 생기면 홍문록(정부록·도당록) 중 3인을 뽑아 이조에서 주의注擬[1], 후보자를 추

---

1 주의(注擬) : 관원(官員)을 임명(任命)할 때 먼저 문관(文官)은 이조(吏曹), 무관(武官)은 병조(兵曹)에서 후보자(候補者) 세 사람을 정(定)하여 임금에게 올리던 것.

천하면 왕이 그중 1인을 낙점하여 결정하였다.

을사년은 김만중에게 상서로운 한 해가 되었다. 신진인 만중이 홍문록에 뽑힌 것은 만중은 물론 어머니 선생님 윤 부인의 쾌거였다.

―아들들아! 장하고 고맙다.

어머니 윤 부인은 두 아들의 겹친 경사로 후유! 하고 큰 숨을 내뿜을 수 있었다. 안도의 한숨, 환희의 한숨이었다. 윤 부인은 비로소 삶에 안정을 누리고 쾌락했다. 윤 부인이 갖은 고생을 겪으며 두 아들 교육에 열정을 다 바쳐 힘쓴 보람이었고, 만기 만중 형제도 어머니의 뜻을 받들어 부지런히 학문에 정진했기 때문이었다.

―만중 아버지! 당신의 두 아들이 이루었습니다. 자랑스러우시지요?

윤 부인은 마음속으로 외치고 안방으로 들어가 한참이나 나오지 않았다. 천 가지 만 가지 상념이 가슴속에서 떨치고 일어나 제어하기 어려웠다. 그날따라 남편에 대한 사모의 정이 유난스러웠다.

정미년(1667 현종 8) 만중 31세 정월 22일에 왕세자 책봉 의례에 관련부서의 일원으로 배종했다. 8월 15일 만중은 수찬을 제수받는다.

만중이 오래도록 홍문관 직에 몸담고 있을 때, 예를 갖추고 임금이 신하를 접견하는 자리에서 만중이 글을 읽게 되었다. 목소리에도 인품은 드러났다. 만중의 목소리가 매우 맑고 밝았으며, 말씨가 온화하였다.

강설할 적에는 부석이 명석하고 인유가 매우 적절하였으므로, 거기 모인 강관들이 만중의 깊은 학문을 찬탄했다.

—참 학사가 나왔다.

영의정 정태화가 김만중에게 참 학사라고 치하했다. 영의정을 여섯 차례나 지낸 분의 평가였다.

—윤 부인이 아들을 잘 가르쳤다.

효종의 비 인선대비도 만중이 글 읽는 모습을 보고 만중의 어머니 윤 부인을 칭찬했다. 만중은 무슨 일을 하든 칭찬받는 아들이었고, 어머니 윤 부인도 사방에서 칭송이 자자했다.

암행어사 행차

...

주인이 나그네와 밤늦게 이야기하는데
등불이 벽을 비쳐 밝구나
천금의 재산도 뒤집어 얻기 쉽지만
높은 관리의 청렴함은 얻기 어렵다네

9월 25일은 어머니 생신날,
내가 태어난 지 서른다섯 해,
올해서야 처음으로 슬하를 떠났네
...

만중은 암행어사로 임명되었다. 그는 관리의 청렴함을 노래하
면서 어머니 슬하를 떠나는 마음을 시로 표현했다. 용인 파주 등,
경기도 여러 고을을 순찰하기 위해 생애 최초로 어머니 곁을 떠난

다. 그가 태어난지 35년 만이었다.

짧은 시 속에 드러난 그의 심정이 섭섭하면서도 조금은 즐거워 보인다. 만중은 당시 암행어사 규칙에 따라 어머니에게 소식을 알리지도 못한 채 경기도 지방으로 길을 떠났다.

그해 전국적으로 흉년이 심했다. 암행어사는 각 지역을 순찰하면서 각 현의 감사와 병사 이하의 잘 잘못을 조사하여 임금님에게 보고하는 업무였다.

직산과 천안에 이르렀다. 천안지역은 가을에 굶어 죽은 사람이 발생했다. 수령은 겨울부터 양식을 풀어 죽을 쑤어 백성들에게 나누어 주었다. 직산은 정월부터 죽을 쑤었는데 굶주린 백성이 일천여 명이나 모여들었다고 했다. 만중은 그곳의 수령들이 백성을 돌보는 정이 있으므로 다행으로 여겼다.

김만중 어사의 눈에 한 현령이 잡혔다. 용인 현령 이○○이었다. 백성들은 초근목피로 겨우 끼니를 이어가는 처지였다. 용인 현령은 굶주리는 백성들에게 곡식을 나눠주기는커녕. 세금을 더 많이 거둬들였다. 온갖 방법으로 백성들을 쥐어짰다. 수년 동안 흉년이 겹친데다가 사리사욕에 눈이 멀은 욕심 많은 수령들 때문에 백성들은 이중 삼중으로 고통을 겪고 있었다.

김만중 어사가 그 지역에 도착했을 때, 전임 파주목사 홍○○에 대해서 백성들의 원성이 높았다. 김만중 어사가 머물고 있는 객사에 그 지역 사람들이 모여들었다.

─어인 일로 저를 찾아계십니까?

─나으리! 저희들은 억울하옵니다. 죽어라고 밭 갈고 씨 뿌리고 허리 빠지게 일해도 알곡 한 톨 제대로 만져 볼 수가 없습니다요.

─그게 무슨 말씀이시오? 알곡 한 톨도 만져 볼 수 없다니. 그럼 어떻게 살아간단 말이오?

김만중 어사가 다소 억양을 높였다. 다짜고짜 사정을 털어놓는 농부의 말이 과격해 보였다.

─가을에 추수해서 관청에 세금 바치고 나면 사정이 그렇다는 말씀입니다요. 나으리 앞에서 감히 무슨 거짓부렁을 말씀드리겠습니까. 몇 해나 흉년들어 노모와 처자식들이 언제 쌀밥을 먹어봤는지 기억도 안 납니다. 장리보리쌀을 얻어 겨우 연명은 합니다만, 세금은 더 불어나고, 장리 빚에 이자가 새끼를 치니 이게 어디 사람 사는 겁니까?

이어서 아기를 업은 한 아낙네가 들어섰다.

─나으리! 인자 지 이야기 좀 들어주시요. 우리 고을에 오신 김에 지 남편을 살려주시요. 지 남편은 세금이 밀렸다고 관아에 붙들려가 매를 얼마나 두들겨 맞았던지 지금 두 발로 서지도 못합니다. 세금 내고 나면 여덟 식구 입에 풀칠도 못하께, 풀뿌리를 캐다가 멀겋게 죽 쒀 먹는 것도 한두 달이지 몇 년이나 노상 그래 먹으니 아이들이 설사 나고 노모는 병나서 자리 보존하고 있습니다. 그게 뭣이냐 하면, 식구들이 사그리 굶을 수는 없고 하니 세금을 내고 싶어도 못내 버린 기라요. 산 입 죽이라도 먹고는 살아야 하지 않겠습니까 나으리!

소문을 어떻게 들었던가. 많은 사람들이 객사로 더욱 모여왔다. 그들의 사연을 들어주는 데만 이틀이 걸렸다. 김만중 어사는 경기 지방을 두루 돌아다니며 수령이나 향리들을 철저하게 조사, 암행 활동을 충실히 했다.

파주와 삭녕 고을의 수령들은 정사를 잘 돌보고 있었다. 구휼미를 적시에 풀어 굶주리는 백성들을 구제하는데 정성을 다했다. 김만중 어사는 특별히 흉년에 구휼미를 풀어 백성들을 잘 돌보고, 세금도 감면해주는 등 청렴하게 일 처리를 잘한 파주 목사 이보와 삭녕 군수 윤홍거에 대해서는 임금에게 추천하여 상을 내리도록 조치했다. 김만중 어사는 양천, 장단, 연서 지방을 지나게 되었다. 그 고을 주민들로부터 세 곳의 수령들에 대한 원성을 듣게 된다. 수령들의 범법 사실이 명명백백 드러났다. 즉 양천 현감 여안제, 장단 부사 정한기, 연서 지방의 역을 관리하는 찰방 안명로 등은 백성을 종처럼 부려 원망을 사고 있었다.

─허어, 참으로 난감하게 되었도다. 내 관활이 아닌데 어찌 한담?

김만중 어사는 망설였다. 원래 암행어사 규정에 자기가 맡은 지역 이외의 고을에 대해서는 조사를 할 수 없게 되어있었다. 양천, 장단, 연서 고을은 그의 활동 범위가 아니었다. 눈앞에 드러난 불법을 보고 그냥 지나칠 수도 없었다.

─이대로 둔다면 이 고을 백성들의 고생이 갈수록 더 심해질 것이 불을 보듯 뻔하다.

김만중 어사는 규정을 어기더라도 고을 수령들의 죄를 조사하기로 했다.

그해 11월, 어사 업무를 마치고 만중은 한양으로 돌아왔다. 암행하며 조사한 내용을 임금님께 보고했다. 보고를 다 들은 후 현종 임금이 말했다.

─그대가 조사한 것 중 양천 현감 여안제와 장단 부사 정한기, 그리고 연서 찰방 안명로 등은 범위를 벗어난 것이다. 이들의 죄를 함께 논할 수는 없다. 경기 감사로 하여금 그들을 따로 조사하도록 하라.

며칠 뒤 사헌부의 이합이 임금님께 다시 건의했다.

─어사 김만중의 보고서를 보면 장단, 양천, 연서의 수령들이 분명히 법을 어겼습니다. 백성들을 잘 보살피지 않았다는 사실이 속속 드러났습니다. 비록 임무의 범위를 벗어나긴 했지만 암행어사가 조사하여 보고 드렸다면 마땅히 벌을 내리셔야 하옵니다.

임금은 이합의 건의로 김만중의 보고를 받아들였다. 비리를 저지른 세 고을의 수령들을 자리에서 내쫓으라고 명령했다.

─오! 장한 내 아들!

윤 부인은 훨씬 뒤에 아들이 암행어사 활동한 것을 듣고 매우 흡족히 여겼다. 윤 부인은 남편 없이 홀로 아들을 기른 데 대하여 큰 보람을 느꼈다.

직언

계축년(1673 현종 14) 2월 만중은 부교리를 제수받았다. 27일 왕이 부르심에 시독관[1]으로 대궐에 들어가 임금을 뵈었다. 강의를 마치고 만중은 왕에게 말씀드렸다.

─상감의 건강이 여러 해 동안 좋지 않으시다가 개강하시니 조정과 민간이 놀라지 않는 이가 없습니다.

만중은 왕에게 먼저 안부 인사를 드린 다음 왕세자의 대학 공부에 김장생, 김집의 문인 초려 이유태를 천거했다.

─정원에 명하여 특별히 유시를 내리겠다.

현종이 쾌히 답변했다. 만중이 또 여쭈었다.

─전에 진선[2] 윤증과 장령, 박세채가 위기지학爲己之學을 하고 있

---

1 시독관(侍讀官 : 조선 시대에, 경연청에서 임금에게 경서(經書)를 강의하는 일을 맡아보던 정오품 문관 벼슬.

2 진선(進善) : 조선 시대 세자시강원에 소속된 정4품 관직(표폄褒貶)이라

53

으나 그 조예가 깊고 얕음은 신이 알 수 없습니다. 윤중이 세자시
강원에서 직급이 중간이라 추천을 얻기 어렵다 합니다. 만일 추천
을 얻지 못한다면 이들이 직분을 가질 기회가 없을 것입니다. 변통
하심이 합당할 것입니다.

─짐은 윤중에게는 표폄이 중간이라는 사실에 구애되지 않음이
좋겠다.

─진선과 찬선³ 직분에 합당한 사람이 매우 부족하여 삼망三望
을 갖추지 못하더라도 이망二望으로 차출하는 것이 차선책이 될 듯
하옵니다.

─이에 의거하여 당해 부서에 분부하여 차출하는 것이 좋겠다.

만중이 또 태묘⁴에 대해 왕께서 종친들 가운데 가난하여 의지할
데가 없는 이들을 걱정하셨으니, 당하관 종친들을 보내는 게 이치
에 합당할 것이라고 의견을 말한다.

─태묘는 당하관 종친들을 충당하여 보내는 것이 좋겠다.

현종 임금님과 신하 김만중의 문답은 화합으로 순조롭게 이어
졌다.

고도 함.

3 찬선(贊善) : 조선시대 세자시강원에 속하여 왕세자의 교육을 맡아보던
정삼품 벼슬. 덕망과 학행이 뛰어난 사람을 뽑았으며, 현직 관리가 아니더
라도 천거되어 직책을 맡을 수 있었다.

4 태묘(太廟) 1. 종묘의 정전(正殿). 조선 시대에 역대 임금과 왕비의 위패
를 모시던 사당으로, 초에는 목조, 익조, 탁조, 환조… 2. 임금의 삼년상(三
年喪)을 마친 뒤에 그 신주(神主)를 종묘(宗廟)에 모시던 일

계축년 9월 13일이다. 만중은 대궐에 들어가 임금을 뵈었다. 왕은 신료들을 접견하는 장소인 사현합思賢閣에서 침을 맞고 있었다.

복제에 관해 논하다가 일찍 세상을 뜬 현종의 딸 명선공주 부마의 작호를 파한 일을 거론하게 되었다.

만중은 반드시 육례를 갖추어야 부부가 될 수 있다. 고기告期[5]는 그 다섯 번째다. 혼례 기일을 한 달 남기고 요절하여 부부를 이루지 못한 맹 씨 집에 명선공주의 신주神主를 부탁, 제사를 받들게 할 수는 없다고 힘주어 말했다. 왕은 만중의 의견을 좇지 않았다. 뒤에 여러 신하들이 힘써 정론하자 비로소 마지못하여 허락했다. 만중은 이어서 또 말했다.

─이미 마음에 품은 바가 있으니 말씀드리겠습니다. 허적을 정승으로 뽑던 처음에 사람들의 말이 있었습니다. 상감께서 사람을 쓰시는 길은 따로 있으셨으니 시험해 보신 뒤에 취사하시려는 뜻이었겠습니다.

만중의 말이 이어진다.

─그러나 허적은 자기를 공격한 송준길을 반박하는 소를 통해 '위력으로 누르기도 하고 복덕을 베풀어 달래기도 하는 권한이 상감에게 있지 않고 준길에게 있다'고 지적했습니다.

만중은 허적이 송준길을 타도할 때 한 말을 임금에게 그대로 아뢰었다.

---

5 고기(告期 : 신부 측에서 혼인날을 정하여 신랑 측에 알림.

—이 한 조목으로도 가히 허적의 사람됨을 알 수 있습니다. 허적의 소어疏語에 여염집에서 서로 싸우는 소리 같은 것이 있으니, 그 의도는 '네가 노기[6]에 비유한다면 나는 당나라 현종 대의 환관 이임보[7]에 비유하겠다'는 것입니다. 한때 성을 냈더라도 나중에 다시 올린 상소문에 후회하는 뜻이 있기를 사람들은 허적에게 바랐습니다. 송준길이 허적의 헐뜯음을 당하고서 한을 품고 죽었는데, 이번에는 송시열에게 똑같은 말로 공격하니, 허적의 사람됨은 군자가 아닙니다.

　왕이 말했다.

　—네가 어떻게 아느냐? 허적의 소에 '임금의 굳셈이 부족하다'는 말은 있었으나 '위력으로 누르기도 하고 복덕을 베풀어 달래기도 한다'는 말은 그것이 반드시 송준길을 가리키는 줄은 알지 못하겠다.

　왕은 자기 방식대로 알아듣고 해석한다. 왕의 말씀이 이어진다.

　—일을 아뢸 때에 책략을 꾸미는 이가 있다는 것도 내가 알고, 허적이 올린 소에 엿보려는 의도가 있는 줄도 내 또한 알고 있다. 오늘날 조정의 신하에 허적과 같은 이도 있고, 허적보다 못한 이도 또한 있는데, 네가 야단스럽게 허적이 정승으로 뽑히던 처음부터

6 노기(盧杞) : 자는 자량이고 하남성 활주 영창 출신이다. 당나라, 덕종때 활약한 중신으로 음모를 잘 꾸미고 성격이 음흉해 사람을 많이 죽였다.
7 이임보(李林甫) : 당나라 현종 때의 간신. 환관 (宦官)에게 뇌물을 바친 인연으로 왕비 양귀비에 들러붙어 현종의 환심을 사 재상이 된 인물. 당나라의 멸망을 앞당긴 자.

남해의 고독한 성자(聖者)

흡족하지 못하다고 말하는 것은 어째서인가?

왕이 말을 멈추고 만중을 주시한다. 왕의 표정이 자못 준엄하다.

─자기와 다르면 배척하고 자기와 같으면 배척하지 않으니, 그대와 당파가 다른 사람에게 허적을 말해보라 한다면 그가 무어라 할 것 같으냐?

왕의 음성이 노기를 품었다. 허적은 신해년(1671 현종 12)에 영의정에 올랐다. 그 이듬해 송준길을 비롯한 서인들의 거센 논척과 공격을 받고 교외로 물러났다. 왕이 그를 다시 불러들이려고 한다. 허적은 임금님의 총애를 입고 있다.

왕은 그 즈음 서인들에게 염증을 느끼고 있었으니, 만중의 말이 제대로 들어올 리가 없다. 만중의 말은 임금님의 역정을, 반감을 부르고 있다.

이때를 당하여 만중은 괄랑무구[8], 그 한 구절을 상기할 수 있다면 좋았을 것이다. 만중은 일찍이 주역에도 능통하지 않았던가.

만중 편에서 보면 꼭 나쁜 뜻의 말도 아니었다. 만중이 서인 편에 서서 여쭌 것은 결코 아니다. 허적에 대한 항간의 여론에 더하여 평소에 느낀 바를 장차 왕의 덕에 누가 될까 두려워하여 충정으로 아뢴 것이다.

─송준길의 소가 실정에 어긋난 것인지 아닌지는 내 알지 못하

---

8 괄랑무구(括囊無咎) : 주역 중지곤괘 4효에 나오는 말로 주머니를 묶듯 주밀하여 말을 삼가면 영예도 없고 허물도 없다는 뜻.

겠다. 윤선도와 장응일이 송시열을 공격하여 배척한 것은 역시 번번이 저들의 당론에서 나온 것이다.

왕이 당론을 거론한다. 지존의 위치, 나라의 최고 통수권자의 발언이다.

만중이 왕에게 '남인의 영수 허적을 갈아치우라'고 한 것은 허적이 새삼스럽게 과거의 복제를 바로잡을 것을 요청했기 때문이다. 당론하고는 아무런 연관이 없다. 1차 예송은 오랜 과거였다. 지나간 과거를 들고 나온 남인의 영수 허적의 주장을 만중은 이해할 수가 없다. 신하들이 일제히 왕과 김만중을 주목한다.

─당에도 또한 군자의 당과 소인의 당이 있습니다.

너무나 정직해서 너무나 결벽해서 점점 수렁으로 빠지는 말이 아닌가. 누가 보아도 남인 쪽이 소인의 당이라는 의미로 해석되지 않는가.

─누가 군자의 당이며 누가 소인의 당이냐? 당파의 형세가 이쪽은 치우치게 무겁고 저쪽은 치우치게 가벼우니, 만일 처지가 바뀌면 이번에는 저쪽의 형세를 이쪽이 감당할 수 없을 것이다.

임금님의 말씀은 애매모호하다. 임금조차도 허적이 남인이기에 남인 편을 들고 있는 양상이 아닌가. 저울추가 내려가고 올라가는 것에 따라서 왕심도 유리한 쪽으로 기울고 있다는 징표인가. 임금님이 보시기에 지금은 어느 당이 더 무겁고, 어느 당이 더 가볍다는 것인가. 만중이 생각을 멈추고 왕에게 답한다.

─상감의 의도는 안정을 위주로 하심이나 군자와 소인은 한 조

정에 같이 있을 수 없습니다. 저의 이 말이 사실이 아니라면 임금을 기만한 죄를 주신다해도 좋습니다.

만중의 말에 나타나는 소인은 누가 보아도 분명히 남인 쪽, 허적을 가리키는 것이다. 만중의 언설이 아슬아슬 위험한 고비를 넘어가고 있다.

—그만 물러가 있거라. 더 듣고 싶지 않다. 이 일은 내가 알아서 처리하겠노라.

만중은 왕이 이렇게 말씀하시기를 바란 것인가. 그렇다면 문제는 간단해진다. 왕으로서 신하의 건의를 받아들인 것이 된다. 허적에게 영의정을 배정한 것도 왕이요, 항간에 불미한 소문이 떠돌아 그만두게 하는 권한도 왕에게 있지 아니한가.

—신하는 오늘의 신하이며 임금 또한 오늘의 임금인데 오늘에 이르러 비로소 지난날의 일을 발의하는 것은 필시 허적을 정승으로 뽑은 까닭일 것이다.

왕인 내가 허적을 정승으로 발탁한 데에는 그만한 정황이 있어서이다. 이치가 그러하거늘 만중 너는 더 말하지마라는 완강한 메시지가 전해지고 있지 않은가. 전임대신 허적을 정승으로 뽑은 이치가 왕의 입장에서는 합당, 당연하다는 것이다.

신하들이 만중을 주시한다.

—허적이 비록 남곤과 심정의 일은 없으나 실로 소인에 가까운 점이 있습니다. 그를 원임대신으로 예우하신다면 그래도 혹 옳습니다만, 지금 다시 백료百僚의 위에 두신다면 결코 옳지 않은 줄을

알겠습니다.

만중은 한술 더 떴다. 소인인 허적을 백료 위에 두신 것은 옳지 않다고 성토한다. 왕은 만중의 언사가 무엄하다. 왕의 신경은 극도로 날카로워져 있다. 만중의 직언을 듣는 상대는 한 국가의 봉건 군주, 왕권 시대의 임금님이다. 나라의 바른 정사를 위해서 더구나 불의한 일에는 목에 칼이 들어와도 할 말은 다 한다는 만중의 결기도 만만치 않다.

─허적이 비록 훈구파 남곤과 심정이 모함하여 신진 사림파에게 화를 입힌 것 같은 허물은 없지만 그러나 허적은 소인입니다.

옆에서 지켜보고 있는 신하들이 긴장한다. 만중의 사람 보는 눈은 예리하고 정확했다. 왕에게 항의하는 강도가 준렬하고 신랄하다.

─허적을 정승으로 뽑은 것은 잘못된 일입니다. 소인배를 문무백관 위에 두시는 건 옳지 않습니다.

만중의 언설은 허적을 공격하는 것이지만 듣기에 따라서는 왕의 비위, 역린을 건드린 것이 된다. 왕으로서는 허적에게 정승 벼슬을 주어 백료 위에 두었다. 왕은 심히 불쾌하다. 왕이 결정한 일을 가지고 만중이 왈가왈부하여 화를 자초하고 있다고 여긴다.

─대신이 서관과 같지 아니하고 사체가 중대하거늘, 김 아무개가 야단스럽게 뵈올 것을 청하여 수상 갈아치울 것을 논하니, 국체로서 헤아릴진댄 어찌 이와 같은 짓을 용납하겠는가.

임금님의 언사가 살벌해지고 있다. 삼엄하다. 대신과 서관은 직급이, 서열이, 하는 일이, 결코 같지 않다. 나라의 체통과 체모로 살펴보건대 서관 김만중 너하고 더는 말하고 싶지 않다. 수상을 갈 아치우라는 것은 결코 용납이 안 된다. 지중한 말씀이었다.

─김만중을 먼저 파직시킨 뒤에 추고推考하라.

왕은 즉석에서 만중에게 형벌을 내렸다. 파직이 먼저다. 파직을 먼저 시키고 나중 국문을 하겠다는 취지다. 만중이 더 말을 못한다. 만중이 왕 앞에서 오직 나라의 바른 정사를 위해 이치에 닿게, 충정忠正으로 아뢴 대가는 선파후추 형벌이었다. '서관'이라는 호칭에서 상감의 분노가 극에 달했음을 알 수 있다. 만중이 물러 나온다.

김만중은 훗날 허적 일당으로 인해서 임금에게 참화가 닥칠 것을 예감하고 있던 것일까. 만중의 말은 누가 들어도 임금을 겨냥한 게 아닐 수 없다. 잘못은 소인인 허적보다 임금에게 있다는 뜻이 아닌가.

왕은 김만중의 직언에 중도를 잃고 있다. 김만중에게 선파후추는 하대, 능멸, 모욕이었다.

또 한 편으로는 모든 신하가 숨죽이고 있는 차에 김만중의 과감한 직언은 많은 신하들의 답답한 심정을 시원하게 뚫어주는 청량제가 될 소지도 다분히 있었다.

신하들의 변론

―먼저 파직시킨 후에 추고하라!

―김만중을 잡아 문초하여 처리하라.

김만중이 나가자 상감께서 거듭 명한다. 재고의 여지가 보이지 않는다. 직언을 고한 신하에게 즉시 선파후추를 명하고 또 명했다.

영의정 김수홍이 나섰다.

―김만중이 마음에 품은 바를 아뢰었거늘, 잡아 문초 하랍시는 명은 지나치십니다.

상감께서 김수홍의 말에 답을 주지 않고 또 명령을 내린다.

―승지는 전지를 써서 올리라.

―어찌 감히 나의 뜻을 엿보려 드느냐?

일은 일사천리로 흘러간다. 왕의 말에 김수홍이 아뢴다.

―신과 같은 이가 부끄럽게도 조정에 있으니, 옛사람이 이른바

'임금은 있으되 신하는 없다'는 것입니다. 신이 장차 어찌 백성의 본보기가 될수 있겠습니까. 김만중을 잡아 문초 하랍시는 명은 실로 지나치십니다.

─이처럼 분한 일을 당하고서는 결코 용서할 수가 없다.

김만중 말고는 감히 임금님에게 직언을 고할 사람은 아무도 없다. 전례로 살펴 보건대 말 한마디로 총칼보다 더 무서운 형벌, 한 가문의 구족九族은 물론 붕당의 집단 파멸이 초래되기 때문이었다.

─잡아 문초하시면 국체를 상하게 할 것입니다.

김수홍이 애가 닳아 재차 건의한다. 김만중보다도 나라와 왕의 체모가 상한다고 조언한다.

─김만중의 말이 이미 국체를 상하게 했거늘 다시 어찌 국체를 논하느냐?

만중이 조복을 입은 채로 치죄되었다. 갈때까지 간 것이다.

옥당 응교 윤심, 교리 임상헌 윤지선, 수찬 이유가 왕의 처사에 반대하는 차자를 올렸다.

김수홍은 다시 아뢴다. 한나라 선제와 송나라 인종 때 당개의 예를 들었다.

─옛날 한나라 선제宣帝는 장창의 아룀을 옳게 여기고, 송나라 인종은 당개唐介의 법을 다 시행하였으니, 비록 대신을 높여 쓰는 마음도 있었으나, 또한 말하는 이를 장려하고, 아끼는 뜻도 있었습니다. 그런데 요즈음 허적의 일로 해서 죄를 얻은 이가 하나둘이 아닙니다. 상감께서는 김만중의 말이 당론에서 나왔다고만 여기

시어, 김만중을 막아 누르기만 하시고 조금도 참작해 주시지 않으십니다. 그러나 허적은 이미 매사에 다 훌륭한 사람이 아닌데도 오래도록 온갖 책임이 모이는 지위에 있으니, 어찌 손가락질 당할 만한 흠이 없겠습니까? 만중이 아뢴 말은 당파와는 아무 상관이 없습니다. 저으기 우레 같은 위엄을 거두시고 평온한 마음으로 내리신 명을 거두시기 바랍니다.

김수홍이 송나라 당개의 예를 들어 왕의 편에서나 김만중에게 매우 사리에 맞는 의견을 아뢰었다. 왕께서 김만중을 치죄하더라도 천천히 더 심사숙고하라는 당부였다.

당개(唐介1010~1069)는 중국 송나라 때 강릉 사람으로 그는 관세를 맡아보는 관리로서 바른말을 하다가 귀양을 가게 된다. 이사중李師中이 그와 송별하면서 귀양 가는 당개를 위해, 다음과 같은 시를 지었다.

> 홀로 바치는 충성을 스스로 자부하며 대중과 함께하지 않고
> 孤忠自許衆不與
>
> 홀로 서서 감히 말하는 사람은 어려운 바이거늘
> 獨立敢言人所難
>
> 고향을 버리고 한 몸 가볍게 여기기를 마치 나뭇잎처럼 하니
> 去國一身輕似葉

높은 명성은 천고에 산처럼 두터우리라
高名千古重似山

함께 노닐던 영민하고 준수한 이들의 낯은 얼마나 두꺼운가
竝遊英俊顔何厚

죽지 않고 간사하게 아첨하는 이들의 뼈는 이미 싸늘하네
未死奸諛骨已寒

하늘이 우리 황제를 위해 사직을 떠받들게 하거늘
天爲吾皇扶社稷

그대가 살아 돌아오지 않는 것을 허락하겠는가
肯敎吾子不生還

　김수홍은 직언을 장려하는 한나라 선제와, 북송 인종 대에 당개가, 자기 몸을 나뭇잎처럼 가볍게 여겨, 왕 앞에 홀로 서서 감히 하기 어려운 말을 간한 일을 여쭈었다. 당시 인종의 총애를 받던 장귀비는 부친이 일찍 세상을 떠나자 백부 장요좌에게 의지하게 된다. 장귀비는 장 씨 가문을 일으키려고 황제에게 부탁했다. 인종은 본시 마음씨가 여리고 귀가 얇은 사람이라 장귀비의 요설에 넘어갔다. 인종은 장요좌를 호부시랑에 임명했다. 다시 회강군절도사淮康軍節度使, 군목제치사群牧制置使, 선휘남원사宣徽南院使, 경령궁

사景靈宮使 등의 4개의 요직을 그에게 한꺼번에 맡겼다. 이에, 포증 등 간관들이 들고 일어나 간언을 했다.

─폐하께서 즉위 하신지 30년이 다 되도록 도덕적으로 실수하신 적이 없으신데, 최근 5~6년 사이에 장요좌를 중용하셨습니다. 사람들은 몰래 이를 의론하며 폐하의 잘못이 아니라, 궁중의 여총女寵과 총애하는 신하와 집정 대신들에게 잘못이 있다고 합니다. 폐하께서 아직 태자를 세우지 않고 있음을 알고, 그들은 사사로이 뭔가를 꾀하고 있다는 것입니다.

전중시어사 당개는 포증 등 많은 대신들의 간언 대열에 합세한다. 장요좌를 관직에서 물러나게 하라고 간언했다. 어사중승御史中丞 왕거정 등 백관들이 조직적으로 조정에서 이 일을 논하도록 했다.

인종은 간관들의 압력을 이기지 못한다. 그날로 장요좌를 물러나게 하고, 황실의 외척은 삼성(중서성, 문하성, 상서성)과 추밀원에서 보직을 맡아서는 안 된다는 조서를 내렸다. 1년 후. 인종은 장귀비가 다시 조르므로 장요좌를 선휘사의 신분으로 하양통판河陽通判에 임명한다. 간관들의 의론이 들끓었다.

당개는 단독으로 황제를 뵈었다. 당개가 이치를 따져 가면서 간언을 했다. 인종은 곤란한 지경에 빠진다. 하나는 자신이 총애하는 여인이고, 또 하나는 자신의 충신이었다. 양쪽에서 압박이 가해지자, 인종은 장요좌의 임직은 중서성의 건의 때문이었다고 해명했다.

당시 중서성의 우두머리는 재상 문언박이었다. 당개는 즉시 그를 탄핵한다. 문언박은 사천성의 직금織錦을 장귀비에 바치고 소문관昭文館 대학사에 임명되는 기회를 얻었다고 했다. 문언박은 변방을 튼튼히 지키기 위해서였다고 변명했다.

－변방을 튼튼히 한다는 말은 거짓이고, 황실 친척들을 꼬여 자신의 지위를 튼튼하게 한다는 것이 진실입니다.

당개는 인종에게 문언박을 파면하고, 그 자리에 부필富弼을 재상에 임명할 것을 건의하였다. 인종은 본시 성격이 좋은 사람이었지만, 이번에는 당개에게 화를 냈다.

－당개, 너는 내가 임명한 재상을 파면하라고? 감히 황제인 나에게 새로운 재상을 권하다니 네 말이 너무 심하다. 다시 이러면 그대를 영남으로 귀양보내 버리겠소.

북송 시기, 영남으로 좌천시킨다는 것은 사형 다음으로 중한 벌이었다. 누구에게나 그곳은 매우 공포스러운 곳이었다. 당개는 황제앞에서 자신이 올린 주장奏章을 큰 소리로 한번 읽고 나서 황제에게 한마디 했다.

臣忠憤所激, 鼎鑊不避, 何辭于謫.

신충분소격, 정확불피, 하사우적.

－신은 충분忠憤[1]에 격분한바, 솥에 넣어 삶으신다해도 피하지 않을 것인데, 귀양 보내는 일을 어찌 마다하겠습니까?

---

1 충분(忠憤) : 충의로 인하여 일어나는 분한 마음.

인종은 당개를 춘주로 좌천시켰다. 기록에 의하면, 춘주로 좌천된 관원들 가운데에서 살아 돌아온 사람은 한 명도 없었다고 전한다.

─감히 아뢰옵니다. 당개를 춘주로 보내심은 실로 다시 숙고하셔야 합니다.

어사중승 왕거정이 인종에게 당개에게 내린 징벌이 과했다고 아뢴다. 인종은 왕거정의 말을 새겨듣는다. 곧 당개의 간언이 나라를 위한 것이라는 것을 이해하게 된다. 인종은 즉시 조서를 내려 당개의 좌천된 근무지를 영주로 변경하고 동시에 재상 문언박을 면직시켰다.

인종은 당개가 영주로 떠나는 도중에 다른 사람들에 의하여 보복당할까 염려하여, 전담 호송대를 보내 임지로 가는 당개를 보호하도록 명을 내렸다.

위의 사건들이 지난지 몇 달 후, 인종은 조서를 내려 당개로 하여금 침주郴州, 담주潭州 등지에서 임직하게 한 다음 전중시어사라는 원래 직무를 회복시켜주었다. 2~3년 후, 인종은 당개를 간원의 우두머리로 승진시켰다.

당개가 황제 면전에서 문언박의 공정치 못한 행위를 지적할 때, 문언박은 화를 내지도 않고 반박하지도 않았다. 문언박은 황제와 당개 앞에서 사죄하였다.

후에 인종이 문언박을 다시 기용하여 관직을 회복시켜주려고 하자, 문언박은 당개가 다시 조정으로 돌아와 복직할 수 있게 해달하고 건의한다. 그렇지 않다면 자신도 재상 자리에 복귀하지 않겠다고 했다.

당개는 그 이후 바른말로 천하를 움직였다는 명성을 얻게 되었다. 조정에서도 그를 칭하여 "진짜 어사라면 당개밖에 없다"고 당개의 기개를 존중했다. 결과적으로 인종은 올바른 말을 경청하는 귀를 가진 어진 지도자로 평가되었다.

김수홍은 차분히 당개의 예를 들어 김만중에게 내린 선파후문의 교지는 절대 옳지 않다고 했다. 다른 신하들도 입을 모아 임금에게 소를 올렸다.

─김만중의 일을 다시 참작해 주십시오.

─원찬하랍시는 분부는 지나치십니다.

─번거롭게 말라.

임금은 단 한 마디로 일축한다. 신하들의 논변으로 원찬을 정배로 고친 것뿐이다. 어버이처럼 섬기던 임금님에게 충정으로 옳은 말, 사리에 맞는 말을 아뢴 죄로 김만중은 귀양을 갈 수밖에 없게 되었다. 유배지는 강원도 금성이었다.

금성으로 정배 가다

갑인년 정월 27일, 한겨울이다. 김만중이 벼슬살이를 시작한지 10년이다. 김만중은 현종을 배알하고 즉시 관복을 벗었다. 그는 하루아침에 직언으로 말미암아 귀양 가는 죄인 신세로 추락했다.

왕이 내린 벌은 선파후문, 즉 삭탈관직으로 중형이었다. 여러 대신들이 힘써 변호했다. 왕은 신하들의 변호로 삭탈관직을 정배형으로 고쳤다.

허적을 탄핵한 게 지나쳤던가. 왕의 마음이 허적이 당수로 있는 남인 쪽에 기울었음인가. 그것이 사실이라면 김만중은 서리나 살얼음 정도가 아니다. 얼음골에 발을 디딘 것이다. 불행의 시초였다.

강원도 금성[1]은 옛날에 사람들이 말을 몰고 가다가 금성군의 고

---

1 강원도 금성(金城) : 금성군(金城郡)은 강원도 김화군, 창도군, 철원군에

개가 하도 높아서 사람과 말이 쉬어가던 곳이었다. 그 고개를 마현이라고 불렀다고 한다. 금성에는 북한강과 그 지류인 금성천이 흐른다.

산이 높고 험악한 지형, 금성은 김만중이 살던 한양에 비하면 기후가 냉하고 땅조차 척박한 곳이다. 금성으로 출발하기 전에 만중은 어머니 윤 부인에게 작별 인사를 올린다. 오언절구 시를 지어 이별의 슬픔을 달랜다.

어머니 곁을 떠나며

슬픔 삼키어 뱃속에서 맺히니
길 떠나는 나그네 어머니와 헤어지는 정이로다
울어서는 안 되는 줄 참으로 알지만
공허한 웃음은 어디서 생기는가

김만중은 한순간에 나락으로 굴러떨어지리라고는 전혀 예상하지 못했다. 그는 절박한 상황에서도 시구가 술술 이어진다. 마치 시를 짓기 위해서 귀양 가는 사람 같다. 문외한이 읽어도 설움이 북바친다. 맘껏 울지도 못하고 헛웃음조차 나오지 않는 기막힌 현실이다. 그토록 존경하는 홀어머니 윤 부인을 두고 차마 떨어지지 않는 발걸음을 떼어 놓아야 한다. 만중은 찢어지는 심정을 오언절

있었던 행정구역이다. 6·25 한국전쟁 당시 한국군과 중공군이 치열한 전투를 벌인 곳으로 금성지구전투전적비가 있다.

구 시구에 어떻게 다 표현할 수가 있을까.

어머니 윤 부인은 만기 만중 두 아들이 곤궁한 형편에서도 올곧게 자라 이제 벼슬길에 나아가고, 며느리 손 자녀와 더불어 한시름 놓고 살 수 있었다. 난데없이 이별이라니, 귀양이라니, 윤 부인의 심장이 강철인들 어떻게 견딜 수가 있겠는가.

땅이 메마르고 기후가 한냉하다는 그곳, 강원도 금성으로 만중은 깊은 겨울에 유배를 간다. 만중은 해가 이슥해서야 귀양지에 도착한다. 바로 그날 밤, 꿈속에서 어머니 윤 부인을 뵈었다. 그는 꿈을 꾸고 나서 또 시를 지었다. 귀양 가면서 시를 짓고, 꿈을 꾸고 나서 시를 척척 지어내는 김만중은 정치가인가, 문장가인가, 어느 편이 더 우세한 것일까.

기몽 1
꿈에 어머니를 뵙고

밤이 깊어 모든 움직임 그쳤는데
한 가닥 등불만이 외로운 나그네를 짝해 주었네
문득 꿈속의 나비가 되어
구름 사이를 까치처럼 날아갔었네
바람과 번개따라 쫓기듯 달렸네
북당에 올라 어머님을 뵈었나니
손잡으시고 두 눈에 눈물이 그렁그렁
마음놓고 활짝 웃고 보니
이별의 슬픈 회포 어느새 사라졌네

형님은 안색을 환히 하고서
내가 속히 돌아왔다고 반기셨네
아들딸과 조카들은
다투어 내 곁을 둘러싸고 있었네
아내는 평소에도 병을 끼고 살았는데
이별하고 나서 더욱 파리해졌네

후략(後略)

한밤의 적요와 등불만이 외로운 유배객을 친구해 주는 유배지에서 38세 김만중은 모든 움직임과 소리가 그친, 적소의 황량한 밤을 지키고 있다.

깜빡 잠이 든 사이 그는 꿈을 꾸었다. 극도로 간절하면 그의 애타는 그리움이 꿈속에서 어머니도 되고 형님, 조카, 수척한 아내와, 아들 딸도 된다.

함께 있어도 늘 그리운 어머니였다. 김만중의 뇌리에 각인된 자애로우면서 속 깊어 바다 같은 어머니, 어머니에 대한 지극한 그리움은 꿈속에서 어머니를 만나게 하는 기적을 낳는다.

어머니가 눈물 흘리는 모습, 그다음 구절에는 형님 만기의 환한 얼굴이 펼쳐지고, 아들과 딸, 조카, 그리고 만중과 이별하고 나서 더욱 수척해진 아내의 병약한 안색이 측은하다고 한다. 귀양지에 가자마자 어머니와 가족들을 애타게 그리워하는 만중의 모습이 눈에 보이는 것 같다.

기몽 2

꿈길에 성진(星辰)을 밟고 가다가 보니
자황님[2] 계신 곳 왔다고 하네
붉은 구름은 구중궁궐을 덮었는데
연기 속 옥녀들이 지껄이는 소리
신선들은 손에 예주경을 받들었고
성관과 월패는 셀 수도 없었네
배회할 뿐 감히 나아가지 못하고
시름없이 지는 해를 바라보았네

후략(後略)

　　김만중이 꿈속에서 별들의 세계를 비상한다. 옥녀玉女와 군선群
仙을 만나 자황이 사는 천상 세계를 체험하는 환상적인 시다. 만중
은 현실에서의 욕망이 좌절되자 자주 환시와 몽환을 겪으며 그때
마다 시를 지었다.

　　만중의 귀양살이는 당초부터 '몽환'인지도 모른다. 그의 수많은
시들은 꿈과 구름, 미녀들을 소재로 한 것이 다수였다. 금성 적소
에서 몽환 가운데 시를 지으며 그는 적으나마 마음의 평화와 안식
을 얻는다.

---

2 자황(雌皇) : 천황(天皇), 옥황(玉皇)과 함께 도교의 전설에 나오는 최고의
　신선.

기몽 2의 옥녀와 군선은 만중의 잠재의식 속에 각인된 어머니의 모습으로, 만중의 이상적인 모성의 상징으로 유추해 볼 수 있다.

다음은 정배의 명이 떨어지고 나서 정배지로 떠나기 전 옥중에서 지은 시를 살펴보자.

기몽 3

꿈에 붉은 구름 밟고서 자황님 배알하고
몸은 밝은 달 좇아 소상강을 건넜네
일 없는 초나라 나그네 난초를 노리개차고
지니고 있는 금향로는 소매 가득 향기롭네

김만중은 시에서 왕에게 버림받고 산천을 떠돌던 일 없는 초나라의 나그네 굴원[3]을 상상한다.

금성으로 유배를 떠나기 전부터 그리고 금성 유배 두 달 동안 만중은 마치 시작의 기회를 얻는 듯 활발하게 시를 쓴다. 그의 서정시에 군선 옥황상제 등이 등장하지만 시의 주제는 그의 어머니 윤 부인이다.

그렇듯 살뜰하게, 간절하게, 어머니를 그리워하면서 척박한 산

---

3 굴원(屈原) : 중국 전국 시대 초나라의 정치가·시인(B.C.343?~B.C.277?). 이름은 평(平), 자는 원(原). 초사(楚辭)라고 하는 운문 형식을 처음으로 시작하였다. 모함을 입어 자신의 뜻을 펴지 못하다가 마침내 물에 빠져 죽었다. 작품은 모두 울분이 넘쳐 고대 문학에서는 드물게 서정성을 띠고 있다. 그의 대표작품에 〈이소(離騷)〉가 있다.

골 오지로 떠나왔다. 김만중의 효도의 실체가 정녕 이런 것인가. 스스로 생각해도 어처구니가 없다.

허적을 논하는데 연좌된 이민적은 원주에서 복직되지 않은 상태로 사망한다. 만중은 금성 귀양지에서 이민적의 죽음에 접한다. 슬픔을 억누르고 만시를 지어 그를 조문했다. 피차 겪은 바를 군신이 아닌 남녀 사이의 슬픔으로 은유하였다.

죽어 이별함과 살아 헤어짐을 보지 못하면
어찌 인간 세상 아낙네의 슬픔을 알리요?

죽서 이민적은 사간司諫과 응교로 있을 때 국사 논의에 참여하여 언사가 쟁쟁하였다. 현종이 이민적의 문학적 소질이 탁월하여 왕의 측근에서 보필을 하게 했다. 죽서 이민적의 정치·경제에 관한 많은 소차疏箚 가운데 그의 「옥당조진시폐차玉堂條陳時弊箚」는 명문으로 알려져 있다. 그도 역시 유배를 면치 못했다.

─갑인년(1674 현종 13) 봄에 내가 시종신侍從臣으로서 금성에서 죄를 받아 귀양을 살고 있었다. 그때 도헌 이민적 혜중惠仲이 원주原州 적소에서 세상을 떠나자, 나는 이미 장편 사백 자로 조곡하였고, 다시 이 시를 지어 남녀의 사귐에 가탁함으로써 앞의 시에서 다하지 못한 뜻을 폈다. 그리고 이것을 삼가 스스로 이공에게 갖다 붙인 것은 대개 남녀와 군신의 정은 이륜彛倫, 즉 사람으로서 지켜야 할 도리로부터 나온 것으로서 애초에 못생김과 잘생김, 잘남과

못남의 구별이 없는 것이라고 생각했기 때문이었다.

김만중의 이 글에 따르면 남녀의 정이나 군신의 정은 모두 일정 불변의 인륜, 사람으로서 곧 떳떳하게 지켜야 할 도리에서 나온 것이라고 한다.

정치적 부침기의 시에서 김만중은 남녀의 정이나 군신의 정이 모두 인륜에서 나온 것이므로 애초부터 잘 생기고 못 생기고, 잘 나고 못 남의 구별이 없는, 그 근원은 같은 것이라고 설파한다.

김만중은 산 깊고 물 멀어 한양에 계신 윤 부인에게 소식 전하기도 어렵다. 깊은 밤 시를 지으며 상념에 잠긴다.

풀려나다

을미년 4월에 약방(전의감) 대신들이 입시했다. 대사헌 강백년 姜栢年이 임금에게 아뢴다.

―신이 약방에 오래도록 있는 바람에 헌부憲府의 조율하는 공사가 많이 지체되었습니다. 추고 가운데 김만중은 당초에 특별한 추고였으므로 오히려 조율하여 감죄하지 못했습니다. 이미 정배한 뒤에는 또 조율하기가 어려운 바가 있어서 감히 이를 우러러 여쭙니다.

강백년의 김만중에 대한 발언은 의외였다. 왕이 대사헌 강백년에게 즉시 답한다.

―이는 관례에 따른 추고가 아니고 특별한 추고이니 그대로 조율하는 것이 좋겠다.

왕이 김만중은 특별한 추고니 금성 정배를 그대로 두라는 뜻이었다. 이어서 허적이 아뢴다.

　-김만중의 일에 대해 신이 일찍이 말씀드리려다가 조정의 일
도 아니고 왕께서 묻지 않으시므로 말씀드리지 못했습니다. 강백
년이 이왕 말을 끄집어냈으니 신 또한 소회를 말씀드리겠습니다.
신으로 말미암아 김만중에게 엄중한 교지가 내리게 되어 이를 말
씀드린 신하들이 잇달아 죄를 입었습니다. 김만중이 아뢴 말이 비
록 신의 신상에 꼭 들어맞는지는 모르겠습니다만, 김만중으로서는
'생각이 있으면 반드시 아뢴다'는 뜻이었습니다.

　정치적 실세인 남인 허적이 은근한 말로 왕의 마음을 움직인다.
허적은 과연 무슨 의도에서일까. 김만중의 시각으로 허적은 소인
이었다. 그 소인이 김만중을 도와주려는 것이다. 만중은 왕에게 허
적을 소인이라고 했다. 소인을 백료 위에 두어서는 안 된다고 강변
했다. 그가 금성으로 유배 온 이유였다. 소인 허적이 김만중 구출
운동을 벌이고 있다. 대체 무슨 특별한 까닭이 있는가. 허적의 말
이 이어진다.

　-말이 쓸만하면 쓸 것이요, 채용할 만한 말이 아닐 경우 버리면
되는데 저렇게 도형[1]에 처하고서 귀양을 보내기까지 하시니, 어찌
성스런 덕에 누가 되지 않겠습니까? 김만중은 그의 노쇠한 어미와

---

1 도형(徒刑) : 조선시대 도형은 태형·장형·유형·사형과 함께 5형(五刑)
　의 하나였다. 도형의 복역(服役) 기간은 1~3년까지이며, 여기에 장(杖)
　60~100대를 병과(並科)하여 원지(遠地)의 염장(鹽場)이나 제철소(製鐵所)
　등에서 중노동에 종사하게 하였고, 도형을 다시 5등급으로 나누어 장 10
　대와 복역 반년을 1등급으로 하였다.

떨어져 있어 정리상 불쌍하기 짝이 없습니다.

허적의 언사가 신중하다. 은미하다. 왕에게 아뢰는 어법이 온건하지 아니한가. 노회한 정치가의 언변인가. 왕을 대하는 자세가 직선적이고 강박해 보이지 않는다. 곡진함이 배어 있다. 허적이 김만중을 풀어주자고 임금에게 권유하고 있는 것이다. 허적은 김만중의 노약한 어머니도 염두에 두었다.

—김만중의 말이 너무나 이상하였기 때문에 처음에는 멀리 귀양 보내려고 하였으나, 그때 대신들이 아룀으로 인해 가까운 곳에 귀양 보냈던것이다.

임금님은 나름 김만중에게 관용을 베풀었다고 여기는 것일까. 원찬이 정배형으로 고쳐진 배경에 대해 허적에게 설명하고 있다.

상감의 말에 허적이 다시 아뢴다.

—신이 비록 못났습니다만 또한 하나의 늙은 신하입니다. 저는 사실 진심에서 하는 말입니다. 어떻게 감히 마음에 없는 헛된 일로 아뢸 수 있겠습니까. 만일 은혜를 입어 김만중이 석방된다면 상감의 덕이 머지않아 회복될 것이며 신의 마음도 편안해질 것입니다.

허적은 소인이 아니라 본시 대인이었던가. 경우에 따라서 군자가 되었다가 소인이 되었다가 도깨비방망이처럼 요술을 부리는가. 만중을 풀어주면 허적 자신의 마음도 편안해질 것이라고 하니 매우 감동적이다. 허적은 진심에서 하는 말이라고 했다.

—정배한지도 오래되지 않았다. 하지만 경이 이처럼 누누이 말하니, 경의 뜻을 편히 해주기 위해 석방하겠다.

김만중이 정배간지 오래되지 않아 풀어주기는 이르다는 것일까. 허적과 주거니받거니 하던 왕은 김만중을 석방하는 것은 허적의 마음을 편히 해주기 위함이라는 것이다. 왕은 늙은 대신 허적의 건의를 수용한다.

—비록 언관의 직책에 있는 신하라 하더라도 그 말은 죄줄만한 데도 죄줄 수 없는 일이란 없는 법이다.

왕은 죄를 줄만해서 준 것이라고 강조한다. 왕은 김만중을 완전히 용서하고 있지 않은 것이다.

그해 4월 1일 만중은 금성 배소에서 풀려난다. 허적의 관대함으로 인한 출옥이었다. 영의정 허적은 자신을 갈아치우라고 상소하다가 귀양 간 만중에게 인정을 베풀었다. 그의 온건한 성품, 신중한 언설이 사색당쟁의 회오리 속에서도 6년여 동안 집권자가 되게 한 것인가. 30대 후반의 젊은 김만중의 용기, 기개, 의협심, 정의감과는 또 다른, 정치가로서의 노련한 처세술인가.

김만중은 금성에 정배 온 후 바로 그 밤에 꿈을 꾸었다. 꿈속에서 어머니 윤 부인과 가족을 만나는 꿈, 그 꿈이 신기하게도 잘 들어맞은 것이기도 하다. 간절히 원하면 이루어지는 꿈, 마침내 만중은 석방된다.

이제 고향에 돌아가 어머니 윤 부인을 뵈올 수 있게 되었다. 만중은 금성 유배지에서 풀려나며 시를 지었다.

몽유방환

정월에 떠난 사람 사월에 돌아오니
외로운 신하는 감격의 눈물 줄줄이 흘리네
이제는 은자의 옷은 벗어 던지고
평생에 색동옷을 떨쳐보리라

갑인년 (1674 현종 15) 4월 1일, 김만중은 강원도 금성 유배지에
서 풀려나 자유의 몸이 되었다. 그는 집으로 돌아가게 된 심정을
칠언 칠구 시로 썼다. 다시는 귀양 안 가고 색동옷을 입고 어머니
모시고 효도하면서 살겠다고 다짐한다. 만중의 효성스러운 모습
이 드러난다.

사직辭職이 파직罷職이 되다

조정은 날이 갈수록 소인배들이 활개를 치고 있었다. 그들이 김만중의 벼슬길을 막았다. 김만중은 그의 적성이나 실력에 적합하지 않은 군직을 부여받는다. 군직은 산직 한직이나 마찬가지로 하급직이었다. 하급직이고 상급직이고 간에 그는 벼슬살이에 뜻이 없다.

금성에 가서 귀양살이를 하고 돌아온 그로서는 어머니 윤 부인을 모시고 형님 가족과 함께 한곳에 정착해서 살고 싶다는 생각이 강했다. 만중의 간절한 소원이었다.

―시골에 서원을 짓고 어머니 모시고 후손들을 가르치면서 자연과 더불어 살고 싶다.

만중은 수시로 이 말을 구호처럼 외쳤다. 그의 의중에 어머니 윤 부인이 굳건히 자리 잡고 있었다. 만중의 형 서석공도 오래전 그와 같은 심중을 피력한 일이 있다. 형제는 충실하게 관직 생활을 했으므로 크게 모은 재산은 없어도, 조촐하게 향촌 살림을 꾸려갈 여력은 되었다.

병자호란 와중에 남편을 잃고 어머니는 혼자서 궁핍한 살림을 떠맡았다. 형제는 공부를 잘하기도 했지만 일찍부터 정계에 발을 들여놓은 것은 가난 때문이었다. 만기 만중 형제가 벼슬을 선호해서가 아니었다. 어머니를 편히 모시고자 입신양명에 뜻을 둔 것이다.

김만중은 인생이 별 것 아니라는 것을 금성 유배지에서 논과 밭을 일구고 단란하게 사는 서민들의 삶과 가까이하는 가운데 절실히 깨달았다. 그는 도연명의 귀거래사가 새삼스럽게 가슴에 사무쳤다. 형 서석공한테 글짓기를 공부할 때 도연명의 귀거래사를 배운 바 있다.

귀거래사歸去來辭는 도연명陶淵明이 관직을 떠나 전원으로 돌아오게 된 경위, 심경, 앞으로의 각오 등을 피력했다. 정치적 사회적 격동기에 자신의 삶과 성정을 고상하게 지탱했던 도연명의 의지가 잘 드러나 있다. 송대 구양수歐陽修는 귀거래사에 대하여, "서진西晉과 동진東晉에는 문장이 없는데, 다행히 이 한 편이 있을 뿐이다(兩晉無文章, 幸獨有此篇耳)"라고 도연명을 극찬했다.

귀거래사

돌아가리라. 전원이 장차 거칠어져
가는데 어찌 돌아가지 않겠는가
이미 스스로 마음을 육체에 부림받게 하였으나,
어찌 근심하며 홀로 슬퍼만 하겠는가
이미 지나간 것은 따질 것 없음을 깨달았고
앞으로 올 일은 제대로 따를 만함을 알겠다
진실로 길을 잃은 것이 그렇게 멀리 가지는 않았으니
지금이 옳고 지난날이 잘못되었음을 깨달았다
배는 흔들흔들 가벼이 떠가고 바람은 살랑살랑 옷자락에
분다
길가는 나그네에게 앞길을 물으면서 새벽빛이 희미한 것을
한스러워한다

중략(中略)

그만두자. 세상에 몸을 의탁해 사는 것이 또한 얼마나 된다고
어찌 마음에 맡겨, 가고 머묾을 임의대로 하지 않겠으며,
무엇 때문에 허둥대며 어디를 가려고 하겠는가
부귀는 내가 바라는 것이 아니고 신선 세계는 기약할 수 없다
좋은 시절을 생각해 두고 있다가 홀로 나서고
혹은 지팡이를 세워 놓고 김매고 북돋워줄 것이며
동쪽 언덕에 올라 시를 읊조리고 맑은 물에 이르러 시를 지
으리라
그저 변화를 따라 죽음으로 돌아가리니
천명을 즐김에 다시 무엇을 의심하리오

만중은 도연명의 귀거래사에 이어 성당시대 시인이자 화가인 왕유를 흠모했다. 왕유는 상서우승의 벼슬을 역임하여 사람들이 그의 벼슬 이름을 따서 왕우승으로 불렀다. 그는 산수자연시에 뛰어나고 불심이 깊어 '시불詩佛'이라고도 한다. 시불 왕유는 시선詩仙 이백, 시성詩聖 두보와 함께 당시唐詩의 황금기를 이끈 대시인으로, 수묵산수화를 창시한 화가이기도 하다.

소동파(蘇軾, 1036~1101)는 왕유를 가리켜 '시 속에 그림이 있고, 그림 속에 시가 있다(詩中有畵 畵中有詩)'라고 격찬했다.

향적사를 지나며

향적사가 어딘지도 모르고
구름 낀 봉우리 속으로 몇 리를 들어간다
고목이 우거져 사람 다니는 길은 없는데
깊은 산 어디에선가 종소리 들린다
샘물은 가파른 바위에 부딪혀 소리를 내고
햇빛은 푸른 소나무에 비쳐 차갑다
해질녘 아무도 없는 빈 못 가에서
조용히 참선하며 번뇌를 다스리리라

왕유의 '과향적사'는 김만중이 어려서 형 서석공에게 배운 시중에서 열광적으로 선호하던 시였다. 관로에 입신하면서부터 만중은 현실에 급급한 나머지 시의 향취를 잃고 망각하고 지냈다.

만중은 금성 유배가 그에게 결코 슬픔만 준 게 아니라는 것을 깨달았다. 이렇듯 향촌을 그리는 만중의 마음 동향은 정치 일선에서 물러나 삼림에 은거한 스승 우암 송시열의 영향도 컸다.

빠른 것이 세월이었다. 김만중이 금성 적소에서 풀려난 지 3~4개월이 지나갔다. 만중은 효종으로부터 홍문관의 정5품 벼슬자리를 제수받는다. 며칠 후에는 사서司書를 겸하게 된다. 만중은 벼슬이 높고 낮고를 떠나서 내키지 않았다. 사직하려고 소를 올렸다.

사직서는 받아들여지지 않았다. 효종이 병환이 중해서 사직의 뜻을 관철시키지 못한 것이다. 마지못해 그 자리에 나아갔다. 그해 8월에 효종임금이 돌아가셨다. 14살 숙종대왕이 그 자리를 이었다.

갑인년 (1674 숙종 원년) 9월에 만중은 임금의 잘못을 고치게 하는 직책인 정5품 헌납獻納에 옮겼다가 사직辭職했다. 이날 이조정랑을 제수받았으나 나아가지 않았다. 직책의 고하간에 만중은 더는 벼슬길에 머물고 싶지 않은 것이다.

김만중이 사직을 염두에 두었지만 더 중요한 것은 숙종이 왕위에 오르자 형 서석공의 딸 인경왕후가 장추궁長秋宮에 정식으로 오르므로, 만기 형이 광성부원군에 봉해졌기 때문이었다. 이를테면 김만중은 왕의 외척이 아닌가.

그 후에도 여러 차례 직위를 받았다. 그때마다 소를 올려 사직하려 했으나 왕의 반대로 사직하지 못했다. 왕의 명령을 강하게 물리치지 못하고 그는 자신도 모르는 사이 파멸의 길로 휩쓸려가고 있었다.

을묘년 (1675 숙종 원년) 김만중 39세 정월에 정3품 통정계 벼슬에 오른다. 연이어 호조참의를 제수받았다. 그는 또 소를 올렸다.

—엎드려 생각하니 신은 지난번에 옥당(홍문관)에 있으면서 여러 사람이 볼 수 있도록 봉함하지 않은 글을 올렸습니다. 폐하께서 너그럽게 포용하셔서 새로운 관직까지 내리셨습니다. 돌아보니 신은 일을 감당하기 어렵습니다. 이것이 신이 두 왕조에서 허물을 용서받고 때를 씻은 은혜를 갚는 방법이라 여겨 직책을 맡지 못하는 것입니다. 어찌 감히 영광을 탐하고 총애를 바라며, 맑은 조정을 부끄럽게 하겠습니까?

김만중이 체직하는 이유를 밝히고 있다.

—송시열과 이유태, 작고한 판서 송준길, 이 세 사람은 신이 받들어 사모하고 삼가 본보기로 삼았습니다. 우암 송시열이 죄를 입게 된 처음부터 신은 일찍이 주제넘은 듯하지만, 옛사람이 스승을 위하여 스스로를 탄핵하던 뜻을 말씀드렸던 것입니다.

김만중은 새로 제수받은 직위도 스승을 위하여 사퇴하려고 소를 올렸다.

또 그는 다른 상소에서 전 대사성 남구만이 서인 송준길을 스승으로 섬겼다는 이유로 죄를 입었는데, '남구만의 죄는 곧 만중 자신의 죄'라고 말했다.

남구만은 송준길의 문하에서 수학, 문장과 서화에 뛰어났다. 시조 '동창이 밝았느냐 노고지리 우지진다'의 저작자였다. 1651년(효종 2) 사마시司馬試를 거쳐, 1656년 별시문과別試文科에 을과로 급제하여, 이듬해 정언正言을 지냈다. 숙종 초에 대사성·형조판서를 거쳐, 1679년(숙종 5) 한성부좌윤을 지냈다.

김만중은 왕으로부터 새로 직위를 받을 때마다 감당할 수 없는 이유를 밝혔다. 그의 이름을 아예 벼슬 문서 즉, 사적仕籍에서 빼고 분수대로 살게 해달라고 탄원했다. 그것이 만중의 본심이고 가장 큰 염원이라는 것을 말했다.

왕은 그러나 고관考官으로 패소牌召한다. 만중이 나아가지 않자 파면했다.

만중은 춘추관의 수찬관을 겸하고, 실록을 편찬하던 임시관청인 실록청 정3품 당상관에 차출된다. 반강제였다. 다시 또 동부승지에 자리를 옮긴다. 변화가 무상한 벼슬자리였다. 그는 동서남북으로 시도 때도 없이 옮겨 다니는 벼슬살이에 전혀 뜻이 없다. 적극 피하고 싶은 심정이다.

을묘년(1675 숙종 원년)에 김만중은 지난해 겨울에 국장 때 널 만드는 일을 감독하였기로 정3품 당상관 통정계 품계에 올랐다. 이어서 호조의 정3품 호조참의에 오른다.

김만중은 또 사직하려고 소를 올린다. 벼슬의 높고 낮음에 관계없이 만중은 정치 일선에서 벗어나고 싶은 한 생각뿐이었다. 뜬구름처럼 이곳저곳 옮겨 다니지 않고 한자리에 뿌리내리고 조용히 살고 싶었다. 만중은 금성 유배지에서 어머니 모시고 향촌에 살고 싶다는 생각을 굳게 했다. 만중은 자신의 험난한 벼슬살이 미래를 꿰뚫고 있었던 것일까.

왕은 김만중의 소원을 외면했다. 수차례 올린 사직 상소에도 불구하고 춘추관의 수찬관을 겸하여 실록청 당상관에 차출된다. 다시 승정원의 정3품 동부승지 자리를 맡게 된다. 승정원은 왕이 내리는 교서나 신하들이 왕에게 올리는 글 등, 모든 문서가 거치게 되어 있는 국왕의 비서기관이다. 그 역할이 중대하여 승정원은 때로 다른 기관을 무시하고 권력을 남용하기도 했다. 왕명의 출납을 관장하는 것을 임무로 한다. 하지만 단순히 그것을 위하여 국왕과 백관민서, 즉 관청과 백성의 중간 매개 역할을 하는 데만 그치지 않았다. 동부승지는 대궐에 들어가 연석에서 국정에 관한 건설적인 의견을 상달, 정치적 영향력을 미칠 수 있는 중요한 직책이었다.

5월 26일 만중은 왕이 불러 입시한다. 동부승지로 임명된지 며칠 후였다. 김만중은 왕에게 평소에 생각하고 있던 바를 아뢰었다.

—신이 분수에 넘치게도 경연관經筵官 벼슬을 하고 있으니 감히 생각하고 있는 바를 말씀드리겠습니다.

동부승지 김만중은 궐내에 들어와 임금님을 자주 뵙고, 경서를 강의할 수 있고, 임금님에게 아뢸 말씀이 있으면 자연스럽게 아뢸 수도 있는 경연관이란 직책을 맡고 있다. 맨 앞 용상에 임금님이 앉아 계시고 신하들이 상단에 계신 왕을 우러르며 상하좌우로 둘러앉아 있다.

—대사헌 윤휴가 경연에서 아뢰기를 '논어의 주註는 반드시 많이 읽을 것이 없습니다' 하였다고 합니다. 주 또한 현자의 말이니 주를 읽지 않으면 전하는 뜻을 알기 어렵습니다. 시험삼아 주역으로 논해보면 복희 씨가 천하만물을 관하고 팔괘를 긋자 문왕이 괘사를 붙여 놓았고, 주공이 효사를 설치하셨으며, 공자가 십익을 지으셨습니다. 복희 씨가 괘를 그은 뒤에 여러 성인들이 괘에 설명의 말을 지은 때문에 후학들로 하여금 쉽게 깨치도록 한 것입니다. 어찌 읽을 필요가 없다고 말할 수 있겠습니까?

김만중은 경서에서 주註의 중요성을 설하고 있다. 왕이 듣기에 거북스러운 점이 있었다. 우선 만중의 말이 길고 예로 든 주역의 내용이 자못 어렵고 복잡했다.

—또 윤휴가 '글을 읽을 적에는 대성 공자의 이름자도 마땅히 꺼릴 것이 없다'고 합니다. 이름을 꺼리지 않고 읽는다면 거의 성인을 업신여기는 일이 되지 않겠습니까?

김만중은 성인의 이름자는 향리의 아낙네나 어린애도 조심하는 게 마땅하다. 하물며 예식을 갖추고 왕이 신하와 더불어 정사를 논하는 경연의 자리에서 성인의 이름을 함부로 부르는 것은 옳지 않다. 만중이 천지만물의 형상을 보고 주역의 팔괘를 처음 그은 복희 씨를 비롯, 문왕 주공 공자 등, 사대성인을 예로 들어 소상하게 강론한다. 김만중은 또 말했다.

─오늘 유생들의 소가 두 차례나 들어왔는데 일찍이 유생들의 소를 물리치지 마라는 교지가 계시므로 소를 들여왔습니다. 이구석李九碩이 선조와 효종 두 조정의 논의에서는 광해군 때 이이첨 무리들의 흐리고 어지러움을 언급하고 있습니다. 우리 선조와 효종 두 조정의 신하에 이이첨 같은 이가 있겠습니까? 감히 두 조정을 광해光海때에 비기어 그 말의 무례함이 이에 이르니 진실로 마땅히 죄를 주어야 할 것입니다.

김만중은 마치 경연장의 주인공이 된 것 같지 않은가. 만중의 말이 길어지자 왕이 말했다.

─유생들의 소를 모두 들이라 하였으니 다만 임금의 취사만을 기다림이 옳거늘, 너는 당을 싸고도는 것이 전과 같아서 감히 이와 같이 말하느냐?

왕의 음성에 짜증이 섞인다. 신하의 언설에서 박식하다거나 유능하게 보이는 부분이 발견되면 혹자는 신하된 자가 왕을 가르치는 것으로 착각할 수도 있다. 실제로 신하가 왕을 가르치는 부서도 있지 아니한가. 왕과 강론하는 승정원 그 자리에 만중이 지금 있다.

'이럴려고 사직, 체직, 파면을 반복하다가 동부승지에 이르렀던가.'

일순 만중의 뇌리에 회오리바람이 일었다. 검은 구름이 떼를 지어 몰려왔다. 배석한 다른 신하들은 있는 듯 없는 듯, 침묵을 지킨다.

만중이 자리에서 일어선다. 왕께 절을 한 번 올린다. 마음에 품은 말은 다 해야 직성이 풀리는 듯, 만중이 말을 이었다.

─신이 들으니 허목은 '김종일이 일찍이 효종과 현종 두 조정에서 정치가 어지러워 벼슬하지 아니 하였다'고 말했습니다. 허목이 종일을 칭찬하는데 급급해서 그 말이 앞 조정을 다치는 줄을 깨닫지 못하였습니다.

─그만 하라, 기다리기만 하라.

왕은 더 참지 않았다. 앞에서도 만중에게 적신호를 주었다. 만중은 할말은 다해야하므로 왕이 총애하는 허목까지 들고나온다. 끝까지 들어봐야 일의 전말을 알 수 있을 터인데 왕은 급한 성격을 드러낸다.

─김만중은 앞조정에서 영상을 논척하다가 관대한 은전을 입어 형장으로 때리고 신문하는 형추를 면하였더니 이제 또 위험한 말을 지어내 두 어진 신하를 죄에 빠지게 하니 간교하고 음험한 모양이 몹시 놀랍도다. 우선 파직하라.

왕은 즉석 '파직'을 명한다. 만중이 원하지도 않는 동부승지를 제수 받은지 불과 며칠만이었다. 김만중이 생각한다. 앞 조정에서 대신 허적을 논책했으므로 금성으로 유배를 갔다. 유배에서 돌아오자 왕이 여러 차례 관직을 내렸으나 사직했다. 사직이 그의 본래 품은 뜻이었다. 그들을 무함誣陷하는 게 아니다. 승정원의 동부승지는 왕과 평화롭게 대화하는 자리, 중요 안건을 토의하는 직책이 아닌가.

93

목창명과 유명현이 불난 집에 부채질을 한다.

─김만중의 말이 놀랍고 기이합니다. 허목 윤휴 두 신하의 뜻은 틀림없이 김만중의 말과 같지 않을 텐데, 김만중이 거짓말을 하고 있습니다.

그들은 허목과 윤휴를 두둔하면서 만중을 음해하는 발언을 한다.

─김만중이 앞 조정에서 다행히 형장을 면했는데 어찌 감히 다시 사람을 모함하는가? 당장 파직하라.

김만중이 물러간다. 승지 송창이 입시한다.

─신이 승정원에 있다가 갑자기 김만중이 견책을 받았다는 소식을 듣고, 엎어지고 자빠지며 들어오느라 잘 모르고 있습니다. 김만중이 견책을 받은 것은 무슨 일입니까? 신도 임금을 가까이 모시는 직책을 맡고 있으니, 그 까닭을 듣고 싶습니다.

송창이 보건대 김만중은 어질고 선량하다. 박식하고 점잖은 인물이다. 그가 엎어지고 자빠질 정도로 허둥지둥 달려온 이유였다.

─송창은 사람들이 높이 우러러보는 사람도 아닌데 우연히 후설의 직분을 맡았다. 김만중이 빈척擯斥됨을 분하게 여겨 감히 그 이유를 군부에게 두 번 세 번 다그쳐 물으니, 당론에만 아부하는 죄를 징계하지 않을 수 없다. 창을 잡아다 조사하여 처리하라.

송창은 관직을 박탈당한다. 경국대전보다 왕의 말 한마디가 그대로 법이 되는 현장이다.

─게 누구 없느냐? 창을 잡아다 문초하라.

아차하면 파직이요, 삐끗하면 귀양이었다. 송창의 죄명을 씌우는데도 당론이 등장했다. 왕의 당적은 어느 쪽인가.

정석鄭晳이 김만중을 변호한다.

—신이 임금을 가까이 모시는 직분에 있으니, 감히 아뢰옵니다. 김만중이 이미 죄를 입었는데 죄를 더 하심은 지나치십니다. 김만중이 홀어미를 두고 귀양을 살았습니다. 금성 적소에서 돌아온지 얼마 되지 않았습니다. 참작해 주십시오,

석은 김만중이 원하는 것은 관직이나 명예가 아니라는 것, 수차례나 체직, 사직, 파면한 것을 알고 있었다. 동부승지를 제수받은지 며칠 만에 파직당하니 왕의 즉결심판은 불합리하다. 석은 임금님께 선처를 요구했다. 왕은 신하들의 의견을 무시, 묵살한다.

—다만 붓을 잡고 쓰기만 해라!

임금님은 지존, 임금님의 한마디 말은 곧 조선의 법령이었고 금언이었다.

만중의 효심

김만중은 홀어머니를 기쁘게 하는 것이 그 인생의 지상목표였다. 잡다한 세속 일로 그는 그 소원을 이루지 못하고 있다. 어머니 윤 부인을 위해서라면 세상의 무엇도 가리는 바가 없었다. 어려서는 형과 함께 '삐약 삐약' 병아리 소리를 흉내 내어 어머니를 즐겁게 해드렸다.

책을 좋아하는 어머니에게 드리려고 기회가 닿는대로 역사책 소설책 등을 열심히 모았다. 고사古史, 이서異書를 모은 것이 집안의 서가를 가득 채울 정도였다. 그것을 어머니에게 읽어드리고 삼모자 함께 담론을 펼치기도 했다. 만기 만중 형제는 어머니 윤 부인과 함께 가난해도 행복한 유소년 시절을 보낼 수 있었다.

그는 성장해서도 공적인 일 외에는 어머니 곁을 떠난 적이 없다. 한집에서 살지 않고 집을 따로 살 적에는 조정에 일 보러 가고 오면서 아침저녁으로 어머니 윤 부인에게 문안드리기를 거른 적이 없다. 이웃 사람들은 만중을 가리켜 하늘이 낸 효자라고 극구 칭찬을 아끼지 않았다.

ㅡ운 씨 마님 댁 아드님은 참 효성스럽기도 하지. 눈이 오나 비가 오나 조석으로 하루도 거르지 않고 어머니를 뵈러 오다니 그 효심을 누가 따를 수 있을까.

ㅡ그러게나 말입니다. 윤 씨 마님이 온갖 고생하며 자식 기른 보람이지요.

어떤 이웃들은 만중이 윤 부인 집에 오가는 시간을 맞춰서 일부러 소공동 골목에 나와 서서 만중을 지켜보기도 했다. 만중은 이웃 사람들에게 공손하게 인사를 했다. 이웃들은 행동거지가 반듯하고 진중하면서 예절 바른 만중에게 절로 감탄하곤 했다.

윤 부인은 만중이 돌아올 시간이 되면 읽던 서책을 윗목에 밀어 놓고 다과를 준비해 아들을 기다렸다. 윤 부인의 최상의 낙이었다.

ㅡ오늘은 별일 없었는가?

아들의 조정 일이 궁금하면서도 윤 부인은 그 말 외엔 더 묻지도 않았고, 만중 역시 긴 말이 필요 없었다. 모자는 이심전심이었다.

ㅡ어머님! 오늘도 무탈하게 잘 지내셨습니까? 조석은 잘 드시고 계신지요?

만중이 돌아갈 때는 윤 부인이 문밖에 나와 서서 저만치 멀어져 가는 아들을 하염없이 바라보았다. 바라만 보아도 가슴속이 따뜻해지는 든든한 아들이었다.

만중은 벼슬을 원하지 않았다. 정배에서 풀려나 직책을 받을 것을 기대하지도 않았다. 얼마 동안이라도 푹 쉬면서 자신의 인생을 깊이 성찰하고 진로를 결정하고자 했다. 그는 벼슬이냐 은둔이냐를 놓고 고민하고 있었다. 그의 소원은 오로지 어머니의 여생을 편안하게 모시는 것이었다. 만중의 특수한 출생 배경은 어머니를 적극 봉양하는 방향으로 나아가고 있었다.

—무릇 나랏일 같은 공적인 일에는 한 터럭만큼도 사사로운 인정이 개입되어서는 안 되느니라.

윤 부인은 국가의 녹을 받는 만기 만중 두 아들에게 세속에 물들지 않도록 어려서부터 누누이 가르쳐왔다. 두 아들은 어머니 윤 부인의 가르침에 잘 따랐다. 성품 또한 청렴하고 결백했다. 모범적인 관료였다.

벼슬길에 나간 만기 만중 형제에게 계속해서 변화무쌍한 자리바꿈이 이어진다. 변화무쌍한 벼슬자리 변동은 관직생활을 사퇴하고 싶은 만중의 심정을 더욱 부추겼다. 그의 삶 중심에는 홀어머니 윤 부인이 자리 잡고 있었다. 김만중은 부침이 심한 관직에 나아가 휘둘리기보다는 오직 어머니 모시고 한곳에 안주하여 담박하게 사는 것이 소원이었다.

김만중은 현실을 거부하지 못했다. 기왕 맡은 일, 그는 최선을 다해 임무를 완수하려고 노력했다. 그해 12월에는 현종대왕 만시를 지어 올렸다.

그즈음 허적이 요로에 머물게 된다. 허적은 허목과 윤휴를 등용한다. 왕의 비호를 받는 남인 윤휴와 허목의 세력은 날로 강해졌다. 세간 인심이 흉흉하다. 왕이 나서서 적극 비호하니 그들은 때를 만난 듯 제멋대로 날뛰었다.

－세상이 제 것인 양 날뛰니 백성의 어려움은 누가 돌보겠는가.

명성왕후의 친정아버지, 현종의 장인이고 숙종의 외조부 국구 김우명이 크게 반성한다.

－저들을 어찌 두고만 보시겠습니까? 상감께 말씀드려 보심이 어떠하올지요?

김우명은 딸 명성왕후의 권유를 받고 왕께 나아갔다. 왕의 종실 복창군 이정과 복평군 이연이 궁녀들과 간통한 사건은 항간의 백성들까지 거의 다 알고 있는 사실이었다. 조선 시대 궁녀와 간통한 자는 누구나 사형에 처하였다.

－아뢰옵기 황송하오나 근자에 복창군과 복평군의 일로 세간이 시끄럽다 하옵니다. 왕실의 존엄을 헤치고 상감께 누가 될까 심히 염려스럽습니다.

국구 김우명은 전 왕과 현재 임금과의 인척임을 고려해 조심스럽게 아뢰었다. 그가 임금님에게 한 말씀 드리자마자 남인들이 들고 일어났다.

－대저 무슨 근거로 복창군과 복평군을 모함하는가? 근거를 대시오!

그들은 김우명이 근거 없이 왕손들을 해치려한다고 벌떼같이 들고 일어났다.

　―대신들께서도 모르는척 시치미 떼지 마시오. 결코 뜬소문이 아니지 않습니까. 자칫하면 왕실의 체통이 무너집니다. 다 아는 사실을 왜 숨기려고 하십니까?

　김우명이 강하게 나갔다.

　―어찌 세간에 떠도는 뜬금없는 말을 사실인 양 감히 상감께 아뢴단 말입니까.

　드디어 명성왕후가 직접 어전 회의에 나갈 수밖에 없었다. 친정 아버지 김우명이 자칫 누명을 뒤집어쓰고 곤란에 처할까 우려되었다.

　명성왕후가 왕께 나아가 왕손들이 궁녀 상업常業·귀례貴禮와 간통한 사실을 증언했다. 결국 복창군 이정과 복평군 이연 및 궁녀들은 사형을 면하여 멀리 유배되었다.

　―왕후마마가 정사에 관여하심은 바람직한 일이 아니옵니다. 전하께서 살펴주소서.

　남인 윤휴와 홍우원 등은 대비가 조정에 간여하는 것이 옳지 않다고 임금에게 건의한다. 윤휴와 허목은 도리어 그 죄를 국구 김우명에게 뒤집어씌우려고 했다. 임금 한 사람 비위만 맞추면 천하가 다 그들 손에 놀았다.

　박장원의 아들 박심이 귀양지로 우암 송시열을 찾아갔다.

　―선생님 안부가 궁금하였지만 진즉에 오지 못하고, 이리 늦어

서야 찾아뵙게 되었습니다. 지내시기는 어떠하신지요?

박심은 허름한 복장에 초췌해 보이는 노 선비 우암에게 큰절을 올렸다.

─사계沙溪 노 선생老 先生의 자손에 김만중 같은 이는 틀림없이 학문을 할 자질인데 즐기어 하질 않아서 노 선생의 도道로 하여금 가정에 전해지지 못하게 하고 있으니, 애석한 일입니다.

─나도 걱정 하고 있는 차에 말씀 잘 해주셨소.

우암 송시열은 박심의 말을 듣고 병진년 (1676 숙종 2) 10월에 귀양지에서 김만중에게 편지를 보낸다.

─내 듣자 하니 그대가 글을 보기를 즐기지 않는다한다. 어찌하여 그대의 증조부 사계 노老 선생이 일찍이 스승을 따라 배운 글을 읽지 않는가.

우암은 어려서부터 성인의 도에 가까운 만중의 천품을 칭찬하였다. 다만 가정형편이 어려워서 어머니 윤 부인을 기쁘시게 하려고 너무 빨리 세로에 나온 것을 안타깝게 여겼다. 김만중은 도에 가까운 성품 때문에 관로에서 사경을 헤매고 있지 아니한가.

─김만중은 자연스럽게 천품이 성자聖者의 도에 가깝습니다.

외재畏齋 이단하도 김만중의 천품을 깊이 사모했다. 그도 김만중에게 가학을 이을 것을 권면했다. 김만중에게는 권세보다 학문이 우선이라고 보았다. 그에 대해 만중이 답했다.

─옛적의 학문은 누구나 마음만 먹으면 진실로 별다른 일이 아니었는데, 지금은 서로 자기 주장을 내세우기를 힘쓰고, 옛사람의

글을 읽는 이를 보면 곧 보통사람과 아주 다른 사람으로 대접하고 있습니다. 제가 어찌 감히 이러한 지목을 감당하겠습니까.

옛글을 읽는 사람을 별다르게 보는 세태를 염려하는가. 김만중의 답변이 석연치 않다.

이단하는 김만중의 학식이 깊어 세상의 선비들이 만중의 학식을 따라올 수가 없다고 단언한다.

—김만중이 태어난 품성이 매우 명철해서 도와 큰 근원을 스승에게 의지하지 않고서도 능히 알아차리고 깊이 깨달았다. 경전의 어려운 말이나 깊은 뜻도 척척 풀어서 막힘이 없었다. 무릇 모든 성리학자들의 말도 또한 꿰뚫지 못하는 것이 없었으니, 그 학식의 깊숙함은 거의 세상에서 선비라고 이름하는 이들이 능히 미치지 못하였습니다.

학식뿐이랴. 인품이 남보다 월등히 뛰어나서, 아무 잘못도 없이 반대당으로부터 미움과 시기 질투를 받고 있다.

어머니 윤 부인을 모시고 가족 모두 안락하게 살고 싶은 효자 김만중의 소원은 현실로부터 점점 멀어져 갔다. 김만중 자신이 그 사실을 너무나 잘 인지하고 있었다. 현재로서는 어떤 방법도 찾을 수가 없다는 것을.

어릴 때 동경하던 문형

─김만중이 공무를 수행하지 못할 일이 없는데 지나치게 혐의를 피하고자 하여 누차 폐牌로 부르고 추고도 하였으며, 특별한 효유까지 내렸으나 아직도 출사하지 아니하고 있다. 문형과 같은 중책을 텅 비워둘 수도 없거니와 또다시 다그친다면 사체가 어찌 되겠는가?

왕이 김만중에게 내린 문형 벼슬은 대제학의 별칭이다. 학문과 도덕을 겸비한 선비만이 갈 수 있는, 정승보다 더 의롭고 명예로운 자리였다. 만중은 소를 올려 문형을 사직하려고 한다.

병인년(1686 숙종 12) 김만중 50세 2월 14일이다. 우참판에 옮기고, 4월 16일에는 판의금부사를 겸했다. 김만중이 임금님 패소를 어긴 것이 열두 번, 소를 올린 것은 열 번이었다. 두 번째 올린 소에서 만중은 문형을 사직하려는 사유를 다음과 같이 피력했다.

－지금 작위와 거복이 분수에 넘치고 있습니다. 나라의 체모가 점점 쇠락해져서 이루 말할 나위가 없지만, 조정에서의 한가닥 염우[1]만은 없어지지 않았습니다. 옛사람이 말하기를 "천하의 보배는 마땅히 천하와 함께 아껴야 한다" 하였습니다. 신이 비록 불초하나 어찌 차마 한가닥 염우를 무너뜨릴 수 있겠습니까?

김만중은 전대에서는 능히 찾아볼 수 없는 특별한 청리, 충신이 아닐 수 없다. 문형 벼슬을 받으므로 그는 염치를 그르칠까 염려한다.

세 번째 소에서 김만중은 '임금이 부르시는 명을 들으면 놀라 가슴이 두근두근 하다'고 솔직하게 말했다. 김만중은 장차 자신의 거취를 예감하고 있음이었다. 만중의 이런 관측, 예감, 결심이 예사롭지 않다. 그의 영혼은 과거 현재 미래의 모든 정황을 꿰뚫어 알고 있었던가. 관직보다는 어머니 윤 부인 곁에 살기 위해 만중은 그토록 열심히 왕에게 소를 올렸다.

－몸이 서울에서 멀리 떨어져 있으면 진퇴가 자유로울 수 없습니다. 개와 말 같은 그리움 때문에 차마 떠나지 못하고, 또 어머니와 형이 여기에 있으니, 신이 혼자서 어디를 가겠습니까? 그렇기 때문에 부르시는 명이 있다는 말을 들으면 문득 가슴이 놀라 두근거리게 됩니다.

진지하고 절실하다. 김만중은 홀어머니 윤 부인과, 동지처럼 동

---

1 염우(廉隅) : 곧고 올바른 행실, 절조(節操)가 분명한 행동거지, 염치.

학처럼 함께 자라고 공부한 형 만기를 떠나기가 어렵다고 하소했다. 그들 가족은 다른 이들과는 매우 사정이 다르다는 걸 피력한 것이다.

어머니 계신 곳을 떠나 다른 데로 직분을 줄 때마다 가슴이 놀라 두근거렸다고 한다. 그의 말에서 권력에 욕심이 없음이 명백하게 드러난다. 만중의 어머니 윤 부인이 어찌 보통의 어머니인가. 만중의 어머니에 대한 깊은 효심을 헤아려볼 수가 있다. 세상의 어떤 영화로움보다 어머니 윤 부인을 편안히 잘 모시는 그것이 하늘이 그에게 내린 소명이라는 것. 전란 중 후퇴하는 전선에서 유복자로 태어난 만중의 소망이고 진심이었다. 다섯 번째 소에서 그는 또 말했다.

ㅡ신은 오직 공의를 엄숙하게 하며, 사직을 함으로써 대신을 논척한 앞의 과실을 보상하려는 뜻이 있습니다. 직책을 한 번 벗어날 때마다 상을 받은 듯이 기쁘고 행복해서 감격하게 됩니다. 그러지 못하면 근심스럽고 걱정되어 어정거리며, 잠자고 먹는 것이 편안치 않습니다. 신의 이러한 마음은 신명에게나 물어볼 수 있을 것이니, 천지의 부모이신 상감께서 어찌 측은히 여기지 않으시겠습니까?

김만중이 문형이라는 직책을 사양하는 근거, 그 진의가 드러나고 있다. 그는 스스로의 역량을 헤아린다고 했다. 직책을 한 번 벗어 날 때마다 상을 받은 듯이 기쁘고 행복하며 감격한다고 한다. 반대로 직책을 벗어나지 못하면 근심되고 걱정되어 어정거리고 잠자고 먹는 것이 편안하지 못하다고 술회한다. 그의 마음을 천지신명에나 물어서 아실 것이라는 심각한 발언이다.

그릇도 안 되는 함량미달 주제에 호시탐탐 벼슬자리를 노리는 무리들에게는 김만중의 기막힌 변설이 참으로 황당한 구실이라 할 것이었다.

문형의 직책은 재주와 학문으로 널리 알려진 사람이면 이의를 제기할 수 없다. 문형으로 발탁된 이는 재주와 학문에서 도타운 신망이 있기 때문이다. 문형에 대한 김만중의 진실하고 명징한 사양의 말에서 맑고 고아한 인품, 참 인간으로서의 진면목을 발견할 수 있다.

김만중은 또 직책을 벗어날 때마다 상을 받은 듯이 기쁘고 행복하고 감격한다고 말한다. 왕은 어이가 없다. 벼슬을 내릴 때마다 사직하겠다고 하니 왕은 심기가 꼬이고 불편하다. 김만중을 최적임자로 여겨 왕이 내린 문형이었다. 일개 신하로서 이런 항변이 가능하단 말인가.

무녀가 부채를 흔들어 점사를 주워섬기듯, 중죄도 아닌 것을 툭하면 파직에 귀양이고 사약을 내리는 속 좁은 왕은 만중의 처신에 불쾌감이 들었던가.

김만중의 여섯 번째의 소에서도 결코 왕이 강권하는 문형이란 직책을 받아들일 뜻이 없다. 왕께서도 부모님을 모셔보았고, 효도를 실행했음직 한데도 만중의 의중을 전혀 헤아리지 않는다. 왕의 입장에서는 만중! 너는 왕이 중하냐 너의 모친이 중하냐 였을까.

－신이 만일 이조참판을 사양하고 문형을 수락한다면 이 어찌 맹자의 이른바 '만종의 예의를 따지지 아니하고 받는다'는 것이 아니겠습니까?

만중은 맹자 제11편 고자 상(10)을 예로 들어 문형 사양의 뜻을 강조한다.

－한 대그릇의 밥과 한 나무 그릇의 국을 얻게 되면 살게 되고, 얻지 못하면 죽는 경우라고 해도, 모욕적인 언사로 주게 되면 지나는 행인도 받지 않고, 발로 차서 주면 걸인도 받으려 하지 않습니다. 그러나 만종의 녹禄이라면 예의를 분별하지 않고 받으니 그 만종이 무슨 보탬이 있겠습니까?

만중은 대단한 벼슬과 만종의 후한 녹봉보다는, 여기저기 관직을 따라 옮겨 다니지 않고, 한 자리에 머물러 평범하고 안정되게 살고 싶은 마음뿐이었다. 나랏님보다, 국가보다도, 그에게는 오직 피비린내 나는 호란 중에 강물에 몸을 던져 죽음을 선택하려던 어머니 윤 부인, 가까스로 전쟁터에서 후퇴하는 피난선에 올라 배에서 자신을 낳은 어머니, 빈한한 살림에 땔 나무가 없어 술통을 쪼개 밥을 지으면서도 두 아들의 공부에 지장이 있을까 걱정한 어머니, 생계와 자식 교육의 어려움을 연약한 여인의 힘만으로 극복한 어머니, 윤 부인을 잘 모시는 것이 그의 생애에 지워진 가장 절실한 책무였다.

김만중은 열 번째 소를 올렸다. 빈청 회의에 나아가지 아니한데 대하여 임금에게 죄를 청했다. 그냥 사양만 한 것이 아니라 죄를 받을지언정 기필코 문형이란 직책을 사양하겠다는 강한 의지의 표현이었다.

인견引見[2] 하는 자리에서 영의정 김수항이 말했다.

─김만중이 임명된 지 이미 열 달이 되었는데 혐의도 아닌 것을 끌어대며 문형과 같은 중책을 받지 않겠다 합니다. 끝내 김만중이 공무를 수행할 수 없다면 변통하는 길을 찾아보아야 할 것입니다.

영의정 김수항은 다른 방법을 찾아보자는 제안을 하고 있다.

왕과 대신들이 계속 설왕설래한다. 김만중은 애초부터 중책을 맡기 어렵다고 사정을 아뢨다. 구구절절 사유를 피력했음에도 왕은 왕명을 수락하지 않는 만중의 처신을 이해할 수 없다고 한다.

논의를 거듭해보아도 신통한 방책이 나오지 않는다. 그 말이 그 말이 되는 형국이었다. 문형의 직책을 오래 비워서는 안 된다는 데는 동의하지만 당장 해결책은 없어 보인다.

열 번째 소를 올리고 김만중은 드디어 그가 원하는 바대로 병조의 으뜸 벼슬 본병과, 홍문관 예문관의 으뜸 벼슬인 문형을 사퇴하기에 이른다.

어려운 과정을 거쳐 문형의 직위를 사양하고 나서 만중은 아들과 조카들에게 말했다.

─내가 어렸을 때 꿈에 예조에 들어가 출근한 적이 있었다. 또 바야흐로 글을 읽고 글 짓는 일을 닦고 있을 적에, 사람들이 지나

---

2 인견(引見) : 임금이 의식을 갖추고 영의정, 좌의정, 우의정, 관리를 만나 보는 일.

남해의 고독한 성자(聖者)

칠 정도로 칭찬하였으나 내가 바랐던 것은 단지 관각, 즉 홍문관, 예문관, 규장각에 출입하는 것이었다. 그래서 지위나 임무가 이것을 넘어서게 되면, 전생에 이루어진 작정이나 타고난 재주의 분수와 한계를 넘지 못할 줄을 스스로 알고, 모두 받아들여 감당하지 못하였다. 본병의 긴요한 직무를 사퇴하고 물러나는 일 같은 것은 오히려 그리 어렵지 않았으나, 문형을 끝내 사직한 것은 실로 지난날 사람들의 말이 나에게 타산지석이 되었기 때문이었다. 그러나 내가 지극히 선망하는 자리는 문형과 같은 직책이었다.

실제로는 문형 그 직위는 어려서부터 만중이 동경하던 자리였다는 것이다. 문형이란 직책을 사퇴한 것은 더 큰 뜻, 더 중요한 까닭, 그것은 오직 어머니를 편히 모시자는 만중의 효심에 기인하고 있다고 볼 수 있었다.

서석공이 여러 아들에게 말했다.

—너희 작은아버지가 관직을 사퇴하는 절개와 지조는 남들이 미치기 어려운 바이다.

김만중의 형 서석공은 임금님이 내리는 높은 벼슬을 사퇴하는 것은 결코 아무나 할 수 있는 일이 아니다. 너희 숙부에게는 남들과는 비교할 수 없는 절개와 지조가 있다고 말했다. 여러 아들들이 서석공의 말을 유심하게 받아들였다.

우암도 김만중의 아들 목사공 진화에게 『중용中庸』 9장의 말을 거론하면서 만중이 누차 중요한 권좌를 사퇴한 것에 대해 크게 감탄한바 있다.

'선비가 갖추어야 할 덕목으로 천하와 국가는 다스릴 수 있고, 관직과 녹봉도 사양할 수 있고, 날카로운 칼날 위를 밟을 수도 있지만 중용은 불가능하다.'[3]

이는 비단 말직이라도 벼슬을 얻기 위해 분투하는 보통 사람들이 새겨들을 만한 교훈이었다.

김만중은 자신의 타고난 분복과 역량, 선망하는 직위를 전생의 작정으로 이미 잘 알고 있었던 듯, 왕이 수차 권면하고 임명한다고 해서 덥석 그 자리에 나아가지 않았다. 열 번이나 소를 올리고서야 사퇴가 가능했다. 김만중이 아니면 결코 그 누구도 최상의 녹봉이 보장되는 권요, 높은 직책을 사양하기는 어렵다 할 것이었다.

김만중은 세속 권세에 탐심이 없는 관리로서 그의 청렴한 기상과, 인간으로서의 고아한 성정이 돋보이는 사건이 아닐 수 없다.

---

3 子曰 天下國家可均也, 爵祿可辭也, 白刃可蹈也, 中庸不可能也.

남해의 고독한 성자(聖者)

부언浮言

김만중은 남이 하기 어려운 말을 할 수 있는 사람이었다. 청렴하고 정의로웠다. 옳지 않다고 여기는 일에는 직언直言하기를 주저하지 않았다. 예가 아니면 받아들이지 않았고, 의리가 아니면 상대하지 않았다. 그가 어머니 윤 부인으로부터 받은 엄격한 가훈의 영향이기도 했다. 나아가서는 김만중의 증조할아버지 예학의 대가 사계 김장생의 DNA를 이어받았기 때문이었을까.

그는 어머니가 홀로 계신다 해서 또 어머니가 노쇠했다는 이유로 나라를 위해 해야 할 말을 미루거나, 자신에게 불이익이 온다해도 스스로 비겁하지 않았다. 그가 타의반 자의반으로 좌참찬과 판의금부사를 겸하고 있을 때였다.

정묘년 (1687 숙종 13) 51세, 김만중에게 정치적으로 위험의 시기가 가파르게 도래했다. 여항간에 떠돌아다니는 효잡스러운 부언을 임금님에게 말씀드린 때문이다. 당시 후궁 장 씨가 숙의로서 왕의 총애를 받고 있었다.

9월 13일 그날은 마침 만중이 지경연知經筵으로 진강하는 자리에 들어가게 되었다. 가복加卜[1]에 대해서 영상 김수항과 우상 이단하가 왕의 명을 받들어 이숙, 이민서, 신정申晸 등 삼망三望에 들었던 세 사람을 천거했다.

왕은 가복을 다시 명했다. 대신들이 여성제를 천거하였다. 이번에도 상감의 뜻에 맞지 않았다. 상감은 가복을 더 명하지 않고 정승 자리에 조사석趙師錫을 제배할 것을 명했다. 김만중이 일어섰다.

─삼가 신, 상감께 아뢰옵니다.

왕과 신하들이 만중을 주시한다.

─아뢰옵기 황송하오나 김수항 영상께서 여러 차례 가복에도 전하께서는 낙점을 하시지 않으셨습니다. 전하께서 친히 조사석을 거명, 정승 자리를 제배하신데 대하여 항간에 사사로운 지름길로 연줄이 닿아서 그리된 것이란 소문이 떠돌고 있습니다.

김만중의 말에는 과장이나 수사, 부연 설명이 없다. 단도직입이랄까. 곧바로 핵심을 고한다.

─당장 소문의 진원지, 뿌리를 대라!

숙종이 크게 화를 냈다. 김만중은 항간의 불미한 소문으로 왕의

---

1 가복(加卜) : 정승을 천거할 때 임금의 마음에 맞지 않아 두세 사람을 더 천거하는 일.

덕에 누를 끼칠까 우려하여 말씀드린 것이다. 고발한 것이 아니다. 그 의혹이 있는 문제를 어떻게 처리할 것인가를 놓고 이를테면 왕께 의논하는 절차였다.

김만중이 말씀드리기 전에 민진주와 이수언이 다음과 같이 소를 올렸다.

─조사석이 죄의정으로 결정된 것이 심히 의혹스럽습니다.

영상 남구만이 차箚를 올렸다.

─상감께서 두 정승, 김수항과 이단하를 염박하신데 대하여 항간에서 논의가 분분합니다. 백성들이 의심스러워하고 있습니다.

대사헌 이익은 또 소를 올려

─조사석이 힘써 사퇴하는 것은 오로지 민진주와 이수언의 소 때문만은 아닙니다. 다른 이유가 있습니다.

신하들은 모두 할 말을 찾아서, 임금에게 고했다. 왕은 왜 김만중에게만 소문의 근원지를 대라고 닦달하는가. 부언 때문에 소를 올린 사람이 한둘이 아닌데 유독 만중에게만 진원지를 대라는 것은 부당하다.

죄를 씌우려는 것인가. 아버지 없이 홀어머니 밑에서 어렵게 자라 연줄이나 배경이 미미하다고 만만히 보는 것인가. 왕의 초비 인경왕후가 병사하고, 장인이었던 김만중의 형 서석공이 타계해서인가.

왕은 영상 김수항과 우상 이단하를 극도로 박대하고 정승 자리에서 물러나게 조치했다. 그들도 정승에서 하루아침에 죄인이 되었다.

　―정승에 제배된 것은 사사로운 지름길로 연줄이 닿아서 그리 됐다.

　그와 같은 소문이 파다한 연유일까. 대신들의 소가 연일 이어져 서인가. 조사석은 직무를 맡지 못한다.

　―전하의 극진하신 마음만 받겠습니다.

　조사석이 진정한 신하였다면 그 자리가 무슨 자리라고 숙종대왕이 총애하는 장 씨, 그 어미와 사통한 대가로 차고앉을 자리인가. 조사석의 말대로 마땅히 왕의 진정만 받고 사퇴해야 할 것이었다.

　―여항에 들끓는 부언이 무엇인지 구체적으로 말하라!

　왕은 김만중의 말꼬리를 물고 늘어진다. 큰소리로 추궁한다. 소가 여러 곳에서 들어오니 역정이 난 것일까. 역정을 내는 것은 이런 경우 백성의 몫이다. 조사석은 도덕적으로 하자가 있다. 왕은 신하들의 반대를 무시하고 그를 좌의정 자리에 앉히려고 한다. 왕이야말로 논어에서 일컫는 군군君君이 못 된다. 군불군君不君이다.

　김만중이 입을 열었다.

　―후궁 장 씨의 어미가 조사석과 서로 친하게 지냈기 때문에, 조사석이 영의정 벼슬을 받은 것이라고 합니다. 이런 말들이 외간에 퍼져 있으니 조사석이 불편해하는 것은 이 때문일 것입니다. 신이 이런 따위의 말이 만에 하나 믿을만 하다고 여겨 군부에 의심을 두고 있는 것은 아닙니다.

소문은 누구라도 정확하게 밝힐 수가 없는 사안이었다. 여러 사람이 동일한 사안으로 임금에게 소를 올렸다는 것은 그럴만한 이유가 있었음이다. 그들은 그 자리에서 곧바로 문책을 받았다.

김만중의 언설이 도도하거나 무례하다고는 볼 수가 없다. 그로서는 정직, 정확하다. 왕께서 알아들으시도록 자세하게 말씀드린 것이었다.

왕은 화가 머리끝까지 올라있다. 그동안 김만중을 믿고 조정의 요직을 맡겼는데 열 번이나 소를 올려 사직하더니 이런 일로 김만중까지 나설 줄은 미처 생각하지 못했다.

－군부에 의심을 두고 있는 것은 아닙니다.

그 말의 의도는 긍정 부정, 또는 부정 긍정이 아닌가. 의심을 두고 있지 않다고? 왕으로서는 김만중의 그 말이 더 괘씸하다. '후궁 장 씨의 어미'라니. 왕은 그 말도 용서못한다. 김만중이 장 씨라고 지칭하는 그 여인은 현재 숙종이 가장 총애하는 여인이고, 장 씨의 어미는 곧 숙종의 새로운 장모님이 아닌가. 에잇! 고이얀 것! 진노한 상감이 말했다.

－나와 같이 엉성한 재주와 엷은 덕으로 임금 자리를 더럽히고 있었더니 이런 말까지 듣게 되었다. 이것은 전고에 없던 변고로서 내가 이런 말을 듣고서는 실로 신하들을 대할 낯이 없다. 차라리 거꾸러져 버리고 싶다. 혼미한 조정에서는 벼슬을 주고 금을 받는 일이 있다더니 지극히 무례하다. 언근이 나온 곳이 있을 것이다. 이미 말을 꺼냈으니 언근을 밝혀야 할 것이요, 결코 그만 두어서는

아니 될 것이다.

왕의 말씀이 과격하다. 격도 떨어진다. 누가 임금에게 벼슬을 주고 금을 받았다고 했던가. 누구도 그런 말을 하지 않았다.

─엉성한 재주, 엷은 덕

─전에 없던 변고

─거꾸러져 버리고 싶다

왕의 험악한 언사에 김만중의 심정이 어지럽다. 평소에 어버이처럼 섬긴 왕이었다. 왕의 기세는 수그러들 줄 모른다.

─저도 잘 모르겠습니다. 부언의 뿌리를 알고 싶으시면 항간에 사람이라도 풀어 염탐해 보시지요.

김만중은 융통성을 발휘해 곤경을 면할 수도 있지 않은가.

─이것은 임금을 욕보이는 것이다. 연줄로 정승을 뽑았다고 한다면 금을 받았다는 것인가. 은을 받았다는 말인가. 내 나이 장차 서른인데 아직 후사가 없으니 후궁을 둔 것은 실로 이 때문이었다. 내가 이단하로 정승을 삼은 것은 애초에 예우하자는 것이 아니었고, 임시로 다만 정승을 돌려가며 하자는 것이었다. 조사석을 연줄로 복상卜相²하였다고 누가 말하였는가? 언근을 분명히 밝히라.

왕은 금과 은을 이야기하고 있다. 금과 은이야말로 근거 없다. 왕은 금과 은으로 벼슬의 값을 받는 것보다 더한 것, 정비를 내치고 장 씨라는 여자를 얻었지 않은가. 장 씨를 얻은 대가로, 그 어

---

2 복상(卜相) : 조선 시대에, 새로 정승을 가려 뽑기 위해 후보자를 천거하던 일.

미와 사통한 자를 좌의정 삼으려는 게 아닌가. 잘못은 왕이 저지르고 애꿎은 김만중만 나무라고 있다. 옆에서 지켜보는 신하들의 등골이 서늘하다.

─군상君上은 부모와 같습니다. 신에게 노모가 있는데 사람들이 만일 신의 어미를 헐뜯어 욕한다면 신이 어찌 그 헐뜯어 욕하는 말을 믿겠습니까. 그러나 신의 어미에게 전하지 아니할 수 없는 것은 차마 그런 말을 듣고도 내버려 둘 수 없기 때문이요, 또한 차마 모자간에 숨김이 있을 수 없기 때문입니다. 오늘 아뢴 것은 다만 군상을 어미처럼 여겼기 때문입니다. 그리고 공중에 떠돌아다니는 말이 누구 입에서 나왔는지를 신이 어떻게 알겠습니까? 상감께서 누차 물으심으로 부득이 들은 바를 아뢴 것입니다.

만중은 할 말을 하고 있다. 왕이 자꾸 캐물으시니까 들은 것을 말한 것뿐이다. 왕은 적당한 선에서 항간에 떠도는 소문을 덮어버릴 수도 있다. 왕이 먼저 김만중을 함부로 대하고 있으면서 신하가 왕을 욕보인다고 말한다.

─신하가 군상을 의심하는 것이 이에 이르렀는데 나는 알지도 못하였다. 청을 받고 정승을 제배했다는 말은 전고에 듣지 못하였던 바이니 지극히 무례한 말이다. 언근을 분명히 아뢰라. 그만둘 수는 없다.

집요하다. 어느 누구도 왕이 청탁을 받고 정승 벼슬자리를 주었다고 말한 일 없다. 왕이 스스로 일을 부풀리고 있다. 김만중은 그런 이야기가 떠돌고 있음을 어버이같이 섬기는 왕에게 알려드린 것뿐이다.

　김만중은 바야흐로 지뢰를 밟은 것이다. 죽느냐 사느냐 기로에 맞닥뜨린 것이다.

남해의 고독한 성자(聖者)

산 넘고 물 건너

정묘년 (1687 숙종 13) 만중은 그해 7월 의정부에 속한 정2품 문관 벼슬 우참찬에 옮기고, 9월 7일에는 의금부의 으뜸 정1품 벼슬 판의금判義禁을 겸한다 할 때 돌연 죄인의 신분으로 급변했다. 만중은 산 넘고 물 건너 두 번째 유배지 선천으로 쫓겨간다. 세간에 떠도는 부언때문이었다.

윤 부인은 귀양 가는 아들에게 말했다.

―가거라. 귀양을 가는 것은 옛 선현들도 면하지 못했던 바이니, 가거라 가서 몸을 스스로 사랑하고 내 걱정일랑 하지 말아라.

곁에 있던 사람들이 윤 부인의 그 말에 모두 눈물을 흘렸다.

만중은 9월 13일 금부禁府에서 국옥鞠獄을 받고 나와 이튿날 9월 14일 선천 배소로 가면서 다음과 같은 시를 지었다.

구월십삼일 출금부부선천배소(出禁府赴宣川配所)

슬픔 머금은 채 어머니 이별하고
손을 흔들어 친척들과 헤어졌네
가을날 서성(西城)으로 가는 길은
산 넘고 물 건너 홀로 가는 사람일새
또 망발인 줄 분명히 알거늘
깊으신 사랑에 어찌하면 보답할까
상기도 남아 있는 구구한 뜻을
이로부터 펴지 못할까 걱정이 되네

위 시에서 '깊으신 사랑'은 어느 누구의 사랑인가. 숙종 임금인가, 어머니 윤 부인가. 상기도 남아 있는 구구한 뜻은 무엇을 말함인가. 사직하겠다는 사연을 구구절절 아뢰었어도 마이동풍 우이독경으로 일관하다가 김만중이 극구 사양하는 관직을 떠맡기지 않았던가. 김만중은 비감한 심정으로 유배를 떠난다. 일편단심으로 '깊으신 왕의 사랑'을 읊고 있다. 깊으신 님의 잔인한 사랑을.

평안북도 선천은 바다와 연해 있는 언덕 벌이 많은 평야지대로 주변에 60여 개 정도의 많은 섬을 가지고 있는 곳이다. 해안가에는 간석지가 너르게 펼쳐져 있고, 먼빛으로 신미도, 홍건도, 나비섬, 싸리섬 등이 보인다.

김만중이 두 번째 유배지 선천에 도착하니 바다와 산야에 가을빛이 아름답게 빛나고 있었다. 선천에 도착하고 얼마 지나지 않아 어머니 윤 부인의 생신을 맞이했다. 생신이라도 함께 지내고 왔더라면 이처럼 가슴이 무너지지는 않았을 것을, 김만중은 후회스럽다.

두 아들을 이별하고 홀로 생신을 지내실 어머니를 생각하자 걷잡을 수 없이 회한이 밀려왔다. 그는 어머니를 위해 한 편의 시를 지었다.

기 1

지난 해 오늘은 어머니 모시고
형제가 나란히 장수하시라 잔을 올렸네
한 번 적소에 떨어지니 소식은 끊기고
노산(蘆山)의 새 무덤엔 어느덧 가을 서리 내리네

인간사가 변화무상하다. 김만중에게 닥친 불행은 그 깊이를 헤아릴 수가 없다. 서석공 만기 형님은 3월에 지병도 없이 갑자기 세상을 떠났다. 가을 서리 내리는 노산의 새 무덤으로 남았다. 형님 생각만으로도 억장이 무너진다. 더구나 만중 본인은 왕의 눈 밖에 나서 변방으로 쫓겨와 귀양살이하는 처량한 신세가 되었다.

그는 울컥 설움이 차오른다. 지난해 만기 형님과 함께 어머니의 생신을 축하하며 화기애애한 시간을 보냈다. 어머니의 생신을 함께 보낸 그날의 기억이 이젠 슬픈 과거가 돼 버렸다. 현실은 냉엄하다. 그는 마음을 다스리듯 선천의 적소에서 시를 읊는다.

기 2

인간 화복의 인연 아득해 헤아리기 어려우니
노래와 울음 슬픔과 기쁨 단 한 해에 일어나네
멀리서 어머니가 자식 걱정하는 눈물 생각하니
반은 사별 때문이요 반은 생이별 탓일세

세상 떠난 만기 형님 생각으로 아우의 마음이 처참하다. 하물며
큰아들을 가슴에 묻은 어머니의 마음은 오죽 상심이 크실까. 한 아
들은 사별이고 한 아들은 생이별이다. 희로애락이 한 해에 일어나
므로 인간 세상의 생사화복을 예측하기 어렵다고 토로한다.

기 3

변방 성문에 지는 달은 반나마 창에 밝은데
온갖 일 관심사에 잠 못 이루네
밤마다 수풀 속 까마귀 소리 끝없이 들리고
다시금 구름 밖 애끓는 기러기 소리 이겨내야 하리

김만중이 밤중에 잠을 못 이루고 까마귀 소리, 기러기 소리를
듣고 있는 심정이 시에 녹아 있다. 큰아들 만기는 3월에 죽고, 작은
아들 만중은 9월에 어머니 윤 부인의 생신을 며칠 앞두고 귀양을
갔다.

만중은 선천 지형을 본 떠 스스로 호를 지어 서포西浦라 했다. 그는 어머니 생신날에 금강경金剛經의 마지막 장에 나오는 구절을 소중히 적어 어머니에게 부쳤다. 외롭게 지내는 어머니 윤 부인을 위로하려는 뜻이었다. 그 자신의 50년 삶을 돌아보니 한바탕 꿈이고 물거품이었다. 만중 스스로도 마음을 넓게 가지고, 슬픔을 달래기 위한 방편이기도 했다.

일체유위법 여몽환포영 一切有爲法 如夢幻泡影
여로역여전 응작여시관 如露亦如電 應作如是觀

금강경의 공空사상이 가장 두드러지게 나타나고 있는 구절이다. 만중은 영욕이 반반인 벼슬살이의 허망함을 뼈저리게 실감하고 있다. 세상살이는 온통 한바탕 꿈. 만중의 귀양살이도 꿈속의 꿈, 그는 한바탕 꿈이기를 바랄 것이다.

변방의 성엔 밤에 딱치기 치니
놀란 새들 깃들이기 쉽지 않네
역로는 청강 북쪽으로 뻗어 있고
호산은 지는 달 서쪽에 있네
집에 부칠 편지 여러 장 쓰고
귀가의 꿈은 오경에서 헤매네
시나 흉내 내며 소일하려 하나
시도 이제 또한 짓기가 싫어졌네

국경이 가까운 시골 변방, 유배지 선천의 밤 풍경이 그린 듯 묘사되고 있다. 국경에 인접해 있어, 밤이면 야경꾼들이 야경을 돌면서 딱! 딱! 딱치기를 친다. 그 소리에 새도 놀라고 만중도 놀란다.

요사이 어머니 서신 받아보니
노쇠한 나이에 질병에 걸리셨네
나를 보내주기 어려울 걸 아노니
무엇으로 상한 마음 위로해 드리리
날 저무니 성에는 까마귀 어지럽고
날씨 차가우니 마굿간엔 말이 우네
떠도는 구름은 생각도 없이
아득히 다만 동쪽으로 가네

어머니는 기력이 쇠약해져 질병에 걸리셨다고 한다. 만중의 마음은 저리고 아프다. 해가 질 무렵에 변방 성에는 까마귀가 구성지게 운다. 날씨가 추워지자 마굿간의 말도 운다. 말도 떠나온 고향이 그리워 우는가. 생각할수록 만중은 가슴이 무너진다.

숙종의 모친 명성왕후가 자기가 낳은 아들에 대해 말했다고 한다. 그 말이 항간에 전해지고 있었다.

―내가 내 배로 낳았지만 그 성질이 아침에 다르고 저녁에 다르니, 나로서는 감당할 수가 없다.

숙종을 낳은 모친조차도 감당할 수 없다고 한다. 성격이 변덕스럽고, 냉혹하고 비정한 왕을 나무랄 것이 없다. 김만중의 실책이었다. 행여 왕의 성덕에 누가 될까 염려되어 아뢴 것뿐이다. 성질이 아침 다르고 저녁 다르다는 교활한 왕의 유도심문에 걸려든 것이다.

노쇠한 윤 부인은 장차 어찌하라는 것인가. 그의 처자는 누구를 의지하고 살아야 할까. 변방에 귀양온 시인 만중은 어머니의 소일거리를 삼게 하려고 깊은 밤 잠 못 이루고 시를 쓴다.

변방의 시인

　김만중은 임금에게 말로써 죄를 지었다. 그로서는 옳은 말을 진심으로 아뢴 것이 막중한 죄가 되었다. 삭탈관직당한 만중의 배소지는 어머니 계신 한양에서 멀고 먼 평안도 선천이다. 언제 변방 적소에서 풀려나 어머니 계신 고향에 갈 수 있을지 감감하다.

　만중의 선천 생활은 시 창작이 주 업무였다고 할 만큼 수많은 시를 지었다. 밤이면 산짐승이 울고, 천지가 적요한 밤에 폭죽처럼 시구가 터져 나오고 있다. 그는 모름지기 변방의 시인으로 거듭 태어난 것인가. 그의 타고난 재능이 적소에서 흔연히 발현되고 있다. 적소의 달빛조차 외롭고 소슬한 변방의 밤, 달리 무엇을 어떻게 해 볼 도리가 없는 그가 하릴없이 붓을 들었다.

　어머니를 그리워하는 마음, 꿈인지 생시인지 모르게 가족과 함께 그 시절의 단란했던 선연한 기억, 과거에 낙방했을 당시의 좌절

감, '외로운 나무에 눈물로 피운 꽃'을 그리며 시를 짓는다. 외로운 나무는 그의 어머니인가. 어머니가 눈물로 피운 꽃은 김만중 자신이 아닐까. 그는 귀양살이하는 비통한 마음을 번번이 시로 표출했다.

만중은 선천에서 올바르고 모범적인 행실로 많은 사람들에게 존경을 받았다. 선천의 무변, 이웃 인사人士, 관리, 서민들이 그의 점잖은 풍모와 학식을 흠모하여 줄을 이어 찾아왔다.

김만중의 조카 김진규는 숙부의 선천 유배 시절에 대해 다음과 같이 술회했다.

─부군께서는 귀양살이하는 동안 언제나 문을 닫고 머리에 거친 모자를 쓰고 단정히 앉아계셨다. 무변武弁들로서 이웃에 사는 관리들이 모두 부군의 풍모와 절개에 어려워하여 스스로 조심하였다. 변방의 풍속에 글을 아는 이가 없었는데, 고을의 인사들이 학업을 닦겠다고 그를 찾아와 가르침에 따랐다.

실제로 만중은 그 지역에 오고 나서 다양한 사람들을 만날 수 있었다. 먼길을 마다않고 그들이 찾아와주었다.

─어르신! 문후 여쭙니다. 삼가 나리의 가르침을 받고자 저희 권속들이 어르신을 찾아뵙게 되었습니다.

정중하게 안부를 묻는 그들에게 만중은 스스럼없이 문을 열어주었다. 어떤 이들은 아들딸 온 가족을 대동하고 찾아오기도 한다.

─네! 어서 오시지요.

만중은 가족과 함께 찾아온 그들이 더욱 반가웠다. 그 지역 인

사나 관리뿐 아니라 공부에 목이 마른 변방의 뜻있는 백성들, 그중에는 서민층 부녀자들도 제법 있었다. 멀리서 험한 산길을 더듬어 온 그들을 집안에 들였다.

언문은 물론 천자문을 비롯 소학에서부터 격몽요결 등, 그곳 인사 및 관리들에게 논어 맹자 등, 각자 수준에 맞추어서 가르침을 베풀었다. 날이 갈수록 소문을 듣고 학문을 닦으려는 군민들의 숫자는 차츰 늘어나는 추세였다.

선천은 한양에서 멀고 외진 곳으로 문자를 제대로 아는 사람이 없었다. 예로부터 서북지방에는 학자들이 별로 배출되지 않는 낙후된 지역이었다. 교육기관은 더더구나 한 곳도 설립되지 않았으며, 조정에서는 관심도 갖지 않았다.

서책과 글공부는 오로지 양반 계층이나 귀족의 몫이었다. 일반 서민 백성들, 특히 아녀자들은 글을 전혀 모를 뿐 아니라 평생 글 공부할 기회도 주어지지 않았다. 나라에서는 아예 그에 대한 대책을 세우지 않아 주민 대부분이 문맹자였다. 서책이 귀했고 글을 가르칠 스승이 전무했다.

김만중은 그곳 주민들에게 가르침을 베푸는 틈틈이 자신의 지나온 인생을 돌아보며 시를 지었다. 주민들이 찾아주고, 시가 있으므로 적소의 외로움을 다소나마 희석시킬 수가 있었다.

그는 어머니가 병이 들어 고통을 당하는데 무엇으로 위로해 드릴 수가 있을까 고민한다. 구름은 고향이 있는 동쪽 하늘로 흘러가는데 서쪽 변방에 유배된 만중은 고향길이 까마득하기만 하다. 그는 어머니 곁으로 쉬이 돌아가지 못하는 애끓는 심정을 시로 읊었다. 그는 노상 밤잠을 설친다. 원망도 탄식도 다 부질없다고 체념한다. 어쩔 수 없이 자신의 궁박한 처지를 인정하고 받아들인다.

선천에서 만중의 생활은 적막한 가운데 시가 있고, 그에게 배우고자 하는 뜻있는 관리, 인사, 이웃들이 찾아와 일말의 위안을 받을 수 있었다. 한양에서는 감히 상상도 할 수 없는 변방인들의 삶을 직접 접해 볼 수 있는 좋은 기회가 되었다.

찾아오는 사람들 중에는 그 지역을 다스리는 분들도 있었다. 차츰 소문이 사방으로 알려지면서 서민층 남자들과 부녀자, 아이들도 제법 따라왔다. 그들은 올 때마다 자기들 깜냥대로 이런저런 작은 선물꾸러미를 들고 왔다.

─험한 길 올라오시기도 힘들 텐데 이리 안 하셔도 됩니다.

만중은 그들의 정성을 겸손하게 받아 놓는다. 그러나 나중 보면 그 선물꾸러미는 살림 형편이 훨씬 못 미치는, 글 배우러 오는 궁핍한 서민들에게 주어졌다. 살림이 옹색한 가운데 글을 배우겠다고 허위허위 산을 올라오는 그들에게 만중은 감동한다.

─배움에 목이 마른 백성이 이리 많단 말인가? 이들에게 한글을 가르치자.

만중은 유배를 오지 않았으면 그들의 사정을 알 수 없었을 것이다. 서민층의 자녀들에게 만중은 더욱 정성을 기울였다. 어려운 형편에서도 한 자 한 자 글을 깨우쳐가는 서민들이 만중은 고마웠다. 만중에게 그들은 선천의 기쁨이었다.

―나으리! 이러시면 안 되옵니다. 어찌 이 귀한 것을 저희를 주십니까. 두고 자시고 오직 나으리 기력을 살펴주십시오.

선천은 서해바다를 낀 해안지대와, 평야지대, 산간지대를 아우르는 지역이다. 바다에는 물고기가, 들에는 채소 산채가 풍성했다. 산에서는 각종 약초를 채취할 수 있었다. 배움을 닦으러 오는 이들의 선물꾸러미는 대개 바다에서 낚은 숭어, 문어, 고동 등 물고기 종류였다. 혹은 흰쌀밥에 소금을 넣고 끓인 닭국에다 빈대떡 꼬미를 얹은 정성 가득한 닭고기 온반이었다. 형편이 풍족한 이들은 지필묵과 한지, 쌀가마와 땔감을 보내오기도 했다.

만중은 그 선물들을 자신에게 꼭 필요한 것만 남기고 대부분 글 배우러 오는 가난한 서민들에게 고루 나누어 주었다. 그들은 당연히 손을 저으며 도망간다. 글 삯을 제대로 내지도 못하지만 그들은 염치를 차렸다.

만중은 선천에 유배 와서 협소한 공간에 매인 몸이었다. 그는 새로운 세상을 경험하고 있다. 변방의 시인뿐 아니라 선천고을의 훈장이 되었다. 몸소 어려운 백성을 적극적으로 돕지는 못하지만 그들에게 글을 가르쳐 마음대로 읽고 쓸 수 있도록 개선해 나갈 심산이었다.

―엄연히 우리나라 말이 있는데 제나라 말도 익히지 못하고 험한 세상을 어떻게 살아갈 수 있단 말인가.

만중은 그들의 답답함을 풀어주고자 했다. 글 삯이나 선물꾸러미에는 일체 마음을 두지않았다.

제 어미를 따라서 글 배우러 오는 아이들 중에 한 여자아이가 있었다. 겨우 열 살 정도일까. 키가 작고 깡마른 아이였다. 글 읽는 소리는 낭랑하고 명확했다. 그 소녀는 만중의 귀여움을 받았다. 언문 읽기와 쓰기 연습이 끝나면 그 어미와 소녀는 만중의 적소를 청소하고 빨랫감을 챙겨 집으로 가져갔다. 더러는 잘 익은 열무김치에 금방 찬물에서 건져낸 국수를 말아 가져오기도 하고, 가끔 약초도 가져왔다. 그 약초는 만중의 기침에 효험이 있다고 했다. 태중에서 얼음 강에 빠졌던 만중은 어려서부터 건강이 썩 좋은 편이 아니었다.

─네 아비는 어디 갔느냐?

만중이 마루에 걸레질을 하는 소녀에게 물었다. 그 어미는 산 아래 우물로 내려가 물을 길어다 부엌 항아리에 부었다. 그 모녀뿐 아니라 글공부가 끝나면 누구든 군불을 땐다거나, 뜰을 쓸었다. 무엇 한 가지라도 만중을 도와주려고 했다.

적소가 험한 곳에 있어 만중은 식수에도 빨래에도 불편이 많았다. 닥친 일을 피할 수도 없어 손수 다 해결해나갔다. 그는 본래 남에게 신세를 끼치는 성품이 아니었다. 만중이 만류해도 사람들이 약속이나 한 것처럼 그렇게 봉사했다.

─아부지는 산에 가서 약초를 캐다 장날 시장에 가서 팔아요.

소녀가 걸레질을 멈추지 않고 대답한다.

─지가 글공부 잘해서 아부지랑 어무이를 편히 모시고 싶어요.

이 소녀에게는 삶이란, 가족이란 이런 것이다, 라고 달리 가르

131

칠 필요가 없을 것 같다.

─이제부터 글을 짓게 되면 서민 대중이 아무런 불편 없이 술술 읽을 수 있게 쉬운 글로 쓰자. 밭에서 밭을 매다가 호밋자루를 던져두고 달려와서 등잔불 밝히고 밤 깊는 줄 모르고 누구나 재미있게 읽을 수 있는 글을 써서 그들을 행복하게 해주자고 거듭 다짐했다.

만중은 어려운 생활 속에서도 글자를 깨우치려고 애쓰는 서민들을 보면서 그 마음을 굳게 다졌다. 선천 배소의 주민들은 만중에게 오히려 큰 깨우침을 준, 위대한 스승이었다. 애국애족은 한양의 궁궐, 우아한 선비촌, 이론에만 치우치는 유학자 세계에서만 이루어지는 게 아니었다. 글이 필요한 백성은 이렇듯 만중의 적소, 산간지역에 더 많았고 그들은 갈급했다. 만중은 글을 가르치는 작은 일로 보람을 느꼈으며 적소의 외로움도 조금씩 잦아들었다.

─문학이 극소수의 사람에게만 소유되어서는 안 된다.

어머니 윤 부인의 말씀이었다. 만중은 누구나 읽을 수 있는 재미있는 글을 쓰자고 결심한다. 그는 어머니의 말씀을 가슴 깊이 새겼다.

만중은 그러나 때때로 시방세계 우주 공간이 한없이 적적하고 스산하다. 현실에 대한, 또 자기 자신에 대한 지극한 분노와 회한으로 가슴이 찢어지는 때도 있다. 뼈가 시리는 외로움으로 칠언절구 시를 짓고 또 짓는다. 시 창작 외에 배소지 선천의 민초들에게 글을 가르치면서 만중은 점차 그 자신의 존재감을 회복한다.

만중은 어머니가 못 견디게 그립다. 자신을 쫓아낸 임금님에 대하여는 그 크신 사랑을 잊을 수가 없다. 선천의 훈장, 변방의 시인, 김만중은 밤 까마귀 울음소리를 들으며 시를 쓴다.

불승과의 만남

김만중은 선천에서 한 노승을 만났다. 우연히 배소 근처 사찰의 승려들과도 교류하게 되었다. 만중은 그 노스님에게 불가의 지수화풍 사대와 유서의 천풍감태에 대해 듣고 자세히 묻지 못한 것을 후회하고 있다. 비록 묻지 못했지만 만중은 불교의 진공묘유眞空妙有와 유교의 무극이태극無極而太極은 같은 것으로 보았다. 유자儒者 김만중의 사유체계에 불교가 유입되는 계기가 아닐 수 없다.

만중은 인근 사찰 보광사普光寺 스님 설동雪洞에게 시 〈차보광승설동운걸불서〉를 지어 불경을 빌려달라고 그의 마음을 전했다. 시어 속에 유배객 만중의 심정이 그대로 표출되고 있다.

만중은 불서를 빌려달라는 시 〈차보광승설동운걸불서〉에 이어서 다음은 설동이 능엄경과 원각경을 보내준데 대해 답하는 〈설동차기능엄원각서시이사지〉 칠언칠구 시를 써 보낸다. 스님들과의 왕래가 활발하게 이어지는 것을 능히 헤아려볼 수 있다. 처음은 빌려달라는 시요. 나중은 빌려준 데 대한 사례의 시, 이 두 편은 만중이 불가에 다가가는 직접적인 동기가 되었다.

> 나그네 회포 쓸쓸하여 금세 슬픔이 되는데
> 내린 눈 사립문 막아 한낮에도 열리지 않네
> 귀양살이에 서로 따를 두 친구 있으니
> 모름지기 그대는 멀리서 불서를 보내주구려

> 설동공은 내가 낮에 잠이 많은 걸 아시고
> 구슬함에 불경책을 보내주셨구료
> 졸음 마군 삼백만을 싸워서 물리치니
> 보리수 그림자 창 앞에 가득하네

불승과의 교류에서 김만중의 심사가 약간의 여유로움이 감지된다. 귀양살이를 긍정하고 체념하는 기미도 역연하다. 지루하고 고달픈 유배생활에서 그의 마음이 유가에서 불가 쪽으로 기울어지고 있다.

설동스님에 이어 검산劍山의 승려 천우天祐가 만중에게 시구를 청한다. 칠언율시 〈검산승천우걸구제증劍山僧天祐乞句題贈〉에도 만중의 심회가 나타난다.

> 가고 머묾 느려서 하늘에 묻기 게을리 하니
> 오히려 스님 따라 인연을 말하고 있네

다생의 이 삶은 불가의 업 다 갚지 못하고
늘그막에 애오라지 흥취에 젖은 글만 쓰네
산에 비 내리려 하니 등불 무리가 지고
바다에 썰물 처음 지자 달은 반달이 되네
경문 다 읽고 나면 응당 겨를이 남을 테니
소중한 좋은 밤에 평상에 마주하고 잠 드십시다

선천 귀양살이에서 불승 설동과 천우를 만나 시를 나누는 내용이다. 만중의 이런 모습에서 초나라 굴원의 전설적인 삶이 떠오른다.

간신배의 참소로 산택을 떠돌며 가슴의 울분과 수심을 쏟아낸 굴원. 뒤에 초나라 사람들이 이를 『천문天文』이라 했듯, 김만중도 귀양살이하는 고독한 나그네로서 그 환경에서 그만이 할 수 있는 일, 시와 편지, 서책 저작으로, 하늘과 땅에 사무치는 설움과 분노, 그리움을 토로했다고 볼 수 있다.

−다생의 이 삶은 불가의 업을 다 갚지 못하고

만중은 전세의 업을 불가의 인연에 연결시키고 있다. 자신의 초췌한 신세를 불가의 승려들과 교류하는 가운데 어쩔 수 없이 담담하게 받아들이고 수긍하는 자세로 헤아려진다.

만중은 시에서 '흥취에 젖은 글만 쓰고 있네' '소중한 좋은 밤'을 묘사했다. 새롭게 금강경을 읽는 가운데 여몽환포영如夢幻泡影을 증득하여 '소중한 이 좋은 밤'을 운위하고 있는지도 알 수 없다.

만중은 선천에서 불문에 가까이 하면서 막막하고 고달픈 귀양살이에 그 심정이 점점 무디어진다. 무디어지는 것은 초연이나 달관보다 더 냉엄한 만중의 현실이었다. 불가의 승려들과 소통하는 가운데 자신의 처지와 현실을 수긍하고 업으로 수용하는 자세가 눈물겹다.

스님들과 불서와 시가 오고 갈 때마다 만중은 자신에게 기약한다.

─불서를 더 깊이 연구하여 불교 소설을 써보고 싶다.

만중의 영혼 속에서 불교 소설 저작의 꿈이 은연중 태동하고 있었다. 만중의 인생관 세계관에 커다란 전기를 맞는다. 불교적 소설 저작의 꿈은 점점 그 실체로서 그의 삶 속에 한 줄기 빛으로 다가오기 시작했다.

눈물의 귀가

─김만중에게는 늙은 어미가 있습니다. 전하께서는 마땅히 너 그러움을 베풀어 주셔야합니다.

1687 정묘년 10월에 이민서는 새로 우의정에 재배되었다. 그는 처음으로 왕을 뵙는 연석에서 김만중을 변호했다.

우의정 이민서 또한 북송 때 인종, 영종, 신종, 철종 4대에 걸쳐서 40여 년 동안 궁중에서 재상 또는 장군으로 충성한 문언박文彦博을 예로 들었다. 송나라 때 강릉사람 당개唐介가 바른말을 간하다가 귀양 간 고사를 들어 되풀이해서 왕께 말씀드렸다.

왕은 우의정 이민서의 말에 귀를 기울이지 않았다. 그 일로 귀양을 갔고 1년 후 무진년에 우의정 이민서는 적소에서 타계한다. 만중은 그 소식을 듣고 적소에서 만시를 지어 이공李公을 애도했지 않은가.

무진년 10월에는 이조판서 박세채가 왕에게 차자를 올려 만중을 변호한다.

　─지난해 김만중이 귀양을 갔습니다. 김만중을 하옥하고 힐문하시는 등 거의 하지 않으시는 일이 없더니 마침내는 먼 곳으로 귀양을 보내셨습니다. 그가 죄를 얻게 된 주된 이유는 한때 떠돌아다니고 있는 말을 말씀드린데 있다고 합니다. 과연 그것이 귀양보내기까지 할 만한 죄가 됩니까? 가령 김만중이 그말을 믿었다면 감히 말도 꺼내지 않았을 것입니다.

　이조판서 박세채의 말은 이치가 정연하다. 추호도 그릇됨이 없다. 그가 말을 계속한다.

　─백성들이 '김만중은 높은 지위의 모든 관원을 지휘 감독하고 임금과 더불어 백관을 통솔하고 국가 정책을 의논, 결정하는 일을 맡은 재신宰臣이다. 궁중에서 일어나는 일을 일체 발설하지 못하게 하는 궁금宮禁을 범하여 크게 상감의 노여움을 얻어, 멀리 귀양가므로 노모와 헤어지게 되었다. 매서운 추위와 여름철 장맛비에 노모의 생사를 헤아리기 어렵게 되었다'면서 원성이 자자합니다. 그 허물을 조정에 돌리지 않는 자가 없으니, 성덕에 누가 됨은 두 곱 다섯 곱이나 됩니다. 더구나 만중의 어미는 선후先后, 인경왕후의 할머니이십니다. 상감께서 효도로써 다스리고 계신 마당에 어찌 여든 살의 어미와 그 아들이 서로 보호할 수 없게 한단 말입니까?

　이어서 그는 김수항과 이단하 두 정승을 견책하여 파직한 것, 동평군 이항이 의약관리와 일반 서민을 치료하던 혜민서의 제조提

調[1]가 된 것이 격식에 맞지 않다고 논했다. 동평군은 희빈 장 씨와 친하였고, 그도 숙종의 총애를 받았다.

박세채는 즉각 왕의 노여움을 사고 출척 당한다. 그뿐 아니다. 영의정 남구만과 우의정 여성제가 김만중을 변호하다가 그들도 성실하지 못한 동평군 이항이 혜민서 제조를 맡은 것을 언급했다. 두 정승도 죄를 받는다.

그 후에도 김만중에 대한 소는 지속되었다. 무진년 8월에 형조 판서 이공李公 규령奎齡이 김만중을 용서해 줄 것을 청하여 임금님께 소를 올렸다. 이공 규령도 체직 당한다.

또한 인조의 계비 장렬대비(조대비·자의대비)가 돌아가셨다는 소식을 듣고 송시열의 문인 정호가 당시 장렬대비가 오랫동안 병석에 있을 때 왕은 죄인들에게 은전을 베푼 일이 있었으므로, 왕에게 김만중을 변호하는 소를 올렸다.

─조정에 바른 선비가 하나만 있어도 족히 흉악한 무리들의 간계를 제어할 수 있습니다. 지난번 역적들이 조정의 신하들을 두루 살펴보다가 김만중과 이선에 이르러서 '다 괜찮은데 김만중과 이선은 어떻게 하지?' 하면서 크게 난처해 했다합니다. 간신 흉배들도 김만중과 이선의 바르고 강직하며 충성스러움을 알고 있습니다. 전하께서는 숭품崇品[2]의 중신을 옥리와 마주하여 같은 줄에 서

---

1 제조(提調) : 장악원의 우두머리 벼슬. 조선 시대에, 중앙에서 각 사(司) 또는 청(廳)의 우두머리가 아니면서 각 관아의 일을 다스리던 직책.
2 숭품(崇品) : 조선 시대의 18품계 가운데 둘째 등급. 종 1품 벼슬.

게 하시고 오랏줄에 묶이게 하시고, 마침내 귀양까지 보내셨습니다.

정호는 강경하다. 왕이 듣든 말든 더 말을 이었다.

항간의 인심이 술렁거리고 세상 사람 모두가 혀를 감추고 무서워 떨고 있다. 나서서 말하는 이가 없다. 임금님이 김만중에 대해 위엄과 노여움을 거두지 않은 때문이다. 신이 이런 말을 한마디라도 입 밖에 내면 준엄한 책망이 뒤따를 것을 모르지 않는다. 그렇다고 입 다물고 있을 수는 없다. 이는 김만중의 처지를 위해서가 아니다. 성덕을 해칠까 걱정하여 올리는 말씀이다. 성상께서 변화가 있기를 삼가 바란다.

대개 그런 뜻이었다.

무진년 (1668 숙종 14) 10월 28일, 후궁 장 씨에게서 왕자가 탄생한다. 왕은 이날을 기해 남구만의 위리안치를 풀어주라고 특명을 내린다.

영상 김수흥이 상감에게 남구만뿐 아니라 김만중에게도 은혜를 베푸시라고 차자를 올린다.

─김만중의 집에는 나이 여든이 가까운 편모가 있는데 다른 형제 없고, 김만중은 멀리 떨어져 있어 딱하기 그지없습니다. 백성들이 불쌍히 여겨 걱정하고 있으니, 전하께서도 굽어살펴 주시기를 바랍니다. 왕자께서 탄강하셨으니 상감께서는 어찌 김만중을 불쌍히 여기시는 마음이 없으시겠습니까? 변읍으로 귀양보낸지 거

의 두 해가 되어 가니 서리와 이슬의 가르침 또한 그의 죄를 뉘우치게 하기에 족할 것입니다. 바라옵건대 너그러이 살펴 주십시오.

영상 김수홍은 남송시대의 학자 양간楊簡의 풍우상로무비교風雨霜露无非教에서 서리와 이슬의 가르침을 예로 들어 말했다.

'바람 비 서리 이슬이 모두 가르침이 아닌 게 없다. 산들산들 부는 봄바람은 사람의 마음을 부드럽게 하고, 우르르 쾅쾅 격렬하게 울려 퍼지는 우레와 천둥소리는 사람의 마음을 놀라게 하고, 쓸쓸하게 내리는 서리와 이슬은 사람의 마음을 숙연하게 하고, 차갑게 내리는 눈은 사람의 마음을 곧게 한다.'

공자도 예기에서 '하늘은 사계절과 비와 바람, 풍우 상로를 가지고 있는데 모두 가르침이 아닐 수 없다. 땅의 신기神機로 모든 자연현상을 만들고, 천지만물이 모두 도를 가지고 있으니 도가 있으면 가르침이 있는 법이다'라고 했다.

자연은 인간에게 많은 것을 준다. 자연으로 고통을 받기도 하고 위로를 받고 즐거움도 느낀다. 인간은 조금만 주의를 기울인다면 자연으로부터 무상으로 많은 것을 얻고 배울 수 있다.

김수홍은 어찌 이보다 더 간곡할 수가 있을까. 김만중이 선천 적소에서 자연현상, 바람, 비, 서리와 이슬에서도 많은 깨우침을 얻었을 것이라며 왕께서 은전을 베풀도록 요청했다. 상감이 답한다.

─남구만은 벼슬이나 품계를 깎아 낮추는 삭출을, 여성제는 벼슬과 품계를 빼앗는 삭직을 하라. 김만중은 지은 죄가 실로 가증스럽지만 편배編配³ 한지 해를 넘겼고, 모자의 정리가 남다르니 특별히 놓아 보내도록 하라.

　후궁의 몸에서 왕자가 탄생한 그날, 왕은 남구만의 위리안치를 풀어주라고 명한다음, 만중을 용서해주라는 김수홍의 간청도 들어주었다.

　1688년(숙종 14) 11월 하순, 김만중은 임금님의 은전을 입는다. 선천 정배에서 풀려나 자유의 몸이 되었다. 후궁의 몸에서 왕자가 태어나자 여러 대신들이 만중을 풀어주라고 왕에게 올린 소에 더하여 김수홍의 간청이 이룬 낭보였다.

　만중은 집으로 돌아가려고 짐을 챙긴다. 자신도 모르게 눈물이 주르르 흘러내렸다. 그동안 애용해온 벼루와 먹, 한지와 붓을 챙기는 만중의 손길이 떨렸다. 그것은 만중에게 글을 배운 선천의 주민들이 정성껏 보내준 귀한 선물이었다. 그들마저 없었다면 만중은 황량한 적소에서 어떻게 견뎌낼 수 있었을까. 만중은 살뜰한 벗과도 같은, 손에 익은 문구와 물품들을 챙기면서 선천 주민들의 온정에 새삼 감회를 억누를 수가 없었다.

　돌이켜보면 눈물의 귀환이었다. 만중의 귀환은 영의정 김수홍

---

3 편배編配) : 귀양보낼 사람의 이름을 도록안에 적어놓는 일.

을 비롯하여 여러 신하들이 만중에게 팔순 노모가 계신다며 정배를 풀어주라고 왕에게 간청한 결과였다. 그 신하들 중에는 왕으로부터 삭직, 체직, 삭출 등 중죄를 받기도 했다. 그 일로 유배갔다가 사망한 사람도 있다. 만중은 그 정황을 능히 헤아릴 수 있기에 더욱 눈물이 솟구쳤다. 그동안 협착하고 궁박한 변방에서 겪은 심신의 고초에 대한 통한의 눈물이기도 했다.

만중은 어머니 윤 부인을 다시 뵐 수 있다는 상봉의 기쁨을 안고 고향집을 향해 떠날 준비를 마친다.

그때였다. 김만중에게 글을 배운 선천 주민들이 작별인사를 하러 어른아이 할 것없이 줄을 이어 적소로 올라왔다. 그들은 적소 마당에 엎드려 만중에게 큰절을 올렸다. 사람들 속에서 유난히 훌쩍거리며 우는 아이는 적소 청소를 도맡아 하던 옥분이었다. 옥분이는 어느덧 키가 훌쩍 자라 성숙한 처녀꼴이 났다. 만중이 말에 오르자 옥분이가 달려와 곱게 접은 편지를 두 손으로 바쳤다.

―스승님! 참말로 고맙습니다. 은혜는 절대 잊지 않겠습니다.

또박또박 한글로 쓴 그 편지를 펼쳐 읽고 선천 훈장 김만중이 말에서 내려 옥분에게 다가가 등을 두들겨주었다.

―반드시 훌륭한 사람이 되어서 부모님께 효도해야 한다.

만중이 다시 말에 오르자 그 자리에 모인 사람들이 일제히 박수를 쳤다. 말이 산모퉁이를 돌아 나갈 때까지 그들은 만중의 뒷모습을 바라보며 손을 흔들었다.

한양은 소요산 도봉산 북한산 삼각산 목멱산 등, 먼 산 가까운 산에 늦가을 단풍이 거의 끝물을 보이고 있었다. 가을빛이 스러져 가는 풍경이 만중에게 처연했다. 만중의 눈에 눈물이 고인다.

만중의 귀가는 어머니 윤 부인과 처자 권속, 그리고 그의 방면을 위해 애쓴 대신들과 동료 친지 모두에게 경사였다. 가족들은 왕의 은혜에 감읍했다. 어머니 윤 부인은 임금님이 계신 궁궐 쪽을 향하여 절을 거푸 올렸다.

ㅡ어머님!

말에서 내린 만중이 대문으로 달려간다. 윤 부인이 다가와 만중을 덥석 끌어안았다. 아들 진화와 딸이 뛰어나온다. 만중의 품에 안겨 울음을 터트린다. 아내 연안 이 씨가 저고리 고름으로 눈물을 닦아내고 있다. 어머니 윤 부인은 만중의 두 손을 거머쥐고 하염없이 눈물을 흘릴 뿐이었다.

ㅡ어서 안으로 들라.

윤 부인이 만중을 안채로 이끌었다. 맛난 냄새가 온 집안에 감돌았다. 만중이 청마루에 오른다.

ㅡ어머님 절 받으세요.!

만중이 꿇어 엎드려 큰절을 올렸다.

ㅡ숙부님! 다시는 할머니 곁을 떠나시지 않는다고 약속해주세요!

조카들이 둘러서서 삼촌에게 응석을 부렸다.

ㅡ오냐! 너희들 할머니 말씀 잘 듣고 모두 잘들 지냈겠지?

그날은 형제자매가 다 모였다. 잔치집이 따로 없었다. 이웃들이 담장 너머에서 화기애애한 광경을 함께 즐기고 있었다. 소공동 만중의 집에서는 밤이 이슥토록 웃음꽃이 만발했다.

벼슬 싫어요

김만중은 병진년 여름에 군직을 부여받는다. 산직散職이었다. 그의 적성에 맞지 않는 한직, 하급직이었다. 정사년에 무과와 강경과를 관장하는 고관考官으로 왕의 부름을 받는다. 나아가지 않아 파면당한다.

만중이 자진하여 사직을 하지만 소인들은 날뛰었다. 왕이 만중을 적재적소의 벼슬자리에 배치하는 것을 막았다. 만중은 의고사수시擬古四愁詩를 지어 옛것을 본떠 네 가지를 근심하고 그리워하는 마음을 시로 펼쳤다.

우암은 장기에 가 있고, 초려는 영변에 있고
문곡(文谷)은 영암에 있게 되니 상감은 바야흐로
고립되어 뭇 간신들에게 속임을 당하고 계신다

만중의 시에서 '사수四愁'는 장기에 귀양 가 있는 우암 송시열, 영변의 초려 이유태, 영암에 귀양 간 문곡 김수항, 그 위에 간신들에게 속임을 당하는 상감까지 포함되었다. 사수는 곧 만중의 네 가지 근심이다. 김만중 본인 근심을 더하면 오수가 아닐까.

김만중은 기미년 겨울에 예조참의를 제수받는다. 예조참의는 정3품의 청직으로 고관이나 군직에 비해 학식과 문벌이 높은 사람이 맡는 직책이었다.

숙종은 요로에 앉아있는 이들이 제 마음대로 하는 것을 싫어했다. 또 조신들을 일정한 직책이 없는 한직에 두고도 과실을 보고하지 않는다고 탄식했다. 이에 이조당상관 및 병조판서가 마지못해 김만중에게 예조참의 직분을 제수하고 임금의 눈치를 살핀 것이다.

만중이 예조참의 직분을 받은지 하루 뒤였다. 때는 기묘년 12월 11일, 대신이 왕에게 만중을 자리에서 물러나게 하라고 청한다. 또한 만중에게 예조참의 직위를 내린 전관銓官의 허물을 캐어물으라고 청한다. 만중에게 산 넘어 산이 다시 닥친다.

─우리나라의 전례典禮가 바로잡힌 뒤로, 죄괴罪魁에 들러붙어서 조정의 권세를 희롱하던 무리들을 혹은 귀양 보내고 혹은 벼슬에서 내쫓은 것은 공의를 엄숙하게 하고 예론을 엄중히 하기 위해서였습니다.

왕께 김만중을 중상모략하는 사설이 길었다. '죄괴'는 우암 송시열을 이르는 말이고, 죄괴에 들러붙은 것은 김만중을 지칭한 것이다.

─김만중은 송시열의 우익이 되어서 안팎으로 서로 호응하였으니, 김만중을 이때에 등용하심은 근거가 없습니다.

─그 마음 씀이 교묘하고 혹독한 것은 선왕께서 몹시 미워하신 것이요, 성명聖明께서 통촉하신 바입니다. 오래도록 그를 한직에 둔 것은 예방禮防을 엄숙히 하기 위함이었습니다. 김만중에게 죄를 중히 내리시고 추고하십시요.

간신들이 줄을 이어 김만중의 죄를 엄중하게 심문하라고 임금을 압박하고 있다. 당권이 왕권보다 높은 듯이 겁도 없이 설치고 있다.

─말의 뜻이 몹시 각박해서 매우 마땅치 않다. 추고할 것을 청하니 더욱 이해할 수가 없다. 빨리 멈추고 번거로이 말라.

숙종이 전날하고는 반대 현상을 보였다. 그들의 간계한 청을 물리쳤다. 이튿날 정언 박진규가 연계하여 또 말했다.

─김만중이 오래도록 산반에 있게 된 것은 실로 관대한 은전이었습니다. 이제 신 등이 체직시킬 것을 청합니다. 공의는 죄를 가볍게 하기 위한 말감末減[1]을 참작하자는 뜻에서 나온 것입니다.

정언 박진규가 김만중을 체직시키라고 교묘한 말로 임금을 조른다.

─우겨대지 말라!

---

1 말감(末減) : 가장 가벼운 죄에 처함.

숙종께서 일갈하신다. 그 후에도 정언 남후, 정언 김정하가 계를 올렸다.

─김만중이 사특한 논의에 기치를 세워서 국시를 경멸하였습니다. 신 등이 논하는 바는 다만 공의를 따르고 예론을 엄중하게 하고자 할 뿐입니다. 사사로운 뜻이 있는 게 아닙니다.

그들은 김만중을 중죄로 처벌하라면서 국시 공의 예론에 가장 밝은 척한다. 결코 사사로운 뜻은 없다고 변명한다. 그 후에도 연계가 끊이지 않았으나 숙종대왕은 그들의 요구를 따르지 않았다. 임금님이 전에 없이 흉당을 물리쳐 내치니 조정이 맑고 밝아진다. 왕은 옛 신하들을 다시 거두어서 쓰게 되었다.

경신년 정월에 빗발치던 대각의 논의가 비로소 멈추었다. 김만중은 소를 올려 예조참의 직분을 사직하려고 한다. 만중은 벼슬에 욕심이 없다. 간신들의 반대하는 소가 아니더라도 그는 벼슬보다는 어머니 윤 부인을 모시고 소박하게 살기를 원했다. 임금님이 결코 허락하지 않아 여기까지 이른 것이다.

만중이 소를 올린다. 흉당이 사람을 무함하는 정상을 다음과 같이 말했다.

─신이 일찍이 죄인의 문도로서 글월을 올려 스스로를 탄핵하였습니다. 그 뒤 조신 가운데 정황이 신과 같은 이가 잇달아 늘게 되니, 뭇 입들이 너도 나도 일어나서 어떤 이는 장주章奏에 올리고, 어떤 이는 연석에서 말을 하였습니다.

만중은 임금님에게 할 말이 하 많은 것 같다. 만중에게 자칫 언사로 해서 다시는 불운이 일어나지 않아야 할 것이었다.

　─예전 인조대왕 시절 1637 정축년(1637 인조 15)에 상신相臣 김상헌이 물러나 초야에 있을 적에도 대각이 얽어 모함하였는데, 바로 오늘날의 말과 서로 같습니다.

　만중은 인조 대에도 이런 일이 있었다고 말한다. 만중은 그가 본시 벼슬에 연연하지 않으므로 하고자 하는 말을 기탄없이 아뢰고 있다.

　─조정에선 종통을 어지럽힌 자를 바로잡았습니다만 지금의 대신들은 이것을 사람 죽이는 이기로 삼고 있습니다. 갈고 닦으며, 재고 헤아린 것이 하루아침이나 하루저녁이 아니었습니다.

　김만중이 그간의 억울하고 분했던 마음을 임금에게 다 풀어놓을 셈인가. 그의 말이 비장하다. 사직을 결심하고 할 말을 다 하고 나자 그의 마음이 기쁘고 편안했다.

피바람

기사년(1689 숙종 15) 정월이었다. 왕은 대신들이 모인 자리에서 왕자의 위호를 정하라고 명령을 내렸다.

─나라의 근본이 정해지지 못해 마음이 매일 곳이 없더니 오늘의 큰 계책이 있으니 왕자의 위호를 정하라!

남인들은 기다렸다는 듯이 왕자의 위호를 정한다. 남인들은 위호뿐 아니라 이어서 소의 장 씨가 낳은 아들을 세자로 삼으려고 서두른다. 서인의 영수 송시열을 비롯한 서인들이 반대한다.

─중전마마의 춘추가 아직 한창이십니다. 앞일을 알 수가 없고, 또 왕자께서 탄생하신지 겨우 몇 달이니 일이 너무 급박하옵니다.

송시열은 왕자가 태어난지 겨우 몇 달밖에 안 되었다. 아직 인현왕후의 나이가 젊으시다. 후사를 더 기다리자고 건의한다.

─송시열이 산림의 영수로서 감히 이의를 제기하니 장수 없던

무리들이 이제 장수를 만났다고 잇달아 일어나는구나.

왕이 당장 진노한다.

—여러 신하들이 원자를 달갑게 여기지 않습니다.

허적과 윤휴에게 들러 붙은 유위한이 앞장서서 모함했다.

—여러 신하들이 원자를 싫어한다.

남인들이 거짓말을 지어낸다. 원자를 싫어해서가 아니었다. 송
시열은 그 한마디 말로 또다시 제주도로 귀양가게 된다. 서인들은
거의 유찬되거나 사사된다. 궁궐에 한 아기가 태어나면서 피바람
을 몰아왔다. 당대의 서인 측 사류士類는 그친족들까지 화가 미쳐
모두 괴멸되었다.

얼마 후 인현왕후가 폐출된다. 희빈 장 씨가 그 자리를 대신한
다. 박태보는 힘써 간하다가 죽임을 당한다. 영의정 김수항은 적소
에서 화를 당했다. 송시열 역시 적소에서 체포되어 오다가 중도에
서 사약을 받았다.

이때다, 하고 박진규와 이윤수가 김만중을 무함하는 계를 올렸
다.

—전에 판서 김만중은 본래 송시열의 심복입니다. 우암 송시열
의 참혹하고 지독한 행실을 끼고 돌며, 착한 이들을 해쳤습니다.
그의 기량으로 명성과 위세를 한껏 펴서 조정을 어지럽히는 것은
단지 여벌로 하는 일입니다. 지난해에는 망극한 말을 지어내서 방
자하게도 연석에서 성상을 속이고 동조東朝까지 무함하였습니다.
생각하면 지금도 마음과 뼈가 녹아 모두 서늘해집니다.

박진규, 이윤수가 김만중에게 맹공격을 가한다. 두 사람이 두 입을 모아 왕 앞에서 만중을 타도하고 있다.

―그 언근은 불과 한두 번 건너 김만중의 귀에 들어갔을 것입니다. 당초 언근을 물으실 적에 굳게 숨기고 있던 자취가 더욱 가증스럽습니다. 오늘 엄중히 죄를 들추어 군부의 무함을 시원히 씻어내서야 합니다. 김만중을 멀리 떨어진 변경에 위리안치 하십시오.

그들은 왕의 안전에서 만중이 가증스럽다, 만중이 언근의 뿌리를 숨기고 있다고 혹평한다. 법으로 엄중히 다스려야 한다고 열변을 토한다. 멀고 먼 외딴 섬으로 보내 가시울타리에 김만중을 가두라고 왕에게 지시하고 있다.

―슬프다. 임금 된 이가 참혹하게도 전고에 없던 모욕을 받았다. 김만중은 조금도 놀라는 기색이 없다. 오히려 굳게 숨기고 있으니, 방자하고 무엄하여 한심스럽다.

왕조차 남인들의 험악한 폭언에 편승한다. 김만중에 대한 불편한 심중을 피력한다. 왕의 위의는 부모와 같고 신하는 왕의 자식과 같다면 부모 앞에서 한 자식이 다른 자식을 헐뜯는 행위다. 부모된 자가 용납하고 부추기고 있는 것이다. 그 군부에 그 신하다.

―아! 어찌 이처럼 악랄할 수가 있단 말인가.

충신 김만중의 속이 지글지글 탄다. 심장이 터지는 것 같다.

―지금 너희들이 김만중의 죄상을 열거하는 것은 하나는 군부를 높이자는 것이고, 또 하나는 사악한 말을 물리치자는 것이니, 말이 엄숙하고 의리가 올바르다. 짐의 마음이 지극히 명쾌하다. 가

상히 여기는 바이다.

왕이 흉당의 말에 무게를 실어 주고 있다. 군부를 높이고 사악한 말을 물리치자는 그들의 말이 엄숙하고 의리가 바르다고 칭찬한다. 전날 다르고 오늘 다른 왕의 다중 인격이 여실하게 노출되고 있다.

─김만중은 내 앞에서 말을 꺼낸 뒤 끝내 바른대로 아뢰지 않고 있으니 몹시 통탄스럽다. 즉시 잡아 가두고 엄중히 캐물으라.

왕은 더 묻고 들어보고 할 것도 없다는 식이다. 즉시 잡아 가두라고 명령을 내린다. 김만중은 어찌할 바를 모르고 떨고 있다. 만중은 지난날 왕의 장인 서석공 김만기의 친동생이다. 서석공이 작고했다고 해서 그 관계와 인연이 영구 소멸하는 것일까. 왕이 왕권을 강화하기 위한 전략적 정치 활동을 벌이는가. 아침 다르고 저녁 다르다는 명성왕후의 말이 틀린 말이 아니었다. 만중은 전신이 사정없이 흔들린다. 곧 쓰러질 것 같다.

─정치란 그런 것인가. 지난날 서석공의 딸 인경왕후의 죽음도 서석공도, 임금님의 변덕과 비정에 의함이 아니었을까.

생각이 이에 미치자 만중은 살이 더욱 떨린다. 입이 얼어서 말도 못 한다. 말을 할 처지도 아니다.

남인들이 왕의 권세에 기대고 2년 전의 언근 사건, 부언의 근원을 또다시 캐내려고 기를 쓴다. 만중이 선천에서 해배되어 돌아온 지 겨우 두어 달이다. 만중에게 전보다 더 강력한 피바람이 불어오고 있다.

─너무 하십니다. 속가로 치면 제가 숙종 임금님의 처삼촌입니다.

만중은 외치고 싶다. 억울하다. 오장육부가 뒤집어진다. 지극한 울분을 꾹, 눌러삼킨다. 실로 아득한 그날 그 시간, 어머니 윤 부인이 죽음을 각오하고 강화도에서 얼음 강에 몸을 던질 때 천래의 공포를 태중에서 체험한 만중이었다.

─내 한 몸 죽는 것은 두렵지 않으나 노쇠한 어머니는 누가 보살필 것인가.

만중의 심신은 목석처럼 경직되었다. 그 자리에서 쓰러져 기절할 것만 같다.

기사년 (1689 숙종 15)년 2월 7일, 만중에게 운명의 날이 닥쳤다. 사헌부와 사간원의 대간들이 들고 일어났다. 김만중의 부언을 임금에게 보고한다. 두 해나 지난 사건이다. 숙종대왕은 남인들의 성화에 불을 질렀다. 김만중은 긴장한다. 개탄한다.

─정배를 풀어줄 때는 언제고 2년여나 경과한 사건을 다시 거론하는 뜻은 어디에 근거하는가. 왕과 대신들의 할일이 그뿐이란 말인가. 혹 내가 문형의 요직을 거부했다고 왕은 앙심을 품었는가.

만중은 할 말이 있다. 듣지 않는 귀가 문제였다.

봄기운을 머금은 눈부신 햇살이 돌담장에 쏟아지는 한낮이었다. 백성들이 만중의 소문을 듣고 고샅마다 삼삼오오 모여 앉았다.

─허허, 나라가 망조가 드는 개비여. 무슨 대역 죄인이라고 한

마디 말로 두 번씩이나 충신을 들볶는 거여?

　―잘못한 게 아니여. 그이가 말을 잘못할 사람인가. 할 말을 한 거여.

　―윤 부인 댁 아드님이 어찌 이런 무도한 일을 겪는감.

　저잣거리에서 장기를 두던 남정네들도 부덕한 임금, 날뛰는 간신들이 들끓는 세태를 나무라다 장기판을 더 세게 두들긴다.

　―후유, 이게 말세지 뭐 갔어? 이런 망측한 일은 전세에도 없었다고.

　―그게 언제 적 일인데 또다시 들먹거리는가. 왕은 그렇게도 할 일이 없는가?

　이웃들은 김만중이 현재 왕 노릇하는 이의 사돈임을 진즉부터 알고 있었다. 그들은 분함을 참지 못했다. 숙종의 초비 인경왕후의 죽음, 또 숙종의 장인 만중의 형 서석공 만기의 갑작스런 죽음도 세상이 다 알고 있었다.

　―아무리 둘러 봐도 세상천지에 그만한 충신, 그이보다 더 글을 잘하고 극진한 효자가 없구마는.

　―첩실을 들여 후사를 얻었으면 더 바랄 것이 뭐가 있는감.

　후궁 장 씨에게서 왕자를 얻었으니 마음을 후하게 쓸 줄도 알아야 한다는 이야기였다. 나이 지긋한 촌노들은 장마당에 나앉아 막걸리잔을 들이켜며 저마다 긴 한숨을 내쉬었다.

　―장차 이 나라가 어찌 되려는고. 쓸 만한 사람들을 모조리 내쫓으면 어쩔 거여? 어찌 한 가지 일로 귀양을 한 번 보내지 두 번

보내는가. 그 말이 귀양거리가 되는감?

　—본시 그이가 왕보다 더 잘 타고났으니 미운털이 단단히 백인
거여. 왕이 신하만 못하면 신하한테도 배울 건 배워야지.

　—이러다가 또 왜놈이랑 떼놈들이 쳐들어 오는 건 아니겠지?

　노인들은 곰방대를 두들기면서 한숨을 길게 내쉬었다.

　조정에서는 날이면 날마다 왕을 중심으로 남인 쪽 상하 대신들
이 둘러앉아 김만중 한 인물을 모함하고 원찬하는 일에 몰두했다.
정사의 대부분이 김만중 죽이기에 치중되고 있었다.

　—김만중이 임금을 무함하는 말을 여항의 유언이라 핑계대고
방자하게 아뢰었다. 말하는 의도가 도리에 어긋나고 사나워 신하
로서 차마 방자한 것이 있었다. 내가 몹시 슬프다. 군부를 위하여
는 기러기 털보다도 가볍고, 붕당을 위하는 마음은 태산보다 무겁
다. 군부에게 박하게 하고 어디에 후하게 하려는가? 내가 실로 통
탄스럽다. 엄히 문초하여 알아내라.

　간신들은 설치고 왕은 연속 부풀렸다. 왕은 충신의 말, 간신의
말을 가려들을 수 있는 귀를 갖추었는가. 왕이므로 중도를 지켜야
하는 것 아닌가. 후사 없는 왕실에 후궁 장 씨가 왕자를 낳았으니
마음을 넉넉히 베풀어도 아무런 해가 없을 터이다. 만중의 생각이
이에 미치자 간신이 버티고 있던 몸이 한순간에 무너지려한다. 흠
칫 놀라 심신을 바로 잡는다.

　왕이 앞장서서 김만중이 신하로서 도저히 할 수 없는 도리, 어

굿난 짓을 저질렀다고 토를 단다. 없는 죄를 까발리고 수식修飾한
다.

　―엄중히 심문받고, 선천으로 내몰지 않았던가.

　만중은 어머니만 아니면 그 자리에서 혀를 깨물고 죽고 싶다.
두 번 다시 이런 일이 닥칠 줄은 전혀 상상도 못했다. 아, 어머니!
만중이 가슴으로 부르짖는다.

　―죄상으로 헤아리자면 만 번 죽여도 아까울 게 없다. 어찌 참
작해 줄 길이 없겠는가. 절도에 위리안치하라!

　만조백관을 거느린 한 나라의 왕이다. 왕의 입술에서 예리한 칼
날이 번쩍번쩍 춤을 추는 것 같다. 왕은 그 칼날을 떨쳐 들고 만중
을 베고 싶은가. 왕은 만중을 만 번 죽여도 아까울 게 없다고 말한
다.

　―만 번 죽여도 아까울 게 없다?

　만중은 앗! 하고 비명도 지르지 못한다. 숨이 한순간에 멎어버
렸다.

　만 번을 죽여도 아까울 게 없다는 왕은 김만중을 절도에 위리안
치하는 것을 참작이라 말한다. 만중은 숙종의 초비 인경왕후의 숙
부다.

　김만중의 나이 53세였다. 기해년 (1689 숙종 15) 2월 7일에 탄핵
을 받았다. 수차에 걸쳐 말로 몽둥이로 채찍으로 하급 관리 축에도
들지 않는 옥졸에게 모질게 당한다. 그는 몸이 으스러져도 한 마디
무슨 변명이나 까닭을 개진할 수가 없다. 말을 하면 몽둥이가 공중

을 날고 죄를 덧씌웠다.

만중은 다시 어머니 곁을 떠나 남해 적소로 떠나야한다. 말이 적소지, 위리안치는 독사와 승냥이가 드글거리는 거칠고 험준한 죽음의 골짜기였다. 왕과 흉당 무리가 정한 대로 피바람에 쫓겨가는 신세가 되었다. 만중은 한 가지 일로 두 번 중형을 받게 된 것이다.

세 번째 적소 남해

한양 남성 밖에는 막차幕次가 있다. 임시로 장막을 쳐서 왕이나 고관들이 잠깐 머무르게 하던 곳이다. 이른 아침 윤 부인이 막차에 나왔다. 남해 적소로 떠나는 만중을 전송하려는 것이다. 밤잠을 설친 듯 몹시 지친 모습이다.

―대부인께서 나오셨다 합니다. 대감께서는 오늘은 잠시 머무르시고, 내일 아침에 따라오셔도 무방합니다.

의금부도사 금오랑이 자기네들이 먼저 출발하겠다고 말한다. 만중에게 하룻밤이라도 더 어머니 윤 부인과 지내라는 배려였다. 김만중과 윤 부인을 생각하는 금오랑의 마음이 상감마마보다 훌륭하다. 금오랑은 알고 있다. 윤 부인은 서석공 김만기의 모친으로 숙종대왕의 사돈이라는 것을. 왕이 애첩에게 눈이 멀어 앞뒤를 헤아리지 못한다는 항간의 소문을 금오랑은 직접 확인하는 셈이었다.

−아닙니다. 함께 출발하시지요.

만중이 금오랑에게 이른다.

−차마 네가 길 떠나는 것을 보지 못하겠으니 먼저 돌아가야겠
다.

윤 부인이 가마에 오르자 만중은 가마 앞에서 하직 인사를 드렸
다. 손수 다가가 가마의 주렴을 매어드린다. 그대로 한참 동안 곁
에 서서 바라본다. 길이 굽어져서 가마가 보이지 아니하자 만중은
눈물이 흘러 시야가 흐려진다.

−어머님! 부디 강녕하소서.

만중이 멀어져 가는 윤 부인에게 다시 절을 올린다. 만중이 소
매 춤에서 베 수건을 꺼내 눈물을 훔치더니 자리에 들어가 앉는다.
윤 부인이 탄 가마가 점점 멀어져간다.

윤 부인이 가마 안에서 울음을 삼킨다. 울음소리가 새나가지 않
도록 조심한다. 김만중을 태운 소 구루마가 머나먼 남해 적소를 향
해 움직이기 시작했다. 소 구루마에는 촘촘히 목책이 둘러 있어 감
옥의 창살처럼 보였다.

남해 섬은 조선에서 최남단에 속한다. 옛날 옛적에 해도海島라
는 이름으로 불리던 큰 섬이다. 바다와 산봉우리가 조화롭게 어우
러져 풍광이 뛰어났다. 천연의 은택이 두터운 곳으로 사람들은 성
정이 매우 순후하고 너나없이 부지런했다고 전한다.

남해가 살기 좋은 섬이라고 알려져 육지에서 남해 섬으로 건너

온 백성들이 많았다. 남해는 죽어도 죽지 않은 충무공 이순신 장군의 격전지로도 유명하다. 임진왜란의 참화를 겪은 그 시대의 아픈 사연을 갖고 있는 고장이다. 자연스럽게 무예를 숭상하는 지역이기도 하다.

남해는 더 거슬러 올라가면 마한 진한 변한, 삼한의 한 국가였다. 신라 31대 신문왕이 처음으로 이곳에 전야산군轉也山郡이란 행정구역을 정했다. 그 후 35대 경덕왕이 남해로 명칭을 바꾸고, 고려조에서는 제8대 현종이 현령을 설치했다. 31대 공민왕 때는 왜구의 침입으로 땅을 빼앗겨 주민들을 진주로 이전시켰다.

남해 섬은 망운산이 우뚝하고, 예로부터 불교의 성지, 즉 관음 성지로 산마다 절이 있었다. 지금 그곳을 향하여 죄인 김만중을 싣고 소 구루마가 달려간다.

만중은 몇 날 며칠을 소 구루마에 시달리며 세 번째 적소 남해 섬에 도착했다. 아득히 멀고 먼 길이었다. 적소 주변에는 오래된 수목들과 대숲이 울울창창하다. 바닷가 근처에 초가마을이 띄엄띄엄 자리 잡았고, 사람의 자취는 하루해가 다 가도록 만나기 어려운 섬이었다.

바닷물은 비취색 물감을 풀어놓은 듯 선명하면서 수시로 다양한 빛깔로 변화해 보는 이들의 눈을 황홀하게 했다. 여타의 바다와는 감히 비교할 수 없을 정도로 물빛이 맑고 푸르렀다. 큰 파도가 별로 일지 않아 고요함이 그 특색이다. 바다 위에 흰 갈매기, 검은 갈매기가 기세 좋게 날아다녔다.

보이는 것이라곤 바다를 에워싼 크고 작은 산봉우리에 제멋대로 형상을 꾸민 풍성한 구름 나라이고, 가없이 펼쳐진 앵강만 바다였다. 하늘과 산과 바다가 한 몸, 한 형태로 어우러져 주변 풍경을 더 적요하게 유현幽玄하게 꾸며 놓은 것 같았다. 만중은 남해 섬에 이르러 홀연 태고의 적요에 맞닥뜨린 듯 그 심정이 묘연渺然했다.

만중은 시를 쓰기 위해 남해에 온 듯, 제일 먼저 그 소감을 시로 읊고 있다.

남해 유배지에서

어둡고 좁은 공간 적막뿐인 곳에 나 혼자뿐이다.
삼천리를 굽이돌아 외딴섬 유배지에 와보니
작고 초라한 초가집처럼 깊은 외로움에 처연해진다.
반겨주는 이 하나 없는 외딴 섬에서 어찌 살아야 한단 말인가.
지난날의 출세와 부귀영화도 하룻밤 꿈만 같구나
눈을 감고 생각하면 도성이 아득하게 보이는데
마음에 품은 뜻을 펼칠 수 없으니 한숨만 삼킬 뿐이다.
마음대로 오갈 수 없는 유배객의 몸으로 무엇을 할 수 있겠는가.
모두 버리고 왔으니 더 이상 가진 것도 잃을 것도 없으나
선비의 충정과 신의는 죽는 날까지 변치 않으리
적막 속에 흔들리는 등불에 의지해 오늘도 붓을 적신다.

만중은 적소의 초라한 초가집, '어둡고 좁은 공간, 적막뿐인 곳

에 나 혼자뿐'임을 몸소 실감한다. 지난날의 출세와 부귀영화가 하룻밤 꿈만 같다고 도착하자마자 지극한 외로움을 호소하고 있다.

그는 남해에 도착하고 두어 달을 누워 앓았다. 봄여름을 덧없이 보내고 첫 가을을 맞이한다. 그는 몸을 추스르자 오언 율시를 지어 쓸쓸한 마음을 달랜다. 시와 더불어 자신과의 대화를 시도하는 것이다.

> 서쪽 변방에선 해를 지낸 귀양
> 남쪽 변방에선 허연 머리의 죄수
> 재처럼 사그라진 마음 거울 찾기 귀찮고
> 피눈물 흘리며 정신없이 뗏목을 탔네
> 해는 지는데 고향에선 서신도 없으니
> 가을하늘 날아가는 기러기에 수심 띄우네
> 여태까지 충효하기 소원이었는데
> 노쇠하고 시들어서 길이 갈까 두렵네

김만중의 마음은 천 갈래 만 갈래로 찢어진다. 참람 바로 그것이다. 그는 선천의 서쪽 변방 귀양살이에서 돌아와 겨우 두어 달 가족과 지냈다. 지금은 최남단 남쪽 변방 남해로 유배 왔다.

남해는 고려대장경 판각지이며, 충무공 이순신 장군의 전적지 관음포가 있는 역사적인 지역이다. 그래서일까 만중은 왠지 남해가 낯설지 않다. 남해에 도착하여 그는 계속 시를 짓기 시작한다. 그에게 시를 짓는 일은 자기 구원이며 빛이었다.

만중은 되는대로 옷을 걸치고서 적소로 가는 뗏목을 타는데, 피눈물이 하염없이 흘러내렸다고 남해 적소로 오던 날을 회상한다.

고향에서는 소식이 오지 않는다. 고향 집에서 어느 누가 편지 쓸 정황이라도 있을까 싶으면서도 편지를 학수고대하고 있다.

그는 가을 하늘을 날아가는 기러기에다 근심을 실어본다. 이제까지 살아오면서 오직 만중의 소망은, 임금에게 충성하고 어머니에게 효도하는 것이었다. 멀리 떠나와 심신이 쇠약해지니 이 상태로 영영 가게 될까 벌써부터 걱정한다.

자신의 앞날을 예감하는가. 그의 깊은 절망이 드러난 시다. 만중의 심층 내면에서 터져 나오는 애절한 독백이 아닐 수 없다.

─글을 지어 어머니의 근심을 덜어드리리다.

만중이 절망 속에서 결심한다. 어머니의 심정은 오죽하실까. 그 결심은 곧 금강경에 기반한 새로운 장편소설 집필 계획이었다. 아홉 구름의 꿈, 꿈꾸는 구름 아홉 송이, 아홉 사람의 현란한 꿈, 변화무쌍한 하늘 구름과 올망졸망한 산봉우리, 에메랄드빛 아름다운 바다, 남해 섬에서 그의 사념은 구운몽 저작의 의지로 바로 연결된다. 높푸른 하늘과 앵강만 바다 위에 너르게 걸쳐 있는 무심한 구름 무더기가 그의 꿈을 깨우쳐 주었다.

만중이 허무러진 마음을 애써 붙잡는다. 유배가 풀려 임금 곁으로, 어머니 윤 부인에게로, 가족 품으로 돌아갈 수 있다는 기대를 가져볼 수 있을까. 남해에 오자 그와 같은 기대는 점점 멀어져 감을 의식한다. 혹여 이곳에서 죽음이 닥칠지 모르니 글이나 남기고 가자. 만중은 울먹이며 붓을 찾는다.

소 구루마를 타고 머나 먼 길 오면서도 그는 두려워 떨었다. 어디서 불시에 괴한이 나타날지 알 수 없었다. 존경하던 스승 지인들이 귀양길에서 죽임을 당했다. 일가친척 중 성인들은 모두 귀양을 갔다. 만중은 자신의 생명에 대해서 도저히 안심할 수가 없다. 옹색하고 어두컴컴한 방안에 가만히 앉아있을 수도 없어 붓을 잡는다.

선천에서는 왕께서 다시 불러주지 않을까, 한 가닥 기대가 있었다. 남해에 오자 그 기대가 물거품으로 바뀌었다. 한양과의 거리는 가히 천 리 길로 선천보다 아득히 먼, 남녘 섬이다. 밤중에 딱딱이 소리조차도 들리지 않는다. 사방이 바다로 둘러싸여 있는 산기슭에 되는대로 꾸린, 집이라고 볼 수도 없는 세 칸 초옥이 만중의 처소였다.

만중은 호롱불을 밝히고 작은 소반 위에 한양에서 지니고 온 한지 묶음을 풀어 펼친다. 속절없이 흘러내리는 눈물을 닦고, 벼루에 물을 부어 먹을 갈았다.

만중은 심신이 아프고 괴로워 어쩔 도리없이 창작과 독서에 몰두한다. 가끔은 집 밖으로 나가 본다. 동백나무 숲과 무한대로 펼쳐진 창창한 바닷물을 바라보며, 여기저기서 우짖는 산새 소리를 듣는다.

한순간에 대역 죄인이 된 그였다. 적소에 오기 전 한양에서 만신창이가 되도록 모질게 국문을 받던 일이 떠오른다. 생각만으로도 전신이 오그라든다. 죽음에 버금가는 곤욕을 치룬 것이다. 그는 살아서 남해 적소에 온 것이 신기했다.

다 쓰러져 가는 초옥, 칡넝쿨로 짠 얼금얼금한 지직자리에 누워있노라면 시시각각으로 생명의 위험을 체감한다. 사면팔방에서 호시탐탐 만중을 노리는 육척의 장신이 달려와 영육을 결박할 것만 같이 불안감이 엄습한다. 그 불안감을 잊기 위해서도 만중은 저작에 몰두하고자 한다.

만중이 국문당할 때 어제까지 고위직 관리로서 행세하던 그에게 최하급직인 옥졸들이 함부로 대했다. 말 한마디 못하고 당한 것이 새삼 노여울 것도 노여워할 심적 여유도 없다. 그의 영혼은 시시로 아프고 저리다고 읍소한다.

다행인 것은 한눈에 보아도 남해 섬의 경치가 절승하다. 지극히 고요해서 꿈을 꾸는 것 같다. 경개절승인 남해 풍경이 유배객인 그에게는 더 할 수 없는 위로였다

김만중은 한양에 계신 어머니와 처자 생각에 시시로 울적하다. 그때마다 그는 습관처럼 붓을 들어 시를 짓곤 했다. 시는 유배객의 일상에서 빼놓을 수 없는 둘도 없는 벗이요 낙이었다.

남해 산야 곳곳에 유자가 황금색으로 익어가는 계절, 바로 어머니 생신날이다. 만중이 시를 짓는다. 시를 지으며 그는 시어와 대화를 나눈다. 이른 아침 어머니에게 문안 인사를 드리듯 붓을 잡는다.

그리움

오늘 아침 어머니 그립다는 말 쓰자고 하니
글자도 되기 전에 눈물 이미 흥건하다
몇 번이나 붓을 적셨다가 도로 던져버렸던가
문집에 남해 시는 응당 빠지고 없으리

만중은 글을 쓰기도 전에 눈물이 흐른다고 고백한다. 붓을 들었다가 던져버린다. 그토록 그리움이 끓어오를 때면 만중은 붓을 놓고 방을 나간다. 적소에서 바로 보이는 용문산으로 올라간다.

—저 바다를 건너면 어머니 계신 한양으로 돌아갈 수가 있을까.

용문산 정상에 올라 만중은 호수처럼 잔잔한 남해 바다를 내려다본다. '저 바다를 건너면' 하고 외친다. 숲에 있는 나무들이 듣고 화답한다. 만중은 더 큰 소리로 '어머니 계신' 한다. 울울한 숲속에서 메아리가 화답한다. '한양으로 돌아갈 수 있을까.' 산 언덕에는 각종 들꽃이 피어 있다. 들꽃이 만중의 외침을 듣고 있는가. 주변을 휘, 휘 둘러보아도 오직 고요뿐이다.

문득 소공동 집 작은 뜰에 피었던 일년초 무리들이 생각난다. 돌담 밑에 화려하면서 가냘픈 할련화가 눈에 보이는 것 같다. 어린 시절 어머니 손톱에 곱게 물들이던 봉선화도 기억한다. 키가 작아 더 귀여운 채송화 꽃도 눈에 어린다. 만기 형과 함께 만중은 두 손을 활짝 펴고 어머니처럼 봉선화 꽃물을 들여 달라고 졸랐다.

주변 숲에 점점 가을빛이 짙어갔다. 울울한 동백나무 숲과 대나

무 숲을 걸어본다. 서서히 느낌이 온다. 만중은 곧바로 칠언 율시를 읊었다

남해적사유고목죽림유감우심작시
(南海謫舍有古木竹林有感于心作詩)

기1

용문산 위에 있는 같은 뿌리의 나무
가지는 꺾이고 시들어 죽었는지, 살았는지
산가지는 풍상이 너그럽게 보아주지 않고
죽은 가지도 오히려 날마다 도끼가 찍어대네
생각하노니 우리 형제 탈 없던 날
색동옷 입고 재롱부리면 어머니 기뻐하셨지
어머니 나이가 여든인데 돌 볼 사람 없으니
이승과 저승에서 머금은 한 어느 때나 그칠까

남해의 용문산은 또 다른 이름, 호랑이가 엎드린 것 같다 해서 호구산으로도 부른다. 만중은 호랑이 말만 들어도 소름이 돋았다. 그가 생각하건대 산이 많은 한양에는 호랑이가 많았다. 더러 인가에 내려와 사람을 물어가는 호랑이도 있었다.

용문산에는 오래된 수목과 대나무 숲이 어우러져 있다. 만중은 용문산에 자생하는 오래된 나무를 시로 읊고 있다. '같은 뿌리의 나무'는 만기 만중 형제의 어머니를 이르는 말이겠다. 같은 뿌리에

서 나와 살아있는 가지는 김만중 자신이다. 죽어서 꺾인 가지는 타계한 형 만기를 지칭하는 것이다.

살아있으나 김만중은 끊임없이 정치적 소용돌이에 휘말려 고생한다. 죽어 세상을 떠난 형도 온갖 비방과 험담이 도끼 찍듯이 쇄도한다고 기술하고 있다.

기2

> 북풍이 쏴아 하고 대숲에 붙어
> 오늘 아침 두 조카 생각나게 하네
> 내 남쪽으로 쫓겨 오면서부터 너희 마음 괴롭더니
> 어찌 알았으랴 너희마저 해천의 남쪽인 것을
> 바람과 물결 하늘에 넘쳐 넘을 수가 없는지
> 여섯 달 동안 지금까지 편지 한 장 없네
> 나 이제 풍토병 앓아 날로 어질어질해지니
> 죽어서 떠나면 누가 강변의 뼈를 거두어주나

적소 곳곳에 대나무 숲이 병풍처럼 무성하게 둘러 있다. 해풍이 쏴아! 하고 대숲을 흔드는 소리가 들려온다. 대숲을 지나는 바람 소리에 시인은 두 조카가 생각난다. 조카 그들은 연좌제로 죄도 없이 제주와 거제에서 귀양을 살고 있다. 만중은 무덥고 습한 섬에서 풍토병을 앓고 있어 심신이 처절하다. 시의 말미에 '강변의 뼈'에서 죽음을 예감하는 듯한 만중의 여윈 모습이 눈에 선하다.

김만중이 유배 생활에서 저작한 여러 제재의 시에는 울분, 비애, 고독, 그리움 등이 구절구절 녹아 흐른다. 열 마디 백 마디 설명보다 시어는 그의 유배 생활의 면면을 축약으로 드러내 준다.

남해의 고독한 성자(聖者)

용문사에서 『구운몽』을 꿈꾸다

만중은 글 쓰다가 지치면 용문산에 오른다. 숲을 지나는 바람 소리뿐 호젓한 산길은 사위가 고요하다. 산책 중에 그는 영취산인 靈鷲山人 인성 스님을 만난다.

─스님 인사 올리옵니다. 소인 김만중이라 하옵니다.

만중은 반가웠다. 초면인 스님에게 다가가 먼저 인사를 드렸다.

─오호라! 한양 선비가 여기는 어인 일이신가요. 계신 곳에서 용문사 도량이 가까우니 과히 적적하시지는 않을 겝니다.

인성 스님은 만중을 알아보았다. 맑은 기운이 감도는 선승의 용모였다. 만중은 인성 스님을 뵙자 저절로 마음이 안온해지는 것 같았다.

─김만중 대감을 여기서 만나게 될 줄 어찌 알았겠습니까.

─저도 스님을 뵙게 돼 반갑습니다.

—다 전세 인연이지요.

만중은 가끔 용문사 도량으로 가서 인성 스님과 차담을 나누며 불가의 세계로 다가간다. 갈 적마다 마음에 큰 희망과 용기를 얻는다. 고독한 유배 생활에서 맑은 스님을 만난 것, 인성 스님으로부터 불서를 구해 볼 수 있어 만중에게 그 영향은 보약보다 지대했다.

만중은 사찰 서고에 있는 천문 역법을 비롯, 노장 철학, 중국 문학, 인문, 역사, 지리 등 다양한 책을 빌어와 밤이 깊도록 읽기 시작했다. 그뿐 아니라 만중은 승려들과 교유하는 가운데 유교적인 사유체계에서 불가의 세계로 나아가므로 그의 생애에 큰 변화를 맞게 된다

—흠! 참으로 사람의 일이란 알 수 없구나. 이렇듯 생소한 장소에 유배객으로 와서 귀한 분을 뵙고, 새로운 공부에 정진하게 된 것은 인성 스님이 말씀하신 대로 전세의 인연인가.

남해 적소에서의 만중의 생활은 일생일대의 전환기라고도 불수 있었다. 만중은 인성 스님을 만나 외롭다고 느낄 수 없을 만큼 새로운 세계 새로운 공부에 열중했다. 그는 불교 경전과 더불어 도가 사상에도 깊은 관심을 보였다.

만중은 불서를 읽고. 불교 경전을 사경 하는 가운데 불가의 세계에 정식으로 입문하기에 이른다.

또한 만중의 일생에 가장 흠모하고 닮기를 원하는 인물로 당송 팔대가의 한 사람인 명작 『적벽부』를 쓴 소동파(소식蘇軾)가 있다.

소동파의 『동파지림』[1]도 다시 읽어 볼 수 있었다. 젊은 시절에 읽은 동파지림은 마치 지기를 만난 듯 더욱 흥미를 끌었다.

소동파는 만중처럼 모친으로부터 공부를 배웠다. 시류에 영합하지 않아 정치적으로 불우하여 말년에 중국 남방의 절도에서 유배 생활을 했다. 만중은 어려서 어머니 윤 부인에게 동파의 시를 배우면서 소동파를 친구 선배 동반자 스승으로 여겼다.

만중은 남해 적소에 머물게 된 자신의 처지를 소동파가 해남으로 유배간 것과 동일시했다. 동파지림에서 소동파가 말했다.

'골목 집에서 아이들이 천박하고 용렬하여 그 집이 골치가 아프면 돈을 주어 모여앉아 옛날 이야기를 듣게 한다. 삼국지(三國誌)를 이야기할 때 유현덕이 패한다는 말을 들으면 아이들이 눈물을 흘리기도 하고 조조가 패한다고 하면 기뻐 즐겁다고 소리치기도 한다. 이것이 통속소설을 짓는 까닭이다.'

만중은 이 대목을 반복해서 읽었다. 만중은 세상에서 소위 패

---

1 동파지림(東坡志林) : 당송팔대가의 한 사람 동파(東坡) 소식(蘇軾)이 주로 유배 생활 중에 쓴 에세이 형태의 소품 모음집이다. 사람들은 흔히 절망과 희망, 불행과 행복을 구분하여 생각하는 이분법의 함정에 빠져 스스로를 괴롭힌다. 하지만 동파는 이 책에서 그 순간의 현상만을 바라보지 말고 시간의 흐름과 공간의 범위를 보다 확대하여 거시적으로 바라보라고 말한다. 그러면 반드시 모든 것에 필연적으로 존재하는 긍정적 가치를 발견할 수 있다는 것이다. 후세 사람들이 경탄해 마지않는 그의 초월과 달관의 안목은 이렇게 고난의 유배 생활을 통해 완성되었다. 이분법의 함정에서 벗어나니 고난의 시간이 오히려 넉넉하고 즐거운 생활이 된 것이다.

관, 패설이라고 말하는 통속 소설을 쓰기로 작심한다. 적소에서 동파지림을 다시 만난 것 또한 소중한 인연일 듯했다.

삼연 김창흡金昌翁[2]은 훗날 '패관 소설에서 하늘을 이야기하고, 용을 조각하는 기담 패설까지 관천貫穿하지 않음이 없다'라고 김만중을 극찬했다.

만중은 동파지림을 다시 읽게 되자 마치 소동파를 만난듯이 감개가 무량했다. 소동파를 떠올리며 한 편의 시를 지었다.

낙목(落木)

낙엽이 한도 없이 먼 산에서 떨어지는데
한 해의 가을 일도 시들어 가는구나
하늘과 땅은 남명을 향해 사라질 판이고
기러기 떼는 하릴없이 북녘으로 돌아가네
새로 지은 글에도 옛 버릇이 남아 절로 웃으니
마침 핀 국화에 늙은 얼굴을 드리운들 어떠리
책상에 얹힌 미산집(眉山集)[3]을 서로 따르지만
영해의 풍류를 따라잡을 수 있겠는가

---

2 김창흡(金昌翁) : 조선 후기의 학자. 기사환국 때 아버지가 사사되자 형 창집·창협과 함께 은거하였다. 후에 관직이 내려졌으나 모두 사양하였다. 성리학에 뛰어나 형 창협과 함께 이이 이후의 대학자로 이름을 떨쳤으며, 낙론(洛論)을 지지하였다.
3 미산집(眉山集) ; 미산집은 소식의 문집으로 소식이 미산 사람이므로 미산집으로도 부른다.

만중은 적소를 나오면 당연히 용문사로 올라간다. 행여 괴한이 따라붙을까 내심 불안하기도 했다. 시종들이 함께 하지 않는 날은 더욱 몸을 조심하면서 사방으로 고개를 돌려 휘, 휘 둘러보곤 한다.

남해의 천년 고찰 용문사는 본래 신라 문무왕 3년 원효대사가 금산 북쪽에 창건한 보광사였다. 그 보광사를 남해군 이동면 용소리로 옮겨 현재의 용문사가 되었다.

원효대사는 어려서 신동이라 불리울 만큼 총명했다. 15세 전에 학문에 통달, 무술에도 뛰어나 화랑이 되었다. 15세에 흥륜사 법장 스님의 문하에 들어가 제자가 된다. 원효대사는 일정하게 학문을 닦은 일이 없으므로 학무상사學無常師라고도 불렀다.

나이 40에 의상대사와 함께 중국 유학길에 오른다. 해가 저물어 산간의 허름한 숙소에서 하룻밤을 유숙하게 된다. 잠결에 갈증이 심해 물을 달게 마셨다. 아침에 깨어나 보니 그 물은 해골에 담긴 물이었다. 원효대사는 크게 깨달았다. 그 깨달음에 대해 읊었다.

심생즉종종법생　心生卽種種法生
심멸즉종종법멸　心滅卽種種法滅

즉 모든 것이 유심소작唯心所作, 마음의 분별로 해서 일어나기도 하고, 소멸하기도 한다는 대각이었다. 그 후 원효는 중국 유학을 포기하고 불법의 대중화, 보편화에 앞장섰다. 용문사에 첨성각을 지어 지장 도량을 마련하고, 또한 남해 금산에 보리암을 창건하였다. 그뿐 아니라 원효는 화엄경소 10권, 법화경 종요, 금강 삼매경 등 200여 권의 방대한 저서를 남겼다.

만중은 원효 스님의 유심소작에 힘입어 남해에서 주야로 금강경을 열심히 읽었다. 그의 고독과 슬픔도 마음의 분별임을 체득한다. 금강경은 중국과 조선에서 각 산문마다 소이경전으로 삼고 있었다.

만중은 또한 시간 날 때마다 금산 보리암을 비롯, 망운산 화방사, 용문산 용문사, 그리고 고려시대 제작한 대방광불화엄경진본 권53을 보유하고 있다는 부소암에도 올라갔다. 부소암 그 대형 바위 아래는 한양에서는 감히 상상조차 할 수 없는 희한한 진경이 펼쳐졌다.

─이 험준하고 적막한 자연환경이 수행의 관건關鍵인가.

부소암을 다녀온 이후 만중의 사유는 한동안 기묘한 바위산의 한 지점을 맴돌았다. 그의 영혼이 하늘과 맞닿은 것 같은, 승리감과 희열에 젖어 지냈다.

만중은 적소 근처의 용문사 스님들과 교류의 폭을 넓힐 수 있었고, 불가의 세계로 점점 더 깊이 들어가게 되었다. 만중에게 남해 용문사는 관음 성지인 남해의 여러 사찰 중에서 남다른 뜻이 있었다. 임진왜란 당시 승려들이 사명대사의 뜻을 받들어 의승군으로 참전하여 전적을 올린 사찰이기 때문이었다.

용문사 봉서루 그 아래에는 의승군 1000명분의 밥을 퍼 담았다는 큰 밥통, 구유가 있다. 몸통 둘레만 3m, 길이가 6.7m의 대형밥통이다. 그 대형밥통은 임진왜란 당시 승군들에게 식사를 제공하는 데 큰 몫을 담당했다고 한다.

임진왜란이 일어나기 전 율곡 이이는 왕에게 10만 대군 양성을 건의했다. 조선 조정에서는 전쟁 위험이 없다는 김성일의 말을 신봉했다. 그로부터 10년 후 일본은 20만 대군을 이끌고 조선을 침략하지 않았던가. 7년에 걸친 전쟁으로 백성의 삶은 피폐하고 처참했다.

무능한 관군보다 자발적으로 일어난 스님들이 전공을 여러 번 세웠다. 목탁 대신 오직 나라를 구하겠다는 일념으로 화살과 칼, 낫을 들고 참전하여 공을 세운 스님들 이야기는 호란 중에 배에서 태어난 만중에게 큰 교훈을 남겼다. 강제적 출병과 자발적 의지는 결과적으로 상당한 차이가 있었다.

'전란을 당해 날래고 건장한 장수들조차 두려움에 떨었는데 엄청난 전공이 도리어 죽을 날이 멀지 않은 늙은 승려에게서 나왔다. 이것이 어찌 무사들만의 수치이겠는가.'

〈실록〉에는 죽음을 불사한 늙은 승려 사명대사의 참전과 대비하여 임진왜란 때 싸움을 피해 도망간 관군과 조정 대신들에게 폐부를 찌르는 신랄한 비판이 보인다.

용문사는 만중의 적소에서 가깝기도 하고 사철을 두고 경치가 수승했다. 정상에 오르면 앵강만 바다 위에 다소곳이 떠 있는 노도 섬이 아련히 내려다보였다. 만중은 아침 해가 떠오를 무렵에, 또는 저녁노을을 보러 매일같이 정상으로 올라갔다.

푸르고 고요하게 펼쳐진 앵강만 바다도, 우뚝한 산세도, 수백 년의 수령을 품고 있는 각종 수목이 어우러진 주변 숲도, 한양 선비인 그에게는 장엄하고 신묘한 신천지였다. 신천지 용문산 용문사에서 만중은 은밀히 패관 소설 구운몽을 꿈꾼다.

만중은 마음이 이끄는 대로 용문사에 간다. 범종 소리가 들려오면 약속이라도 한 것처럼 그의 발걸음은 용문사 도량으로 옮기게 된다. 예불에 참석하여 큰 스님의 법문을 듣기도 했다. 유학에 통달한 그였지만 불법과의 만남은 만중에게 또 다른 세계였다. 소설 구운몽을 저작하는데 음으로 양으로 많은 도움을 받을 수 있을 것 같았다.

용문사에는 한양 은평 소재 왕실 원찰인 수국사에서 보낸 금패禁牌도 있다. 금패란 억불숭유정책을 강화하는 조선 시대에 지방의 관청이나 관리가 사찰을 함부로 대하는 것을 금하는 표지였다. 금패 뒷면에는 경능관과 익능관 글자가 새겨져 있다. 경능관은 세조의 일찍 타계한 아들 덕종과 소혜왕후의 능을 관리하는 관청이고, 익능관은 숙종의 초비 인경왕후의 능을 관리하는 관청이다.

조선의 억불숭유 정책에도 불구하고 왕실에는 불교 신자가 많았다. 한양의 궁궐 근처에 사찰을 지어 왕족들의 기도처로 삼았다. 이성계는 조선을 개국하기 위해 남해 보리암에서 100일 기도를 하지 않았는가. 왕은 솔선해서 불교를 신앙했으며, 궁궐 안에는 국왕이 간략하게 불사를 행할 수 있는 불당도 지었다. 개경에서 한양으

남해의 고독한 성자(聖者)

로 천도 과정에서 흥천사, 지천사, 흥복사, 흥덕사 등 4개의 사찰을 건립하였다. 고려 말 개경의 사찰 규모와 그 수에 비할 수는 없지만, '억불숭유'를 내세운 조선에서 결코 적은 숫자는 아니었다. 조선 왕실은 개인적으로 불교를 계속 믿었고, 일반 백성들도 불교를 계속 믿었다.

용문사 사찰은 만중에게 비할 바 없이 안전한 영혼의 쉼터가 되었으며, 만중이 불가로 나아가는데 선도적 역할을 했다고 볼 수 있다.

─적소에 쫓겨 오려고 벼슬살이를 했던가.

만중은 불가의 세계로 나아가는 도정에서도 때때로 회의에 잠길 때가 있다. 삶이 적막하다고 여겼다. 이곳의 생활뿐 만이 아니다. 선천 적소에서도 그의 50여 년 삶은 의문투성이고 회한뿐이었다. 그의 심신은 자주 절망상태에 떨어지곤 했다. 절망상태에 떨어지지 않기 위해서도 열심히 책을 읽고 글을 썼다.

─용문사는 종일 햇볕이 잘 들어 사색하고 기도하기 좋습니다.

인성 스님은 만중이 순간, 순간 번뇌 망상에 젖어 있을 때 그의 심정을 꿰뚫은 듯이 다가왔다.

만중은 남해 적소에서 적막감에 사로잡힐 때마다 인성 스님에 이어 용문사 스님들과 차담을 나눌 수 있어 매우 다행스럽다고 여긴다. 이는 틀림없는 불연이었을까. 만중은 선천 배소에서 불가와 접하면서부터 이미 새로운 불교 소설을 창작하려는 포부를 품어왔다. 그 포부를 남해에서 구체화 시킬 수 있었다. 만중에게 남해 적소는 저작의 모든 조건에 부합하는 곳이었고, 불광의 세계로 나아가는 계기를 마련해 준 선한 문지기 같았다.

어머니가 그리워 울적한 날 용문산 정상에 오르면 앵강만 바다가 저 아래로 내려다보이고, 푸른 하늘에는 현묘한 그림을 그리는 구름 나라가 너르게 펼쳐져 있었다. 하늘 아래 구름이고 바다 위에 구름이었다. 남해의 구름 나라는 만중에게 신선한 충격으로 다가왔고 저작의 꿈으로 직결되었다.

남해의 고독한 성자(聖者)

고요섬 노도

만중은 집필을 위해서 더 고요한 장소, 더 안정된 거처로 옮겨 보면 어떨까 연구한다. 그는 남해 큰 섬에서 20km정도 떨어진 앵강만 바다 저 멀리 여러 개의 작은 섬 중 하나인, 노도를 심중에 두었다. 늘 보아도 노도를 감돌아 흐르는 고요하고 잔잔한 바다가 그의 마음을 사로잡았다. 한 번 답사를 해보고 싶었다. 만중은 그 생각을 곧바로 행동에 옮긴다.

그는 시종에게 노도 섬으로 가는 배편을 알아보도록 분부했다.

시종이 용문사 스님에게 노도 섬을 물었던가. 용문사 스님들은 만중에게 필묵과 한지 등, 생활에 필요한 물품을 정성껏 챙겨주었다.

─글 쓰시다가 갑갑하시면 언제든지 도량으로 나오셔서 차도 드시고요. 뭐든 필요한 것이 있으면 말씀만 해주세요.

주지 스님은 곡우 전에 딴 찻잎을 잘 덖어 발효시킨 차를 만중에게 선물했다.

만중은 남해에 머물며 공부하던 책들은 인성 스님에게 돌려드렸다. 그 대신 노장에 관한 서책을 빌려왔다. 새 작품을 저작하려면 참고할 책자가 더 필요할 듯했다. 참고 서적을 구하려면 남해와 노도 섬을 자주 오가야 할 것 같았다.

배를 기다리며 눈 앞에 펼쳐진 바다를 바라본다. 노도 섬은 그 모양이 야트막하면서 평화로워 보였다. 깊이를 가늠할 수 없는 온유와 고요를 노도 섬은 품고 있었다. 눈짐작으로 남해 섬에서 노도 섬까지의 거리는 지척이었다.

한낮이 훨씬 기울어서야 만중의 일행 앞에 거룻배 한 척이 도착했다. 시종들이 제법 근량이 나감 직한 짐을 들어 짐칸에 부렸다. 만중이 배에 올랐다. 배 뒤편에 자리를 잡았다. 배에 오른 사람들이 그를 유심히 살폈다. 그의 복색은 남달랐다. 점잖은 모습이 늘 보던 섬사람으로는 보이지 않았다.

뱃전을 스치는 바닷바람이 눈이 감길 만큼 제법 차가웠다. 배가 노도 부두에 다다랐다. 그때였다. 살집 좋은 건장한 사내가 급히 달려와 만중에게 넙죽 절을 했다.

─저는 남해 관아에서 차출된 00입니다. 김만중 대감님께서 노도 섬에 가신다는 전갈을 받고 급히 달려왔습니다. 행차하시는 데 불편이 없으시도록 잘 모시겠습니다.

─어허! 고맙소.

만중이 그를 한참이나 응시한다. 만중은 남해 적소에서 수시로 몸에 위험을 감지하곤 했다. 곁에 시종 두 사람이 있어 안심은 되었지만 용문산을 산책하는 중에 어느 순간 무서운 눈길을 목도한 적도 있다. 쇠북처럼 단단해 보이는 육척장신이었다. 노도 섬 가는 길에서 만난 포졸은 첫눈에 눈빛이 그리 험해 보이지 않아 안심했다.

만중 일행은 시종 두 사람에 포졸 한 명이 더 늘어난 셈이다. 울퉁불퉁한 산길을 허위허위 올라갔다. 산길은 가까운 듯하면서 꽤나 가파르고 멀었다.

해가 설핏 서녘으로 넘어가려는 시간이다. 저녁노을이 산 아래로 내려앉으면서 하늘과 산과 바다가 하나로 합쳐진 듯, 신비한 세계로 변했다. 일찍이 만나 볼 수 없던 황홀한 광경이 펼쳐졌다. 만중이 발걸음을 멈춘다.

─허! 이렇게 환희로울 수가! 내가 이곳에 온 이유가 신선 세계에서나 볼 수 있는 노도 섬의 노을을 보기 위함이던가. 노을이 나를 불렀던가. 어머니께서도 이 노도 섬의 노을을 바라보실 수 있다면, 저 불타는 노을을 서찰에 넣어 어머님께 보내드릴 수 있다면.

만중의 가슴이 쿵덕거렸다. 순간 그리움이 성난 파도가 되어 그의 골수를 파고든다. 너무나 아름다워서 너무나 휘황해서 숨이 가빠지고 눈물이 핑 돌았다. 주황, 노랑, 미색, 꽃분홍, 초록, 청남색에 연보라도 섞인 듯, 화려하면서도 안정적인 색감에 만중의 영혼이 빨려 들어갈 것만 같았다. 혼자서 노을을 바라보는 것이 끝내

185

아쉬웠다.

만중은 남해에 오기 직전까지 예조판서이고 대제학이었다. 하지만 죄인의 몸으로 유배된 만중에게 노도 섬의 저녁노을은 하늘에서 보낸 환영 메시지, 천상의 선물이었다. 예상하지 못한 감격으로 만중은 가슴의 동계를 쉬이 잠재우지 못한다.

만중이 산길을 더듬어 올라간다. 작은 섬처럼 제법 큰 바위가 주저앉은 가파른 언덕배기를 한참 올라갔다. 비탈길이 어디까지 이어졌는지 아득한데 산길은 갑자기 내리막길로 변했다. 숲에 가리워져 앞이 잘 보이지 않았고, 지팡이를 짚을 수도 없이 험로였다. 노을은 만중 일행을 뒤로 한 채 서서히 큰 산을 넘어 여수항 쪽으로 사라져가고 있었다.

노도 섬은 가도 가도 바다였고 산이었다. 가는 도중 빈집이 나타났다.

─대감님! 여기가 맞습니다.

남해 관아에서 차출된 포졸이 큰소리로 외쳤다. 쪽마루가 보이고 방 두 칸과 정지간이 있다. 좀 떨어진 뒷산에 허름한 헛간처럼 보이는 해우소가 보였다. 동으로는 탁 트인 바다가, 서로는 울울한 대숲과 동백나무가 지천이었다. 집 주변의 경치는 그림처럼 아름다웠다. 바로 그 집이 김만중이 머물 집이었다. 여장을 풀었다. 시종이 준비해온 식량으로 서둘러 저녁밥을 지었다.

─바람 소리가 요란하구나!

만중이 밥상을 물리고 안방에 자리를 깔았다. 지직자리에 무명

이불이었다. 포졸과 시종들도 건넌방에 자리를 차지하고 누웠다.

　곤한 잠에서 깨니 툭 터진 들창문으로 보이는 경치가 아침 햇살에 더욱 경이로웠다. 초가집은 흙담이 군데군데 헐어있고 나무 기둥이 위태로워 보였다. 기왕 여기로 거처를 옮겨 올 작정이니 아쉬운 대로 손을 봐야 할 것 같았다.

　하룻밤 다녀가려던 게 흙담을 손보고, 기둥에는 나무를 주워다 대못을 때렸다. 만중이 식수에 대해 의견을 말하자 시종 두 사람과 포졸이 앞장서 곡괭이와 삽을 들고 나섰다. 급속하게 샘도 팠다. 사나흘 더 걸렸지만 모든 것은 원만하게 이루어졌다.

　만중은 산세가 평온하고, 무엇보다도 주변의 숲이 마음에 들었다. 든든했다. 바람 소리 새소리 외에는 밤낮없이 고요한 섬, 노도에 사나운 짐승은 없는 것 같고, 마을에서 한참 떨어져 있어 무척이나 한적했다.

　밤에는 바람이 심하게 불었다. 파도가 놀라 요동치고, 산에 자생하는 수백 년의 나이테를 간직한 수목들이 밤새도록 울부짖었다. 숲에서 나무들이 그렇게 처절한 소리를 내는 것을 만중은 처음 보았다. 노도 섬의 나무 가족이 만중에게 말을 걸고 있는 것 같았다. 만중은 그 처절한 소리로 하여 잠을 설쳤으나 기분이 과히 나쁘지 않았다. 만중은 그 자신이 노도 섬의 자연과 동화되고 있는 것 같았다. 하루 이틀 지나면서 마음이 절로 평화로워졌다.

　바람결 부드러운 날 노도 섬은 아홉 구름, 아홉 빛깔 꿈 이야기

187

를 펼치기에 적합한 꿈의 무대처럼 보였다. 노도 섬이 먼저 다가와 김만중을 품어주었다.

노도 섬은 큰 섬 남해에 비해 더 궁벽하고 더 적적 막막이다. 전후좌우로 하늘 구름이고 산봉우리였다. 산에는 동백, 유자, 소나무, 대나무였다. 문을 열면 그대로 푸른 바다가 끝도 없이 펼쳐졌다. 잔물결이 이는 바다는 만중에게 한양에서는 한 번도 만나지 못한 아름다운 저 바다의 감미로운 멜로디였다.

갈매기 떼가 바다 위를 유유히 날고 있다. 만중은 갈매기들이 무한 부러웠다. 갈매기들의 자유가 그에게도 주어지기를 갈망했다. 그렇지! 나도 저 갈매기처럼 노도 섬을 발판으로 내 꿈을 활짝 펼쳐보자. 순간 만중의 마음은 창공으로 비상했다.

이전에 머물던 다른 유배지와는 모든 상황이 변했다. 남해 큰섬에서 나와 작은 배를 타고 푸른 물결을 가르고 삿갓섬이라는 노도로 들어오던 날, 알 수 없는 그 무엇이 그를 몽환의 세계로 안내하는 듯, 그는 가슴이 자꾸 울렁거렸다.

산수가 어우러져 평화로운 곳으로 노도 섬은 남해 용문산 적소와 비교해도 손색이 없었다. 작은 섬마을에 낮 밤 없는 적요가 사방에 가득 흐르고 있어. 고독의 강도는 남해보다 노도 섬이 훨씬 심하다고 볼 수 있었다.

깊고 처절한 고독은 차라리 만중에게 구원의 기단基壇이었을까. 그는 고독의 끝자락 같은 노도 섬에 이르러 비로소 태풍보다 더 격렬한 심란을 잠재울 수가 있었다. 그것은 그가 소설 구운몽을 저작

함으로해서 가능했다.

만중은 시종에게 분부했다. 남해에 나가서 양식을 넉넉히 가져오도록, 한동안 노도에 머물자면 용문사 스님이 주신 차와 작은 책상, 양식은 필수였다. 땔감은 노도 섬에서 자급자족이 가능할 듯했다.

그는 먹을 갈았다. 고요 섬 노도에 온 감상을 시로 쓰고자 했다. 마음이 급했다. 손수 샘물을 길어다 벼루에 넘치도록 붓고 오래도록 공들여 갈았다. 새삼 차가운 샘물에 정이 갔다. 의외로 물이 맑고 물맛이 달아 흡족했다.

만중은 어머니를 그리워하는 그 마음을 소설 저작의 장대한 계획에 보태었다. 아니 그리움은 구운몽의 저작 동기요 지주였다. 구운몽은 왜 구운몽인가. 구운몽은 그의 영혼에서 발현한 제목이었다.

만중이 선천 배소에서 지은 시, 인생 일장춘몽의 뜻을 품고 있는 '몽환' 이라는 시를 읽고 윤 부인이 평했다.

— 기왕 좀 더 길게 쓰면 안 될까. '몽환'은 읽다가 아쉬움이 남아서…. 사람의 일생을 일장춘몽이라고? 일장춘몽으로 끝낼 수는 없겠는 걸.

윤 부인의 시각은 정밀하고 섬세했다. '몽환'은 읽기에 자못 아쉬움이 남는다는 어머니 말씀. 분량을 늘리되 책을 쉽게 구할 수 없는 일반 백성, 서민층 남정네나 부녀자가 읽어도 재미가 있으면 좋겠다는, 반드시 언문으로 쓰라는, 만중은 어머니의 말씀에 순종

했다.

　ㅡ필히 국문으로 쓰도록 하라. 극소수 양반 유식 계층만 읽게 해서는 그건 참다운 문장이 아닐세. 한문으로 쓴다면 그건 나라와 백성을 사랑하는 게 아니야. 왜 남의 나라 말을 사용하는가. 국문으로 쓰되 어느 누가 읽어도 쉽고 재미가 있어야 하네. 사유가 촘촘하고 문장이 숙달되면 글은 저절로 쉽게 써진다네.

　만중은 국문으로 구운몽을 지어서 제일 먼저 어머니에게 보여드리고 싶었다. 어머니 윤 부인의 말씀을 상기하자 큰 바다의 고래가 파도를 가르고 치올라오듯 돌연 의욕이 불끈 솟았다.

　"나랏 말씀이 중국과 달라 한자와 서로 통하지 않으니 이러한 이유로 어리석은 백성이 말하고자 하는 바가 있어도 자신의 뜻을 펼치지 못하는 사람이 많다. 내 이를 불쌍히 여겨 새로 스물여덟 자를 만드니 모든 사람마다 이것을 쉽게 익혀 편히 사용하고자 할 따름이니라."

　세종 임금은 가히 인군, 성군이었던가. 글을 모르는 백성이 말하고자 하는 바가 있어도 글을 몰라 생각을 제대로 표현하지 못한다. 세종대왕은 글을 모르는 백성들을 불쌍히 여겼다. 누구나 마음만 먹으면 쉽게 익히고 일상생활에서 사용할 수 있는 훈민정음을 만들었노라고 그 목적을 천명했다.

　사대사상에 젖은 도도한 양반들이 한글을 상놈의 글, '언문諺文'

이라고 불렀다. 또한 소리를 나타내는 방법이 절반밖에 되지 않는 것 같다며 '반절'이라고 혹평했다. 궁궐과 양반집 여성들이 훈민정음을 사용하기 시작하자 '암클'이라고 폄하했다.

시간이 흐르면서 모든 계층의 사람들이 한글에 관심을 갖기 시작했으며, 즐겨 사용하게 되었다. 훈민정음은 빠른 속도로 전국 팔도강산으로 퍼져나갔다.

─특히 반가의 부녀나 항간의 서민들이 모두 다 함께 읽을 수 있도록. 그렇지, 농사짓는 남정네들도 소먹이는 아해들도 조금이라도 언문을 깨친 이들은 서책에 목이 마르다고 하니. 내 말 명심하고 쉬운 말로 쓰시게.

만중은 어머니 윤 부인의 말씀을 거듭 가슴 깊이 새기고 실천했다.

만중의 시 '몽환'은 선천 유배 시절에 겪은 그의 참담한 심정을 노래한 것이었다. 그의 유배가 한바탕 꿈이었으면 하는 그의 절망과 희망이 함께 노출된 글이었다.

성당 시대 시선으로 불리운 이백은 봄밤에 복숭아꽃 오얏꽃 만발한 동산에 지인들을 초대하여 주연을 베풀었다. 만중은 이백의 춘야원도리원서에서 '덧없는 인생 마치 꿈과 같으니 이 세상 즐거움이 얼마나 될까(이부생약몽 위환기하而浮生若夢 爲歡幾何)에서 큰 울림을 받은바 있다. 만중은 그것을 차운해 '몽환'을 지은 것이었다.

전략(前略)

뉘 일러 인생은 하룻밤 꿈이라 했던가
뉘 일러 하늘과 땅이 만물의 숙소라 일렀던가,
지난날의 입신양명 부귀영화는 한 조각 흘러가는 저 구름
이었나
살아있으나 죽은 것 같고, 시를 지어도 시름은 여전히 남네
어차피 꿈이라면 깨지 말 것을
새벽달이 이울도록 잠 못 드는 이 마음
마음 잡을 길 없어 꿈속에서 또다시 꿈을 꾸노라

후략(後略)

일찍이 서산대사는 푸른 하늘에 떠 있는 구름을 보고 인생무상
을 노래했다.

生也一片浮雲起 생야일편부운기
태어남은 한 조각 뜬구름이 일어남과 같고
死也一片浮雲滅 사야일편부운멸
죽는다는 것은 한 조각 뜬구름이 없어짐 같다.
浮雲自體本無實 부운자체본무실
뜬구름 그 자체가 본시 실상이 없는 것이니
生死去來亦如然 생사거래역여연
나고 죽고, 가고 오는 것이 또한 그와 같다.

남해의 고독한 성자(聖者)

만중은 사람이 나고 죽는 것은 한 조각 구름이 일어났다가 스러짐과 같다는, 서산대사의 시를 상기하자 표제 『구운몽』이 더욱 마음에 들었다. 서책 행간마다 어머니의 간곡한 당부를 되새겼다. 인생을 순탄하게 살았다 해도 죽음에 이르러서는 범인 누구라도 하룻밤 꿈처럼 허무하다고 탄식하는 것일까. 그렇다면 만중도 그들 중 한 사람일 터이다.

만중은 시 '몽환'에 이어서 보다 더 훌륭한 글을 써서 수심에 잠긴 어머니에게 글 읽는 기쁨을 드리고 싶었다. '몽환'은 만중이 두 차례의 귀양살이로 인해 애상哀想으로 치우친 느낌이 없지 않다. 재미를 가미하고 미소를 추가하자. 만중은 어머니가 주문하고 선호하는 글을 저작하려는 그 생각을 곧 실행에 옮겼다.

장편 시를 다시 썼다. 시로는 결코 흡족하지 않았다, 윤 부인의 마음도 그와 같았으리라. 만중 어릴 때 어머니는 이웃 관원에게 책을 빌어다 밤새 손수 베껴서 만기와 만중에게 주어 공부하게 했지 않은가. 만중이 쓰는 서책은 어머니가 제일 먼저 우수 독자가 될 것이었다.

어차피 한바탕 꿈, 어디서 왔다가 어디로 가는지 모르는 뜬구름 같은 인생을 읊은 시 '몽환'으로 촉발된 구운몽의 저작 의지는 만중의 심층 저변에 굳게 뿌리내렸다. 유배지의 열악한 생활환경, 영양실조로 건강이 나날이 쇠약해지는 것과는 반비례로 창작에의 열망은 앵강만의 노을처럼 형형색색으로 불타올랐다. 그 열망은 고요하고 고요한 노도 섬이, 섬 그 자체로서 그의 영혼 깊숙이 밀고 들어오는 느낌 그대로였다.

그는 보았다. 그는 조선의 최남단 경상도 땅 남해에 발을 들여
놓는 순간, 절망 가운데서도 연원을 짚어볼 수 없도록 묘한 감동을
받았다. 남해는 영·혼·육이 위축된 유배객 김만중에게 도연명의
귀거래사를 연상시켰으며, 최고의 지상낙원과 같이 호감으로 다가
왔다. 귀양길을 헤매 돌다 귀착한 남해 섬은 만중이 그리던 이상향
이었을까.

봄엔 골짜기마다 유자 치자 비자, 삼자 꽃이 피어나는 곳, 기후
가 따뜻한 해안지대를 좋아하는 삼자는 한양이나 금성, 선천지방
에서는 볼 수 없는, 남해의 특산물이 아닌가. 삼자의 꽃들은 또 얼
마나 격조 있고 은은한가.

푸른 들에 백학 청학이 날아와 춤추고, 대숲 우거진 골짜기 바
위에서 천상의 선녀가 내려와 시냇물 소리에 장단 맞춰 거문고를
타는 천연의 명소를 이르는가. 남해야말로 김만중이 새로운 작품
구운몽을 창작하기에 가장 합당한, 생애 처음으로 맛보는 자유와
평화가 녹아 흐르는 축복받은 길지였다.

─이곳이 나를 불렀던가.

그는 남해 노도 섬에 이르러 마음이 따사로워지는 이유를 탐색
했다. 그에게 무량한 평화와 자유를 선사한 것은 앵강만 전역에 드
리워진 깊은 고요였다.

작품 구상은 선천에서 그곳 백성들에게 글을 가르칠 때 진즉에
빌미를 얻었다. 그곳은 만중에게 글을 배우고자 하는 주민들의 해

남해의 고독한 성자(聖者)

맑은 감성과 함께 남인 서인의 붕당도 없는 서방 낙토였다. 그에게 글을 배우러 오던 선천 주민들이 떠오를 때마다 만중은 글을 어떻게 쓸 것인가 하고 그 순서부터 장부에 적어두었다.

남해에 이르러 용문사를 오가면서 가장 집중할 수 있는 장소로, 용문산 정상에서 내려다보이는 고요한 작은 섬 노도를 눈여겨 본 것은 매우 타당한 선택이었다. 의외로 인성 스님을 만남으로 새로운 서책을 구해, 새로운 공부에 골몰했으며 또한 인성 스님으로 인해서 불가와 노장사상에 심취해 볼 수 있어 작품 창작에 많은 참고가 되었다.

유배라는 현실, 더구나 위리안치는 원통하고 억울하다. 울고 울어도 슬픔이 무궁하게 일어난다. 하지만 중상모략 권모술수가 판치는 정치 현장을 떠나 아득히 머나먼 곳으로 떠나오게 된 것에 대해서 만중은 생애 최초로 일종의 해방감을 맛보았다. 무엇에도 구애받지 않는 해방감이야말로 하늘의 은전恩典에 다를 바가 없었다. 첫 번째 유배지 강원도 금성, 두 번째 평안도 선천 정배에서는 맛볼 수 없던 자유와 평온이 고요하고 외딴 섬 노도에 무한 존재하고 있었다.

─이곳이야말로 내 영혼이 머물 곳!

만중의 영혼 깊숙한 곳에서 잔설 속에 보리 싹이 푸르게 자라오르듯, 분발심이 일어났다. 구운몽 저작의 꿈이 봄 아지랑이처럼 싱그럽게 피어오르고 무럭무럭 자라기 시작했다. 우수와 실의로 가득했던 그의 두 눈에 별나라 광채가 어렸다. 큰 꿈을 잉태한 자

만이 누릴 수 있는 실재하는 증표였다.

　어머니 윤 부인의 병환, 만중 자신의 나날이 쇠약해지는 건강에
도 그의 창작 의욕은 스러지지 않았다. 오히려 용기백배였다. 캄캄
한 망망대해에서 등댓불을 발견한 난파선 선장의 눈빛이 그러할
까. 만중의 두 눈동자는 망망대해를 밝히는 등댓불이었다.

　만중에게 남해의 자연환경은 중국의 남해 동정호, 용소龍沼와
너무나 닮아 보였다. 용문사 뒷산 원산猿山에 오르면 마치 오악이
둘러 있는 듯했다. 주변에 망운望雲산, 소흘所屹산, 녹두鹿頭산, 금
산錦山이 천하의 명산처럼 화려 찬란하다. 만중은 남해를 그가 새
로 쓰는 작품의 무대로 설정하고저 했다.

　용문산은 숲이 깊고 그윽하며, 계곡의 물은 삼복염천에도 강한
냉기가 소름을 돋게 해 오싹 몸을 움츠릴 정도였다. 정상에서는 북
쪽으로 멀리 지리산 줄기가 보였다. 남쪽으로는 고요가 그 주인인
노도 섬이 보인다. 동쪽으로는 이성계가 기도했다는 보리암을 품
고 있는 금산과 거제도가 펼쳐진다.

　만중은 이따금 인성 스님을 뵙고 싶어 배를 타고 남해로 나가
천년 고찰 용문사를 찾아간다. 법담을 나누기도 하고 작품 창작에
필요한 불서를 기증받는다. 구운몽을 집필하는 과정에서 그의 영
혼은 자유자재로 여행을 원했다. 첫 번째는 용문산의 용문사龍門寺
였다. 노도 섬에서 나와보면 대웅전과 천왕각·명부전·칠성각·봉
서루·요사 등이 각각 태고적 비밀을 지니고 있어, 아늑하면서 융

숭했다.

'대웅전 빗반자에 바다를 상징하는 거북, 게, 물고기, 해초 등을 조각하여 바닷가 건축물의 특성을 잘 보여주고 있다. 이러한 모습은 해남 대흥사 천불전, 나주 불회사 대웅전에서도 확인할 수 있다.'

설명문을 읽고 대웅전 내부를 자세히 살펴보노라면 큰 섬 남해 지형에 걸맞는 용, 물고기, 게 등 바다 생명들의 그림이 두루 보인다. 용문사 일주문 오른쪽 언덕에는 9기의 부도가 있다. 일찍이 도를 통한 선각자들의 자취가 엿보이는 성소다.

용문사는 김만중 작가의 집필 터 노도에서 가장 가까운 곳이었다. 만중이 인성 스님을 조우한 곳, 불가와 인연 맺은 곳, 범종 소리를 듣고 수시로 오가면서 승려들과 교류한 곳으로 무엇보다 구운몽 창작의 꿈이 구체화된 본거지였다.

용문사에서 오리쯤 더 가면 하동 화개마을이 나온다. 일단 노도 섬을 나온 김만중이 화개마을로 거칠 것 없는 발걸음을 돌린다. 화개마을은 이름 그대로 십리 벚꽃길이 호사스럽게 열리는 꽃 대궐이었다. 숨이 막히도록 호화로워 도연명의 무릉도원을 옮겨온 듯 착각하기도 한다.

만중은 마치 즐거운 여행이라도 떠나듯 큰 섬 남해로 나가 이전의 적소에 머물기도 한다. 그것은 인성 스님의 당부이기도 했다. 노도에서는 만중의 건강에 필요한 물품을 구하기가 쉽지 않다는 스님의 배려요, 용문사에 들러 스님들과 함께 차담을 나누면서, 건강을 각별히 살피라는 따뜻한 충고였다.

　드디어 만중의 장대한 꿈이 남해 고요 섬 노도에서 『구운몽』으로 싹트고 잎 나고, 가지 벌고 영험한 하늘 꽃으로 찬연하게 피어나고 있었다.

남해의 고독한 성자(聖者)

남해의 기적 『구운몽』 탄생하다

늦은 밤 김만중은 일필휘지로 집필에 박차를 가한다. 붓끝에 날개가 달린 듯, 수척하고 아픈 몸이 괴롭다고 읍소하는 것도, 끼니 때가 훨씬 지난 줄도 그는 인식하지 못한다. 구운몽 서두에 등장하는 성진의 스승 육관 대사가 그의 붓을 대신 잡고 있는 것 같았다.

소설의 주인공은 남자 영웅호걸 1명에 절세가인 여자 8명으로 팔괘의 방위와 그 중앙의 방위를 이르는 구궁九宮에 맞추었다. 그들의 현생 후생을 꿈속의 꿈 이야기로 구성했다. 흔히 사람들은 현재 삶의 형태를 보면 후생의 삶을 대략 짚어볼 수가 있다고 한다. 혹은 꿈꾼 대로 현실에 현현한다고도 했다.

전체적인 문맥은 세상만사는 확정된 운명이나 팔자가 있는 것이 아니라 무엇이든 그 마음 먹은 대로 이루어진다는 금강경의 일체유심조 원리를 차용했다. 어떤 일이 잘 이루어지고 잘못 이루어지는 원인은 외부 조건에 있는 것이 아니고 자기 자신의 내부에 있다는 것, 그리고 기왕 사는 바에야 즐겁게 사람 인人 글자처럼 사람과 사람이 함께 어울려 협동하여, 지향하는 바를 이루어 행복한 삶을 영위하는 것에 중점을 두었다.

무엇보다도 김만중은 괴로운 것, 기약도 없이 오래 걸려 고초가 심한 것, 병을 앓거나 예측하지 못한 불의의 사고로 실의에 젖는 일은 일체 그의 소설 범주에 포함시킬 의도가 없다. 만중은 태어나기 전부터 모두 다 겪어오지 않았던가.

아름답고 푸른 도나우강처럼 한 사람 남자와 여덟 사람 여자가 다 함께 행복 왕국을 건설하고 강물이 도도히 흘러가듯, 미래를 향해 힘차게 나아가는 것을 목표로 했다.

한정된 삶의 시한 속에 구태여 생명력을 소모하는 실패 인생은 논하지 않으므로 꿈속의 꿈에서 모든 상황은 긍정이고 성공으로 이어가도록 배치했다. 선한 마음이 견인하는 대로 멋지게 즐겁게 흘러가야 할 것이라는 정론에 맡겨둔 것이다.

작품 속의 등장인물 중 가장 중심 인물인 양소유가 '과거시험은 나의 주머니 속에 있다'는 호방한 발언이 그대로 현실에 닿아있도록 연결했다. 만중이 열두 살부터 무슨 시험이건 보았다 하면 척척 합격했듯, 소유를 세속에서 말하는 가장 이상적인 인물로 묘사했다. 만중은 양소유를 쓰는 동안 마음이 안정돼 있었고 자유로웠다. 환각에 취한 듯 매 단락에서 만족을 누렸다.

만중은 소우주인 인간의 욕망은 거짓이 성립될 수 없다, 본능은 정직하고 순수하다고 보았다. 만중은 부귀영화와 생명의 욕구 그 가운데에서 가장 우위를 점하는 것은 생명의 욕구요, 생명의 욕구 는 남녀 간의 사랑이라는 것을 역설한 애주가 시인 채유후를 주시 했다.

후한 말에 강동에서 오吳나라를 창업하여 왕도를 이룬 소패왕 小霸王 손책孫策과, 곡식을 주고 첨지라는 관직을 산 경기도 광주에 사는 윤계명에 대해 논란이 벌어졌다. 한 사람이 물었다. 두 사람 중 누가 되고 싶은가 라고.

손책은 전쟁터에서 일찍 죽었고, 윤계명은 나이 80살에도 건강 하고 자손과 재산이 풍부했다. 그때 병자호란 때 인조를 호위했던, 대사헌 채유후가 토론장에 나타났다. '손책은 죽은 귀신일 뿐이다. 어찌 윤계명에게 비유하겠는가.' 윤계명을 복많은 사람이라고 부 러워했던 사람들이 환호했다.

채유후가 '윤계명이 아니라 손책이 맞다'고 금세 말을 바꿨다. 사람들은 그의 변심이 불쾌했다. 채유후는 『삼국지』에서 손책이 경국지색의 미녀 교공의 딸 대교大橋를 얻은 일화를 들어 설명했 다. 만중은 인간의 욕망에 대해 채유후의 '색욕이 더 중요하다'는 견해를 그의 소설 속에 수용했다.

중국 당나라 대 문호인 백거이는 늙고 병들어 죽음에 이르러서 도 그의 젊은 시절 노래를 잘하는 희인姬人 번소樊素를 그리워했다.

백거이는 가난한 학자 집안에서 태어났으나 두뇌가 명석하여 5, 6세에 이미 시를 지었다. 백거이의 지기 원진은 백거이의 문집 『백

씨장경집』서문에서 백거이의 시를 '계림의 상인이 구하기를 힘쓰고, 동국의 재상은 번번이 많은 돈을 내고 시를 바꾸었다'고 백거이를 높이 평가했다.

백거이는 짧은 문장으로 누구든지 쉽게 읽을 수 있는 평이한 시풍詩風을 고수했다. 글을 모르는 노인에게 자신의 시를 읽어주면서 노인이 이해하지 못하는 부분은 평이한 문장으로 바꾸는 성심을 보였다. 다작인 그의 시는 사대부 계층뿐 아니라 기녀 목동 등, 신분이 낮은 모든 사람들에게 애송되었다.

백거이 또한 소동파와 마찬가지로 만중이 존경하고 애호하는 인물이었다. 백거이의 평이한 문장을 사람들은 속되다고 평했지만 평이한 문장은 오랜 연단과 각고의 노력으로 빚어지는 숙련된 글이므로 누구나 쓸 수 있는 게 아니라는 것을 만중은 알고 있다. 만중은 백거이를 본보기로 삼았다. 어머니 윤 부인도 글을 쓰되 쉬운 말로 쉽게 쓰라는 말씀이었다.

원진元稹은 과거 공부를 할 때부터 백거이의 친구였다. 사회의 모순을 고발하는 신악부新樂府운동을 함께 하다가 두 사람 모두 지방으로 좌천되기도 했다.『신악부』서序에서 '글은 임금 신하 백성 만물을 위해 짓는 것이지, 글을 위해 글을 짓는 것이 아니다'라고 백거이가 글을 짓는 목적을 분명히 했다. 글을 쓰는 사람은 천하의 정치에 책임을 져야 하고, 그 작품은 백성의 뜻을 군주에게 전달하고, 정치의 옳고 그름을 풍유해야 한다고 했다. 이 같은 문학의 본질을 잘 나타낸 작품이『시경』이라고 했다.

백거이가 원진과의 우정을 '아교와 옻칠 같은 마음, 교칠지심膠漆之心'으로 형용하여, 서로 반대 방향에서 귀양을 살아 나아가서 만나지도 못하고 물러서도 잊을 수가 없다고 토로했을 만큼, 원진과 백거이는 떼려야 뗄 수 없는 사이였다. 만중은 문학으로 도의 경지에 오른 그들의 우정이 여간 우러러 보이지 않았다.

원진은 혈기왕성한 시절, 그의 소설 『앵앵전』에서 장생이 최앵앵과의 애정을 끊어버린 것을 작중 인물 장생의 입을 통해 변론했다. 그런데 사람들은 그 책의 저자인 원진이 장생이라는 인물을 내세워 자신과 최앵앵과의 내밀한 관계를 은폐한 것으로 여겼다.

만중은 원진이 명예와 벼슬에 연연하여 최앵앵과의 사랑을 끊은 것을 교묘하게 변호한 것이라는 사람들의 말에 따랐다. 원진이 최앵앵과의 사랑을 끊듯이 군주에 대해서도 변심하고 지조를 잃었다고 보았다.

이에 더하여 만중은 원진의 『앵앵전』, 곧 『회진기』가 당나라 장방이 지은 실제 이야기 『곽소옥전』보다 훨씬 못하다고 비평했다. 장안의 명기 곽소옥은 이익이라는 당나라 시인과 정을 통하고 버림받는다. 소옥이 슬퍼하고 분노하는데 이익은 돌아보지 않았다. 홀연 누런 옷을 입은 협객이 나타나 이익을 잡아끌고 그녀가 있는 곳으로 데려갔다. 소옥은 이익을 보고 놀라 통곡하다가 그만 죽어버렸다.

만중은 『앵앵전』의 앵앵보다 곽소옥을 지조 있고 열렬한 여성상으로 보고 우위로 평가했다. 만중은 소극적인 여성보다는 사랑을 위해 목숨까지 바치는 적극적이고 진취적인 여인을 선호하는 가. 구운몽에 아홉 사람의 사랑 이야기를 대담하게, 독특하고 현란하게 묘사할 수 있었다.

만중은 '선가에서 말하는 오욕은 현실 공간에서는 하나가 다른 하나를 압도할 수 있다. 그러나 그 중 어느 하나라도 절제하지 않으면 몸을 잃고 이치를 멸하게 된다.' 최명길의 아들 최후상의 말을 음미하면서 욕망 조절에 대해 최후상 같은 이는 열에 한둘도 어렵다고 평가했다.

만중은 이와 같은 논리가 그의 소설 속에 잘 스며들도록 주인공 성진을 표현할 때 그 단락의 문장을 면밀하게 살피고 한층 더 조절, 절제에 대해 주의를 기울여 높은 도덕성을 드러냈다.

이외에도 만중은 구운몽을 완성하기 위해 다양한 독서에 힘썼으며, 참작할 만한 자료가 있다 하면 시종을 보내 구해오게 하는 열성을 보였다.

만중은 종종 삼매 지경에 빠졌다. 무념무상이다. 가물거리는 호롱불 밑에서 가슴을 활짝 펴고 왼손으로 한지를 살포시 누른다. 오른손에 붓을 쥐고 획, 획, 장쾌하게 내달릴 뿐이다. 숙종대왕 앞에서 문초를 당할 때에 비하면 자유자재하고 기개 넘치는 젊은이처럼 활달한 자세를 보여주었다.

세상만사의 운행 규칙에는 어떤 기적이나 돌발적인 사건에서도 항상 마음법(심법心法)이 따른다는 원천적 진리를 피력했다. 김만중 그의 50여 인생에서 증득한 결실이었다. 그가 왕에게 열 번씩이나 소를 올려 문형이라는 최고의 관직을 사직할 때의 그 마음을 그는 결코 잊을 수가 없다. 향촌으로 가려는 그의 마음이 백번 지당했고 그것은 그의 길이었다. 소설에서나마 꿈을 꾸는 아홉 사람을 통해서 그의 영혼이 어디에도 구애받지 않고 순정 무구하게 활짝 피어나고 있었다.

세상의 수많은 법률과 규범도 심법과는 감히 대적할 수 없다는 것, 시절 인연에 닿으면 어떤 방향이든 길을 떠날 수 있고 사랑도 만날 수 있다. 그 사랑은 독점이 아니라 서로 공유하는 것에 초점을 맞추었다. 사회 통념으로 보면 불가해한 논리일 수도 있지만 세속 생활은 기존의 지리멸렬한 반복보다는 기상천외한 파격을 원하고 있다고 그는 진단했다.

사람과 동식물 모든 생명체는 살고 싶다고 해서 제힘만으로 사는 게 아니다. 알게 모르게 우주 변화의 원리에 따르면서 자연스럽게 살아지고 있으며 살고 있는 것이다. 만중은 남해 노도 섬에서 그렇게 살고 있고 지금 쓰고 있는 소설 구운몽도 그렇게 진행되고 있다고 자부하고 있다. 타의에 의한 억지가 아니라 구운몽 그것은 그에게 할당된 대 우주의 특별한 소명이었다.

만중이 남해 망운산에 올라 그 산 이름처럼 푸른 하늘에 떠서 무심코 흘러가는 구름을 바라보다가 그의 심법으로 푸른 하늘에 멋대로 피어난 아홉 송이 구름과 남녀 아홉 사람을 대비시켰다. 구름, 얼마나 천태만상인가. 한순간이라도 제자리에 머물러 있는 구름을 보았는가. 구름이 하늘에서 천만 가지 그림을 그릴 때 땅의 사람 역시 시시각각 변화를 모색하고 흘러가지 않는가. 제행무상이다.

구름이 짐승도 그리고, 새도 그리고, 비늘이 오색찬란한 상상의 동물이라는 용도, 아름다운 꽃도, 끝없이 그려내고 지운다. 목화송이처럼 하얗게 부풀었다가 비구름이 되어 검게 변색하고, 해질녘에는 산나리꽃처럼 능소화처럼 중세 웅장한 대저택의 백작 부인처럼 조화와 변화의 묘를 창출하지 않던가. 구름이 사람이고 사람이 구름이 되는 가설을 세우고 만중은 『구운몽』을 향하여 힘차게 붓을 달리고 있다.

바람부는 대로 물결치는 대로, 언제 어디서나 마음 하나 잘 다스리는 것이 가장 대자연의 섭리에 맞는 삶의 방식이라는 진실을 만중은 구운몽 서두에 깔았다. 그것은 만중이 태중에서부터 터득한 생명 보존 방식이고 우주 대자연의 법칙에 순응하는 것이라고 성진과 양소유를 통하여 구운몽에서 역설한다.

때로는 수행자의 인생에도 일탈이 있고, 희대의 돈 후안 가슴에도 순정이 꽃피는, 어떤 사물도 어떤 현상도 이 세상에 변하지 않는 것은 없다. 변화하면서 성장하고 발전한다. 실패도 좌절도 결국은 한 지점에 봉착한다. 모든 것은 경험이고 성진의 몽중 경험도 오직 마음으로 인한 것으로 귀결지었다.

도술을 부리는 신선도 인간계의 향수를 지닐 수 있고, 최고의 자리에 오른 임금님도 오류를 범할 수 있다. 엄격한 수행자도 마음이 흔들릴 수 있다는 것을 소설에 서술함으로 만사 만물을 선입견 없이 여유롭게 바라볼 수 있는 혜안을 독자에게 요구하고 있다고 할까. 온 곳이 있으면 반드시 갈 곳이 있는 법, 소설의 주인공 성진을 통해서 여여하게 흘러가고 여여부동하게 그 자리에 참 '나' 가 현존하는 것을 기뻐하라고 구운몽은 일러 준다.

어제 떠오른 태양은 간 곳 없고, 초옥 너머로 아슬한 초승달이 기울고 있다. 초옥 작은 방 한쪽에 무명 이불이 곱게 개켜진 그대로고, 언제 차린 줄 모르는 밥상이 썰렁하게 식은 채 놓여 있다.

시종과 포졸 세 청춘은 친동기처럼 서로 의기투합, 글 선생 만중의 보신을 위하여 오늘도 바닷가로 고기를 낚으러 갔고 시방법계 동서남북은 시종 고요 일색이다. 시종 두 사람과 포졸 한 사람, 그들 세 사람은 한 번도 다투는 법이 없다. 저들끼리 사이가 좋아 만중을 호위하고 보필한다. 미색과 재주와 개성을 갖춘 여덟 미인들이 서로 형제 의를 맺고 양소유와 함께 동고동락 하듯이 만중이 보기에 그 또한 유쾌하고 흐뭇했다.

만중은 무엇을 어떻게 썼는지 기억도 할 수 없다. 마음이 가는 대로 쓰다 보면 어느 사이 해가 저물어 새날이 밝았다. 정신없이 쓴 것만 기억한다. 꿈에서 깨어난 성진이 마침내 본래 그 자리로 회귀하는 것은 역력히 떠오른다. 시작이 그렇듯 끝 장면도 수행자 성진은 한결같았다. 어떤 거룩하고 거대한 세력이 있어 그의 붓을 이끄는 것만 같았다. 도저히 만중 자신의 뜻이라고는 생각할 수가 없었다.

—패설稗說이라는 것이 있으니 김만중이 지은 것이다. 패설 '구운몽'이 함유하는 큰 뜻은 부귀공명을 일장춘몽에 돌린 것인데, 대부인의 근심걱정을 풀어드리고자 한 것이다. 부녀자들 간에 성행하여서 내가 어렸을 적에 흔히 그 이야기를 들었다. 대체로 석가모니 우언寓言이었으나 그 '구운몽'에는 『초사楚辭』의 「이소離騷」가 남긴 뜻이 많았다.

이재가 훗날 『이재집』에서 말했다. 이재는 김만중 집안과 매우 가까운 인척으로, 만중보다 43세나 아래인 후학이다. 그의 어린 시절 항간의 부녀자들 사이에 성행한다는 패설稗說, '구운몽'이 있었다고 소개했다.

저잣거리에 나온 것은 '몽환'이라는 제목의 장편 시를 만중의 어머니 윤 부인의 독려와 제안을 받들어 만중이 소설로 재편성한 것이었다. 책으로 엮은 것이 아니고 한지에 쓴 낱장을 노끈으로 임시 묶은 그대로였다.

규방 소녀들이 밤을 새워 그것을 필사하여 비단으로 고이 싸, 출가할 때 시댁으로 가져가 시댁 권속들에게 선물했다는 어여쁜 미담도 전한다.

패설의 패稗는 논에서 자라는 피로 농부들은 아무 곳에도 쓸 데가 없다고 보고, 눈에 띄는 대로 뽑아버렸다. 피처럼 아무짝에도 쓸모없는 이야기를 패설이라고 불렀다고 한다. 세상에 아무 곳에도 쓸데없는 것이 과연 존재할까. 크고 작건, 잘났건 못났건 모든 생명은 나름으로 용처와 사명이 있어 세상에 그 존재를 드러내는 것이 아닐까.

예로부터 글줄이나 한다하는 양반네들은 패설을 잡문雜文이라고 매우 천시했다. 양반들은 한문을 숭상했고 한문으로 시문을 지었다. 학문이나 서책은 오직 귀족이나 양반 계급에만 허용되었다. 일반 서민 대부분은 글은 고사하고 하루하루 먹고 살기에도 급급했다.

살기에 급급한 백성들이 교훈적이고 세속의 재미있는 사연들이 담뿍 실려 있는 패설을 힘써 읽었다. 먹고사는 기본 욕구 외에 삶에 보탬이 되고 흥미 있는 이야기에 탐익했다. 그들은 서책을 통해 살기 좋은 이상 세계를 꿈꾸었는지도 모른다.

이재는 또한 만중의 구운몽 그 속에 굴원의 초사 이소離騷가 남긴 뜻이 많았다고 회고했다.

굴원屈原은 중국 전국 시대 독창적이고 개성적인 초나라의 시인이며 정치가요 애국자였다. 그는 양자강 중부 유역의 큰 나라였던 초나라의 왕족으로 태어나, 친척인 회왕의 신임을 받아 20대에 벌써 좌도라는 중책을 맡고 있었다.

애국자 굴원은 제齊와 동맹해 강국인 진秦에 대항해야 한다고 주장했다. 진의 장의와 내통하고 있던 정적과 왕의 애첩 때문에 그는 그 뜻을 이루지 못한다. 왕은 오히려 굴원의 충고를 듣지 않고

제와 단교했고, 진에 기만당하고 포로가 되어 살해 당한다.

회왕이 죽은 뒤 큰아들 경양왕이 즉위하고 막내인 자란이 영윤이 되었다. 굴원은 백성들과 함께 회왕을 객사하게 한 자란을 비난했다. 그는 그 일로 또다시 모함을 받게 된다. 양쯔강 이남의 소택지로 추방되었다. 추방된 그곳에서 굴원은 어부사漁父辭를 지었다.

굴원은 회왕에게 내쫓겨 유배되었을 때 그의 최대 걸작, 장편 서정시 「이소離騷」[1]를 썼다. 이소에서 굴원은 자신의 결백을 주장했다.

이소는 위로 당우 3후 성왕의 법을 들어 말하고, 아래로는 걸, 주, 예, 요, 등의 패망을 피력했다. 굴원은 자신의 충정을 읊었다. 군왕이 정도로 되돌아가 다시 자신을 불러줄 것을 기원한 내용이다.

한 번은 용서를 받은 일이 있었다. 그러나 다시 참소를 받는다. 회왕의 아들 경양왕에 의해 멀리 양쯔 강 남쪽 강남지방으로 내쫓기는 몸이 되었다. 절망에 처한 굴원은 멱라 강에 몸을 던졌다.

중국에서는 해마다 음력 5월 5일 용선龍船 축제를 연다. 사람들은 용선을 타고 멱라 강으로 나아가 물고기에게 쌀로 만든 경단을 던졌다. 굴원을 추모하고 물고기에게 그의 시신이 훼손되는 것을

---

1 「이소離騷」: 굴원이 추방당한 후 방황하면서 쓴 대표적인 작품으로, 낭만주의의 걸작이라고 할 수 있다. 모두 373행 2,490자로, 그의 이상과 행적을 서술하고 있다. 「이소(離騷)」의 뜻은 동한 반고(班固)의 『이소찬서(離騷贊序)』에 "이는 어려움을 만나는 것이고, 소는 근심이다.(離, 遭也, 騷, 憂也.)"라고 한 것으로 보아 불행을 만나 지었다는 뜻으로 이해할 수 있다. 이 시의 발전 과정은 크게 3단계로 구분할 수 있는데 첫째, 먼저 자신의 세계(世系), 경력, 정치적인 포부, 추방 과정 등을 서술하고 있다.

막으려는 거국적인 행사였다.

　김만중은 당대 굴지의 문장가이면서 고위급 정치가였다. 굴원은 위대한 초나라의 애국자요, 시인이면서 정치가였다. 이재가 보건대 김만중과 굴원은 비슷한 역경을 겪었고 상통하는 점이 있었다. 만중은 선천에 이어 남해 유배지에 도착하자마자 저작의 큰 꿈을 펼칠 수 있어 고무적이었다. 정비를 내친 숙종대왕의 그릇된 여인 섭렵을 개선해보려고 목적소설 『사씨남정기』를, 어머니 윤 부인을 위해 『구운몽』을 창작한 것이다.

　한지에 낱낱이 쓴 것을 한양에 사람을 보내 대량 필사를 맡겼다. 만중은 한시라도 빨리 어머니 윤 부인에게 보내드리려고 서책 한 권을 따로 엮었다.

　처량한 지경에 처한 유배객 김만중으로서는 가히 독보적이고 공격적인 저작 행보였다. 이는 곧 김만중의 기적이면서 남해의 기적이었다.

　─내가 몹시 기진하구나!

　만중은 몸에 한기를 느낀다. 쓰러지듯 자리에 눕는다. '많이 기진하다'고 혼잣소리를 흘리며 붓을 놓았다. 그는 늘 혼잣소리였다. 사방이 바다로 둘러싸인 노도 섬의 외딴 초옥에서 김만중 그는 대체 누구와 말을 주고받을 수 있을까. 푸른 바다 위를 유유히 날고 있는 갈매기인가. 가을 산을 황금빛으로 뒤덮은 유자나무인가. 눈 속에 피어나 그 기상을 뽐내는 검붉은 동백꽃인가. 대숲을 지나는 바람인가. 오직 그가 쓰는 글뿐이었다.

그는 곧 깊은 잠에 들었다. 김만중이 잠들자 주변은 더 깊은 적요가 흘렀다.

아침 해가 노도 섬에 떠올랐다. 앵강만 바다 위에 갈매기가 떼지어 날아왔다. 금물결 은물결이 기뻐 춤을 춘다. 앵강만 바닷물이 유난히 푸르던 날 구운몽은 세상에 나왔다. 마치 그 바다의 왕자처럼!

어머니 독자

　─어르신 계십니까요?

　아침 해가 소공동 집 안마당을 환하게 밝히고 있었다. 대문 밖에서 걸걸한 음성이 들려왔다. 연안 이 씨가 시어머니께 아침 문안을 드리러 안채로 들어가려다가 그 소리를 들었다.

　─뉘신지요?

　연안 이 씨는 짐작하는 바가 있어 얼른 대문께로 다가갔다.

　─대감님께서 서책을 보내셨구만요.

　연안 이 씨가 대문을 활짝 열었다.

　김만중의 아내 연안 이 씨는 아침나절 인편에 서책을 받았다. 그 인편은 급히 달려온 듯 숨을 가쁘게 내쉬고 있었다.

　─고맙습니다. 먼데 오시느라고 수고하셨습니다.

　연안 이 씨가 그에게 미수차 한 사발을 드리고 사례를 후하게 한 후 곧바로 안채에 계신 시어머니에게 달려갔다.

－무슨 일이냐?

윤 부인이 기척을 알아채고 방문을 열었다.

－네! 어머님! 서방님이 서책을 보내오셨어요.

연안 이 씨가 함박꽃처럼 환히 웃으며 서책을 받들고 윤 부인에게 다가왔다. 그것은 남편 김만중의 역작 『구운몽』이었다.

－호오! 이번에는 서책이구나!

서책은 장판지 같은 두터운 종이로 싸고 노끈으로 단단히 묶여져 있었다. 겉 종이는 먼 길 오느라고 많이 구겨져 있었다.

－제가 풀어 드릴게요.

－오냐! 고맙구나.

윤 부인은 가슴이 벅차다. 고개를 들어 노끈을 풀고 있는 며느리 연안 이 씨를 이윽히 바라본다.

연안 이 씨는 남편 만중이 시어머니를 위해 새로운 서책을 쓰고 있다는 사실을 알고 있었다. 글을 다 지은 다음에 일부는 한양으로 보내 전문가에게 의뢰하여 서책을 여러 권 만들 계획이라고 했다. 어머니에게 보낸 것은 만중이 손수 서책 한 권을 묶어서 보낸 것이었다.

연안 이 씨는 남편 만중이 장편소설을 쓰다가 행여 과로하여 몸져눕지 않을까 전전긍긍했다. 아들 진화 편에 고명한 한의에게 부탁해 한약과 인삼을 달여 보내고, 글 쓰다가 끼니를 놓칠 때 드시라고 소소한 간식거리를 손수 만들어 두툼한 솜바지 저고리와 함께 보내기도 했다.

시어머니 윤 부인이 서책을 좋아하시는 것을 며느리 이 씨도 시집오기 전부터 잘 알고 있었다. 아들 만중이 직접 지어 보내는 책이라면 더 말할 것도 없다.

후우~

며느리로부터 책을 받아들고 윤 부인이 한숨을 내쉰다. 고개를 들고 먼 하늘을 바라본다. 가슴이 뻐근하여 무연憮然히 앉아있다. 그 모습이 기쁨인지 슬픔인지 아련했다.

며느리는 시어머니 윤 부인이 매우 자랑스러웠다. 유복자 만중을 훌륭하게 키워 준 시어머니를 늘 존경하는 마음으로 봉양한다. 남편 만중이 귀양 가 있어도 이 씨는 시어머니를 존경하는 마음, 남편 만중을 사모하는 마음은 더욱 깊었다.

윤 부인이 입맛이 없다 하고, 자주 밤잠을 설치므로 걱정이 심했다. 다행히 남편이 유배 생활 중 『구운몽』을 지어 보내므로, 시어머니를 기쁘게 한 것이다.

윤 부인은 책을 받은 후 이따금 소리 내어 웃기도 하고, 허리를 쭉 펴고 자세를 고쳐 앉으면서 서녘 하늘에 초승달이 이울도록 등불을 끄지 않았다.

—어머님! 밤이 깊었습니다. 그만 주무시지요.

연안 이 씨가 조심스레 윤 부인의 침소를 돌보았다. 늘 하는 일이었다.

—오냐! 네가 여태 잠들지 않았느냐? 나는 아직 책을 읽지 않았

215

구나. 들고만 있어도 마음이 좋다. 내 걱정 말고 건너가 자거라.

윤 부인은 며느리를 안심시킨 후 책을 펼쳤다.

'천하에 명산이 있어, 동에 태산 서에 화산 남에 형산 북에
향산 그 가운데 숭산이니, 이른바 오악五嶽이라. 오악 가운데
형산이 중도에서 가장 먼데, 구의산이 그 남 편에 있고, 동정호
가 그 북 편에 지나고 소상강이 둘러 있다. 형산에는 축융, 자
개, 천주, 석름, 연화의 다섯 봉우리가 높으니 구름이 그 낯을
가리고 안개가 그 허리에 둘러 청명한 날이 아니면 사람이 그
진상을 보지 못할러라.'

『구운몽』에 자연 배경이 묘사되고 있다. 배경이 중국 땅이기는
하지만 윤 부인은 읽기 시작하자마자 알게 모르게 초장부터 흥미
가 있다. 첫째 묘사가 정확하고 진솔하다. 글 흐름이 경쾌 청신하
다. 윤 부인을 책 속에 몰입하도록 강하게 이끈다.

'진나라 위부인이 도를 얻고 상제의 명을 받아 선동 옥녀를
거느리고 이 산을 지키니 이른바 남악 위부인이라, 또 한편에
서는 당나라 노승이 서역 천축국으로부터 형산 연화봉 경계를
사랑하여 제자 오륙백 명을 거느리고 큰 법당을 짓고 늘 금강
경 일 권을 외니, 노승의 당호는 육여화상, 또는 육관 대사(六
觀大師)라 하더라. 중생을 가르치고 귀신을 제어하니 사람들
이 생불이 세상에 내려왔다 이르더라. 대사 문하의 제자 수 백
인 중에 불법에 신통한 자 삼십여 인이라. 그 중에 특히 젊은

남해의 고독한 성자(聖者)

제자의 이름은 성진(性眞)이니 얼굴이 백설 같고, 정신이 추수(秋水) 같고, 나이 겨우 십이 세에 출가하여 이십 세에 삼장경문(三藏經文)[1]을 통하지 못할 것이 없고, 지혜 빼어나매 대사 극히 애중하여 장차 대사의 도를 전할 그릇으로 여기더라.'

책에는 신선이 되어 승천한 진나라 때 선녀가 출현한다. 또 한 편에서는 당나라 때 서역의 중이 천축국에서 중국으로 들어와 형산 연화봉에 초암草庵을 짓고, 제자 오륙 백 명을 거느린 육관 대사가 등장한다. 그는 금강경 한 권으로 중생을 가르치고 귀신을 제도한다. 세상 사람들이 그를 가리켜 '산부처'라고 부른다. 이 절의 웅장함이 남북을 합쳐 으뜸이라고 했다.

절 문은 동정호 뜰을 향해 열렸고
법당의 기둥은 적사호(赤沙湖)에 박히었다
오월의 찬바람은 부처의 뼈를 시리게 하고
여섯 시각 하늘 풍류(六時天樂)는 향로에서 피어나는구나

당나라 시인 두보가 시에 표현한 것과 같이 칠언고시를 읽을 때처럼 구절구절 흥이 넘쳤다. 이 사찰의 육관 대사는 대승법 중에서 오직 금강경 한 권만을 가지고 설법한다. 세 번째는 약관의 젊은이 성진이 출현한다. 그는 연화도량이 집이다. 육관 대사를 스승으로

---

1 三藏經文 : 부처님 말씀을 담은 불교 경전을 부처님 멸후에 경장, 율장, 논장 세 가지 체계로 분류한 것.

섬기려고 열두 살에 세속의 번거로움을 피해 수도의 길을 택했다.
윤 부인에게 성진의 출현은 단번에 호기심을 일으켰다. 열두 살에
벌써 세속의 번거로움을 알았다고? 윤 부인은 이 구절에서 아들 만
중의 열두 살을 그려본다.

나라에서 주관하는 상시를 보러 쌍상투에 홍단령을 입고 홀로
집을 나서던 열두 살 만중! 만중을 떠올리자 윤 부인의 얼굴에는
눈물과 함께 엷은 미소가 번져갔다. 오! 장한 내 아들! 윤 부인은
당시에도 감동했고 『구운몽』을 읽으면서 현재도 아들 만중에게
감동한다.

대사가 큰 법을 강론할 때 동정호의 용왕이 흰옷을 입고 노인의
모습으로 법석에 법문을 들었다고 했다. 육관 대사는 동정호 용왕
의 고마움에 답례하러 갈 사람을 찾는다. 성진이 가기를 원한다.
육관 대사가 쾌히 허락한다.

성진은 동정용왕을 뵈러 떠난다. 성진이 떠나자 문을 지키는 군
사가 대사를 뵙고 이른다.

—남악 위부인 낭랑이 시녀 여덟 명을 보내어 문에 이르렀나이
다.

—들라 하라.

남악 위부인 여 신선 낭랑이 보낸 여덟 선녀가 연화도량으로 들
어와 신선의 꽃으로 대사의 주위를 세 번 둘러 훑은 후에 위부인의
말씀을 전한다.

—상인께서는 산의 서쪽에 거하고 나는 동쪽에 있어 사는 곳과

먹는 음식이 서로 접하여 있으되, 천도의 일이 나를 수고롭게 하여 나아가 맑은 말씀을 듣지 못하였습니다. 이에 삼가 시비 여덟 명을 보내 대사의 안부를 묻고 겸하여 하늘 꽃과 신선의 과일과 칠보문금七寶紋錦으로 구구한 정을 이루나이다.

여덟 선녀가 각각 가지고 온 화과와 보물을 받들어 대사에게 드린다. 대사는 합장한 후 손수 받아 시자에게 주어 그 선물을 부처님께 공양하라 이른다.

─노승이 무슨 공덕이 있기에 상선上仙의 걱정하심을 입으리오?

대사가 여덟 선녀에게 사례하여 이르며 두 번 절하고 보냈다.

윤 부인은 책을 읽기 시작하면서부터 웃음이 얼굴에 가득히 피어오름을 알아차린다. 기꺼움이었다. 웃어본 적이 언제였던가. 대저 웃을 일이 있었던가. 큰아들 만기의 죽음 이후, 또한 만중의 유배 수년 동안 웃음은 윤 부인의 삶에서 아득히 멀었다.

『구운몽』은 전에 읽었던 만중의 '몽환' 시에 비해 양적으로나 질적으로도 몇 단계나 높이 올라가 있었다. 일찍이 '몽환'을 읽은 윤 부인이 만중에게 일렀다.

─'몽환'에 이어서 좀 더 길게 재미있게 써서 읽는 이들로 하여금 흡족히 여기도록 하라.

만중이 윤 부인의 그 말씀에 잘 따른 것을 알 수 있었다. 참으로 만중이 만중답다. 윤 부인은 옥구슬이 은쟁반에 미끄러지듯 만중의 유려하고 숙달된 문장을 읽으며 연이어 웃음이 났다. 가슴속이

훈훈해지고 두 눈에 눈물이 맺힌다.

─오! 장하고 장하도다!

윤 부인은 마치 아들 만중이 곁에 있는 것처럼 미덥고 든든하다. 정오가 되도록 한 자리에 좌정한 채 움직이지 않는다. 방안 문갑 위에 놓인 동양란 화분도 윤 부인의 책 읽는 소리에 귀 기울이는가. 촉 하나가 윤 부인이 앉아있는 방향으로 기울었다. 뜰에서 울던 새도 방안에서 벌어지고 있는 기이한 장면에 감화된 듯, 울기를 멈추고 배롱나무 가지에 앉아 남녘 하늘을 우러르고 있다.

윤 부인이 책으로 시선을 옮긴다. 한 구절 한 단락을 아끼듯이 천천히 정독을 해나간다.

선녀 여덟 명이 산문에 들어가 위부인이 준비한 선물을 대사에게 드린 후 걸어서 산문을 나오고 있다.

여 신선 위부인이 남악의 육관 대사에게 보낸 선물은 희귀하다. 하늘 꽃과 신선의 과일과 칠보문금이라 했다. 하늘 꽃은 대체 어떤 향기를 품은 꽃일까. 신선의 과일은? 윤 부인으로서는 여 신선의 출현이 놀라웠다. 이 세상 어딘가에 말로만 듣던 신선 세계가 있는 것일까. 더구나 여 신선이 육관 대사에게 보낸 선물은 그 명칭부터 진기하고 보배로운 것들이었다.

윤 부인은 소설에 등장하는 인물들이 대사, 용왕, 위부인, 선녀여서 흥미와 관심을 배로 느낀다. 궁중에서도 들어보기 어려운 '하늘 꽃' '신선의 과일'은 처음 들어보는 이름이었다.

여덟 명의 선녀는 남악의 위부인 심부름을 마쳤다. 그들은 산문을 나와서 연화봉 승경을 바라본다. 눈을 홀리는 봄 경치에 마음이 들뜬다. 서로 손을 잡고 유유히 정상으로 오른다. 폭포 근원을 굽어보고, 물줄기를 좇아 다시 내려와 그들은 석교에서 쉬었다.

때는 춘삼월이라, 온갖 꽃이 골짜기에 가득하여 붉은 안개가 낀 듯하고 새와 짐승의 소리는 마치 천년 세월을 간직한 천상의 악기인 생황笙簧을 연주하는 듯하다. 천지를 가득 채운 봄기운에 팔선녀의 마음이 부푼다. 날이 저무는 줄도 모른다.

윤 부인은 책 속에 펼쳐지는 난만한 봄 경치에 매료된다. 온갖 꽃이 가득하여 붉은 안개가 낀 것 같은 이곳은 혹 여 신선이 산다는 선경인가? 윤 부인은 이처럼 좋은 곳이 이 세상에 존재하는가 싶었다.

아들 만중은 연화봉에도 가보고 혹여 육관 대사도 만나 보았을까? 윤 부인은 상상만으로도 마음이 즐겁다. 『구운몽』이 윤 부인을 행복 동산으로 안내하고 있다. 한양에서 벼슬살이 할 때의 아들 만중의 늠름한 모습이 망막에 어린다. 이 책을 쓸 정도면 아들이 그곳에서 지낼 만한가, 윤 부인이 안도한다. 안도는 위로요 희망이었다.

성진이 동정호에 이른다. 수정궁에 들어가 용왕을 뵙고, 육관 대사의 말씀을 전한다. 용왕이 잔치를 열어 성진을 대접한다. 손수 잔을 잡아 성진에게 술을 권한다.

─술은 마음을 흐리게 하는 광약狂藥이라, 불가佛家의 큰 경계니,

감히 파계를 못하나이다.

수행자 성진은 사양의 뜻을 밝힌다. 성진은 용왕의 술잔을 받지 않는다.

용왕은 이 술은 인간 세상에서 인간을 미치게 하는 그런 술이 아니다. 사람의 기운을 호탕하게 하지 않으니 마시라고 강권한다. 성진이 용왕의 술잔을 받아 삼배를 기울인다.

대사의 심부름을 마치고 성진은 수정궁을 나와 바람을 타고 연화봉으로 간다. 산 밑에 이르자 술기운이 올라 정신이 어질어질하다.

─얼굴이 붉으면 사부께서 이상히 여겨 꾸짖지 않으리오.

시냇가에 이르렀다. 성진이 술기운을 가라앉히려고 웃옷을 벗었다. 몸을 구부리고 벌겋게 달아오른 얼굴을 씻는다. 그 순간 어디선가 향내가 날아와 그의 코를 찌른다.

─기이하도다, 이 무슨 꽃이 피었는가. 어디서 이런 향내가 날아오는고.

사찰에서 흔히 맡아보는 마음의 때를 씻어준다는 향로香爐 기운이 아니었다. 화초 향기도 아닌 것이 일순 사람의 골수에 사무쳤다. 그 향내는 용궁에서 마신 술보다도 더 정신이 아득하여 형언하기 어려웠다.

성진이 의복을 단정히 입고 시내를 따라 올라간다. 석교 위에 팔선녀가 아직도 앉아있다. 그들은 홀연히 나타난 성진을 만난다.

─나는 육관 대사의 명을 받아 동정호 용왕을 뵙고 산문으로 돌

아가는 길이라. 석교가 심히 좁고 그대들이 다리 위에 앉아있으니 내가 건너가지 못할러라. 연보蓮步를 옮겨 잠깐 길을 양보하라.

―저희 팔선녀는 위부인 낭랑의 시녀로서 위부인 명으로 육관 대사님을 문안하고 돌아가는 길이여요. 이곳 경치가 수승하여 석교 위에서 잠시 쉬었더니다.

다른 선녀가 나섰다.

―예법에 남자는 왼쪽이요, 여자는 오른쪽으로 행한다 하지만, 다리가 좁고 우리가 먼저 앉았으니 화상(성진)은 다른 길로 가소서.

―냇물이 깊고 다른 길이 없는데 소승보고 어느 길로 가라 하느뇨?

―옛날에 달마존자는 '갈잎을 타고 바다를 건넜다' 하는데, 화상이 진실로 육관 대사에게 도를 배웠으면 반드시 신통이 있을 것인데, 이런 작은 냇물을 건너지 못하여 아녀자로 더불어 길을 다투시느뇨?

여덟 선녀와 한 사람의 소화상 성진이 석교에서 티격태격한다.

윤 부인이 나직하게 웃음소리를 내었다. 사랑채에는 며느리가 있고, 손자들은 각기 글공부를 하며 그들 소임을 다하고 있다. 평소의 근엄한 윤 부인의 모습이 방금 읽은 글로 부드럽고 화사한 표정으로 변한다. 팔선녀 중 한 선녀의 깜찍한 발언 때문이었다.

윤 부인이 보기에 경망스러워 보이거나 예의를 벗어난 언설로 비치지 않고 다만 웃음이 나왔다. 윤 부인은 아들 만중의 글솜씨에 재미가 붙어 책 속으로 깊이 들어갔다. 장차 이야기가 어느 방향으로 흘러갈지 몹시 궁금하다.

─그대들은 행인에게 길 값을 받고자 하는도다. 가난한 화상에게 어찌 돈이 있으리오. 마침 명주 여덟 개가 있으니 이를 그대들에게 드려 길을 가고저 하나이다.

성진은 도화 한 가지를 꺾어 팔선녀 앞에 던졌다. 갑자기 여덟 개의 꽃봉오리가 땅에 떨어져 명주가 되었다. 서기 영롱하고, 향내가 진동한다. 팔선녀는 각각 그것을 주워든다. 팔선녀는 성진을 돌아보며 요염히 한 번 웃고 나서, 즉시 몸을 솟아 바람을 타고 공중으로 올라갔다. 성진이 석교 위에 오래 서 있다. 팔선녀 가는 곳을 하염없이 바라본다.

─호오! '몸을 솟아 공중으로?' 이런 일이 다 있구나!

그 단락을 읽고 있는 윤 부인은 정신이 아득하다. 구름 그림자 사라지고 향기로운 바람이 진정된다. 성진이 정신을 수습한 다음 석교를 건너 스승을 뵈러 발걸음을 재촉한다. 성진이 산문에 다다랐다.

─많이 늦었구나. 어인 일이더냐?

─용왕이 제자를 친절하고 정성스럽게 대해주고 만류하므로 능히 떨치고 일어나지 못했더이다.

성진은 용왕으로부터 융숭한 대접을 받게 되어 감히 떨치고 일어날 수가 없었다고 변명한다. 술잔을 삼배나 받아 마셨다는 이야기는 하지 않았다. 석교 위에서 팔선녀와 만난 것도 밝히지 않는다. 팔선녀에게 여덟 개 명주가 있다면서, 도화 한 가지를 꺾어 팔선녀 앞에 던진 것, 갑자기 여덟 개 꽃봉오리가 땅에 떨어져 서기가 영롱하고, 향내가 진동한 것, 팔선녀가 그것을 주워들고 요염히 웃으며 바람을 타고 공중으로 사라져 간 것에 대해서 성진은 입을 꾹 다물었다.

윤 부인은 성진의 거짓말에 또 웃음이 난다. 아들 만중이 어머니 윤 부인을 웃게 하려고 이렇게 의도적으로 재미있는 글을 쓴 것인가. 아들의 마음을 헤아리니 가슴이 뭉클했다.

─내가 왜 이렇게 웃음이 나는가? 혹 무엇이 잘못된 것인가. 아니야, 그럴 리는 없어.

윤 부인이 자문자답한다. 만중이 세 번째 유배지 남해로 떠나고 나서는 억지로라도 웃어본 일이 없다. 웃음이라니, 늘 눈물 젖어 지냈다.

어느덧 해가 기울어 돌담 위로 저녁 해가 느슨히 머물고 있다. 윤 부인이 다시 책상을 끌어당긴다.

─물러가 쉬라.

성진이 저 있던 선방으로 돌아온다. 날이 이미 어두웠다. 성진은 정신이 자못 황황遑遑하다. 팔선녀의 옥음이 그의 귀에 쟁쟁하다. 아름다운 자태가 눈에 어린다. 마음을 잡지 못한다. 그의 마음

225

이 심히 갈피를 잃고 우왕좌왕한다.

　―남아 세상에 태어나 어려서 공맹의 글을 읽고 자라, 요순 같은 임금을 만나 전장에 나가면 장수 되고, 궐내에 들어오면 정승이 되어, 비단옷을 입고 옥대를 띠고 옥궐에 조회하고, 눈에 고운 빛을 보고, 귀에 좋은 소리를 듣고, 은택이 백성에게 미치고, 공명이 후세에 드리움이 또한 대장부의 일이라. 우리 부처님의 법문은 한 바리 밥과 한 병 물과, 두어 권 경문과 일백여덟 낱 염주뿐이라. 도덕이 비록 높고 아름다우나 적막하기 심하도다. 그러하니 최상승의 법을 깨닫고 대사의 도통을 이어받아 연화봉 위에 꼿꼿이 앉았다 한들, 삼혼三魂 구백九魄이 한 번 불꽃 속에 흩어지면 어느 누가 성진이 세상에 났던 줄 알 수 있으리오.

　성진이 푸념한다. 석교에서 만난 미색에 미혹되어 세속과 불가에 대한 계산법이 어지럽다. 불가에 귀의해서 밤을 낮 삼아 경전을 읽고 염불을 해보았자, 그저 한 바리 밥과 한 병의 정화수, 불경과 백팔염주뿐이라고 탄식한다. 이에서 더 볼 것도 더 기대할 것도 없다. 초라하다. 도덕이 높고 아름답다고 하지만, 적막하다, 최상승의 법을 깨달아 스승의 도통을 이어 받은 들, 죽어 불꽃에 들어가면 어느 누가 성진이 세상에 나왔던 것을 기억하겠는가,

　윤 부인은 당혹스럽다. 성진은 육관 대사의 수제자가 아닌가. 수행자 성진이 주워섬기는 푸념에 윤 부인은 가슴이 두근두근한다. 윤 부인이 두 손으로 가슴을 쓸어내린다.

　―부처 공부에 마음을 바르게 함이 으뜸 행실이라. 내 출가한

지 십 년에 일찍이 반점 어기고 구차한 마음을 먹지 아니하였는데 이제와서 이렇게 법문보다 팔선녀를 더 마음에 두니 나의 앞날에 어찌 해롭지 않으리요?

윤 부인은 다시 미소를 지었다. 미소는 오래 여운을 남겼다. 다른 대목에서도 웃을 일은 더 있었다. 도량에 돌아온 성진이 여덟 선녀가 눈앞에 서 있는 듯, 깊은 밤 이리 뒤척 저리 뒤척 잠 못 이루고 방황하는 장면에서 윤 부인의 두 눈은 반짝 빛을 뿜는다.

성진의 방황하는 마음은 오래가지 않았다. 성진이 본래 마음, 초심으로 돌아가 자신의 내면을 점검한다. 향로에 전단향을 피워 올린다. 의연히 포단에 가부좌한다. 염주를 고르며 일천 부처를 염한다.

─성진이 12세에 세상의 번거로움을 피해 부모를 버리고 스승님을 쫓아 머리를 깎으니 연화도량이 곧 성진의 집이라.

성진이 육관 대사를 모시고 신실하게 수도하는 불자였다는 것을 강조한다. 무슨 일이야 있을까. 『구운몽』의 첫 독자 윤 부인은 잠시 생각에 잠긴다.

윤 부인은 책 읽기에 시간 가는 줄을 모른다. 어린 시절 할머니 정혜옹주에게 글을 배울 때부터 서책을 즐겨 읽었다. 만기 만중 두 아들에게 글을 가르칠 때에도 윤 부인은 늘 서책을 가까이하고 지냈다. 하지만 이처럼 재미있는 책은 일찍이 만난 적이 없다.

윤 부인은 아들 만중을 대하듯 책을 읽는다. 책을 읽는 도중에 몇 번이나 『구운몽』을 가슴에 품어 안았다. 구운몽 책갈피에서 윤 부인은 아들 만중의 숨결을 체감한다. 환청처럼 윤 부인은 만중의 맑은 목소리를 듣는다.

성진이 푸념하듯 불평하는 '대장부의 일'은 지난 시절 아들 김 만중의 신성한 포부와 빛나는 벼슬 생활을 읊은 것처럼 보였다.

만중은 29살에 정시에 장원 급제했다. '비단 옷을 입고, 옥대를 두르고 궁궐에 조회하고,' 『구운몽』 속의 대장부 일처럼 살았지 않은가. 한양에서 강원도 금성으로 첫 유배를 갈 때까지, 10여 년은 윤 부인의 인생에서 가장 행복한 시절이었다. 홀몸으로 두 아들을 기른 데 대해 큰 보람을 느낄 수 있었다.

만중은 한 나라, 한 시대의 대장부로서 입신양명하여 국가에 충성하고 부모에게 효도하는 삶을 가장 이상적으로 알았다. 어려서부터 학문에 몰두, 일취월장 순탄하게 벼슬길을 걸어오지 않았는가. 아들 형제가 남보다 머리가 좋았는가. 윤 부인의 가정교육이 투철했던가. 나란히 벼슬길에 올라 승승장구하던 때였다.

윤 부인이 거처하는 방안에 소반小盤처럼 낮은 책상이 놓여 있고 전일에는 볼 수 없던 처음 보는 서책 『구운몽』이 펼쳐져 있다. 표지에 책을 읽는 여인의 그림이 있다. 여인 위에 묘기를 부리는 흰 구름 아홉 송이가 두둥실 떠 있다. 아홉 송이 구름은 보는 눈에 따라서 자유롭기도 하고 방황하는 것 같기도 하다. 그 여인은 책 속에 누구를 말하고 있을까. 선계에 산다는 위부인인가. 윤 부인은 풍부한 상상력과 감수성을 잠깐 멈추고 깊은 사유에 잠긴다. 방 밖에서 무슨 기척이 난 것 같았으나 윤 부인은 알지 못한다.

─어머님! 밤이 깊었습니다. 그만 쉬시지요.

며느리 연안 이 씨가 안채로 건너왔다.

─오냐! 네가 여태 잠들지 않았느냐? 내 조금만 더 읽고 잠들 테니 내 걱정말고 건너가 자거라.

며느리 이 씨가 사분사분 몸을 움직여 윤 부인의 이부자리를 펴놓고 사랑채로 건너갔다.

─우리 부처의 법문은 한 바리 밥과 한 병 물과 두어 권 경문과 일백여덟 개 염주뿐이라. 도가 비록 높고 아름다우나 적막하기 심하도다.

─하하하.

윤 부인의 웃음소리였다. 사랑채로 걸어가던 며느리가 뒤를 돌아다본다. 연안 이씨 얼굴에 가만히 미소가 어린다. 윤 부인은 이 대목을 되풀이해서 펼쳐보며 그만 자신도 모르게 하하하, 흔쾌하게 웃었다. 행여 사랑채 며늘아기에게 들릴까 웃음소리가 멀리 나지 않게 조심하며, 밝고 향기로운 웃음을 오래도록 입가에 머금었다. 윤 부인의 웃음은 며느리 연안 이씨에게 오랜만이고 매우 반가운 일이었다.

숙종대왕의 장인이었던 큰아들 만기가 요절하고, 만중마저 왕에게 버림받아 몇 차례나 유배를 가게 되니 집안에 웃음 씨앗은 사라지고 없었다. 그 웃음이 소생한 것이었다. 만중의 『구운몽』이,

그의 빼어난 글재주가, 매양 안색이 어둡고 우울하던 윤 부인에게 봄 햇살같이 눈부신 웃음을 선물한 것이었다.

아들이 지은 책을 읽는 동안 윤 부인에게는 서광이 비쳤다. 유배의 척박한 환경에서 노약한 모친을 웃게 만드는 이 소설을 쓴 아들 만중이 윤 부인은 대견하고 자랑스러웠다.

윤 부인이 긴 인생 살아보니 세상살이에서 가장 중요한 것은 아침 이슬 같고 뜬구름 같은 부귀공명에 앞서 마음의 평화였다. 마음의 평화는 고요한 처소와 평온함이 함께 하는 일상이었다. 고요함 속에 있을 때 사람들은 평온해지고, 평온함 속에 있을 때 차분히 앞날을 설계할 수 있다. 평온함과 고요함 속에서 피어나는 생각은 사람들에게 성공의 기회를 제공한다. 만중의 심신은 지금 어떠한가. 고요와 평온을 누리는가. 바야흐로 안정을 찾은 것 같아 윤 부인은 안심한다.

윤 부인은 아들 만중의 생각이 항상 옳았다고 여긴다. 옳은 마음으로 옳은 생각을 하는 만중의 이 소설은 윤 부인에게 남악 선녀의 하늘 꽃이었다. 보배구슬이었다. 아들의 마음이 윤 부인의 마음이고, 생각 또한 모자는 항상 동일 선善에 공존했다.

날 때부터 총명한 윤 부인이 상상한다. 아들 만중에게 세 번째 유배지 남해, 노도 섬이 평온과 고요를 제공했으므로 이 책『구운몽』의 저작이 가능했을 거라는 확신이 섰다.

만중이 비록 죄 없는 죄인이지만 그럼에도 불구하고 만중의 영혼과 정신세계는 더 높고 고상高尙한 데에 다다른 것을 이 책은 증명하고 있다. 만중이 무간지옥 같은 척박한 적소에서 원대하고 숭고한 이상을 품었기 때문에 『구운몽』이 탄생한 것이라고 윤 부인은 믿었다. 윤 부인은 다음 장을 펼쳤다.

지옥에 간 성진

─사형은 잠들었느냐? 사부 부르시나이다.

동자의 목소리에 성진이 깜짝 놀란다.

─밤에 나를 부르니 반드시 연고 있도다.

총기가 남다른 성진은 깊은 밤에 스승이 부르는 까닭이 필시 있을 것이라고 여긴다. 성진은 지체없이 동자를 따라나섰다.

성진이 대사 앞에 무릎을 꿇었다. 등촉을 낮같이 밝게 켜고 모든 제자를 한자리에 모은 대사는 큰소리로 성진을 꾸짖는다.

─성진아, 네 죄를 아느냐?

─사부를 섬긴 지 십 년에 일찍 한 말도 불순히 한 적이 없으니, 진실로 어리고 아득하여 알지 못하나이다.

─네가 용궁에 가 술을 마시고 취한 죄, 그 죄가 적지 아니하고, 또 돌아오다가 석교에서 팔선녀를 만나 언어로 수작하고 꽃을 던

져 명주로 희롱한 후에 돌아와, 미색에 미혹되어 간절히 생각하고 그리워하지 않았느냐? 세상의 부귀를 흠모하면서 불가의 적막함을 싫어하는 빛이 역력하나니, 이는 몸과 말씀과 뜻, 이 세 가지 행실을 일시에 무너뜨림이라. 이제 너는 가히 여기 머물지 못하더라.

스승 육관 대사가 성진의 마음을 열어본 듯이 꿰뚫고 있다. 몸과 말씀, 뜻에 죄를 입었으니 너는 여기서 머물지 못한다고 한다. 즉시 추방이다.

─스승님, 성진이 진실로 죄 있거니와 주계를 파하게 된 것은 용왕이 억지로 권하기에 사양하지 못함이요, 선녀로 더불어 언어를 수작하기는 길을 밟아야 함으로 그리된 것이요, 그 외는 특별히 부정한 말을 한 바 없습니다. 선방에 돌아온 후에 일시에 마음을 잡지 못하였으나, 이내 스스로 뉘우쳐 뜻을 바르게 하였으니 저에게 죄 있거든 사부님이 회초리로 종아리를 치심이 교훈하는 도리이거늘, 어이 차마 저를 내치려 하십니까? 저 성진, 오직 사부 우러르기를 부모같이 하려고 낳아준 제 부모를 버리고 십이 세에 스승님을 좇아 머리를 깎았습니다. 연화도량이 곧 성진의 집이니 나를 어디로 가라 하십니까?

성진이 육관 대사에게 항의한다. 용왕이 자꾸 권하므로 할 수 없이 마셨다. 팔선녀와 희롱한 것은 길을 지나가기 위해서였다. 잘못이 있으면 회초리로 종아리를 치시면 되지, 열두 살에 부모를 떠나와 연화도량이 내 집인데 나더러 어디로 가라 하시느냐.

성진의 항의가 완강頑剛하다.

─네 스스로 가고저 하므로 가라는 것이지, 네가 있고저 하면 누
가 너더러 능히 가라고 하겠는가?

가고자 하는 것은 바로 너 성진이다. 네 마음이다. 육관 대사의
말씀에 묘한 이치가 번득인다.

─어디로 가라는 말씀인지요?

─너가 가고저 하는 곳이 너의 갈 곳이라.

네 갈 곳을 성진 네가 알지 누가 알겠느냐. 대사가 냉정히 답한
다.

─황건역사 어디 있는가?

그때였다. 홀연 공중으로부터 누런 두건을 쓴 신장이 내려왔다.
우뚝 서서 대사의 명령을 기다린다.

윤 부인이 긴장한다. 스승은 제자에게 한 올의 자비심도 비치지
않는다. 성진은 이내 뉘우치고 포단에 가부좌하고 향을 피우지 않
았는가.

윤 부인은 다시 아들 만중을 생각한다. 윤 부인이 지켜본 바로
는 만중의 삶은 여색이나 주유周遊와는 거리가 있었다. 오직 관직
에 힘써 임하고, 틈만 나면 서책과 벗하고 문학이었다. 강직 결벽
한 성정으로 말미암아 바른말을 아뢰어 왕의 미움을 받고 귀양 간
아들이 윤 부인은 안쓰럽다. 귀양도 예사 귀양인가. 위리안치는 한
번 들어가면 나오기 힘든, 무간지옥에 버금가는 중한 형벌이 아닌
가.

─죄인을 데리고 풍도豊都에 가서 염왕께 넘겨주고 오라.

대사가 황건역사에게 명령한다. 성진이 눈물을 비같이 흘린다. 머리를 무수히 두드리며 대사에게 호소한다.

─사부는 성진의 말을 들으소서. 옛적에 아난존자는 창녀에게 가 자리를 한가지로 살을 섞되 석가불이 아난존자를 죄 주지 아니하고 다만 설법으로 가르쳤습니다. 제자 비록 죄 있으나 아난존자에 비기면 중하지 않은 듯하니 어이 풍도에 가라 하시나뇨.

성진이 불경 능엄경에 나오는 아난존자를 들먹인다. 창녀의 주술에 홀려서 마등가에게 간 아난존자를 석가모니 부처님은 죄 대신 설법으로 가르쳤다. 성진은 스승의 처사, 징계가 과하다고 항변한다.

금강경은 부처님과 수보리 존자와의 대화로 이루어진 경이다. 능엄경은 부처님과 아난존자의 대화로 이루어졌다. 능엄경은 불교 근본경전 중의 하나로 모두 10권으로 되었다. 『금강경』·『원각경』·『대승기신론大乘起信論』과 함께 불교 전문강원의 사교과四教科 과목으로 채택되었다. 『대불정수능엄경』『수능엄경』이라고도 한다.

소화엄경으로도 널리 독송되었던 능엄경은 한국불교의 신행에 크게 영향을 미쳤다. 보살의 수행단계를 사가행四加行을 넣어 57위로 한 점이 『화엄경』의 53위와 구별된다. 중생의 분류에 신선神仙을 포함시킨 점 등은 능엄경에서만 볼 수 있는 특이한 점이다.

능엄경에는 아난존자가 주술에 홀려 마등가라는 천민 출신 창녀에게 가는 이야기가 나온다. 아난존자는 문수보살의 영험으로 마음은 어지럽히지 않았다고 한다. 부처님께서는 다문제일多聞第 一 아난존자가 수행이 부족한 걸 아시고 꾸중 대신 설법으로 가르쳤다고 전한다.

윤 부인이 잠시 책을 내려놓았다. 만중은 어려서부터 친가 외가에서 공부를 배울 적에 이미 유학에 통달했다. 그런데 만중은 언제 이와 같이 불경에 두루 밝았던 것인가. 윤 부인은 만중의 학문 범위와 독서의 지평을 헤아리기 어려웠다.

만중의 편지에 남해 적소 근처에 용문사 사찰이 있다고 했다. 그렇다면 만중이 가끔 법문을 듣고 승려들과 교유하면서 습득한 지식인가. 윤 부인으로서는 하나를 알면 백을 깨우치는 아들의 공부 영역이 적소에서 종횡무진 확대된 듯하여 놀라움이 컸다.

─아난존자는 요술을 제어치 못하여 창녀를 더불어 친근하나 마음은 어지럽지 아니한지라. 너는 요색을 보고 본심을 잃고 속세의 부귀영화를 흠모하는 뜻을 품었으니, 어찌 한번 윤회의 고통을 면할 수 있겠는가.

대사는 성진에게 본심을 잃었다고 책망한다. 수행자로서 마음으로, 말로, 뜻으로, 죄를 지었기 때문이라고 한다. 아난존자는 다만 요술에 미혹된 것이고, 성진 너는 본심을 잃고 속세를 부러워했다고 힐책한다.

성진은 울기만 할 뿐이다.

─마음이 정결하지 못하면 비록 산중에 있어도 도를 이루지 못

할 것이요, 근본을 잊지 아니하면 열길 티끌 속에 떨어질지라도 필경 돌아올 날이 있다. 네가 만일 오고자 하면 내 손수 데려올 것이니 의심 말고 행할지어다.

성진아! 오직 마음이다. 세속에 있어도 마음만 깨끗하면 도를 이룰 수 있다. 대사가 성진이 알아듣도록 타이른다. 성진 너가 근본을 잊지 않고 돌아올 뜻이 있으면 내가 손수 데리고 올 것이라고 위로한다.

성진이 황건역사를 따라 명사冥司로 나아간다. 유혼관을 돌고 망향대를 지나 풍도성에 도달한다. 귀졸鬼卒이 지옥의 심판관 염라대왕에게 이른다.

─육관 대사의 명을 받아 죄인을 영솔하고 왔노라.

황건역사가 성진을 데리고 가자 귀졸이 길을 열어준다. 삼라전에 이르렀다. 성진이 전하에 꿇어앉자 염라대왕이 묻는다

─성진아, 상인上人의 몸이 남악南嶽에 있으나 이름은 이미 지장왕 향안 위에 치부하였다. 내가 알기에 너는 머지않아 큰 도를 얻어 연좌에 높이 오르면 중생들이 대도의 은덕을 입을까 생각하였더니 대저 무슨 일로 이 땅에 이르게 되었느냐?

─죄인이 석교에서 남악 선녀를 만나고부터 마음에 거리낀 까닭에 스승에게 득죄하여 이에 이르렀나이다. 이제 대왕의 명을 기다리나이다.

염라대왕이 성진의 말을 듣고 지장대왕께 말씀을 올린다.

—육관 대사가 그 제자 성진을 보내어 벌하라 하니, 이는 여남은 죄인과 다르므로 대왕께 여쭈어 고견을 듣고자 합니다.

염라대왕은 지장대왕에게 수행자 성진은 다른 죄인과 다르다고 말한다. 염라대왕이 지장대왕의 도움을 청한다. 석가모니부처님 열반 후 미록불이 세상에 나올 때까지 6도를 윤회하면서 고통받는 중생을 한 사람도 남김없이 구제해준다고 서원한 지장대왕이 답한다.

—수행하는 사람의 오고 가기는 저의 원대로 할 것이니 어이 구태여 물으리요.

성진 수행자는 저가 원해서 왔다. 나에게 의견을 물을 것이 없다. 오고 감은 성진의 마음이라는 것이다.

염라대왕이 성진의 죄를 결단하려 할 때 귀졸 두 명이 염왕께 보고한다.

—황건역사가 또 육관 대사의 영으로 여덟 죄인을 영거하여 왔나이다.

성진이 그 말을 듣고 놀란다. 염라대왕이 큰소리로 말한다.

—죄인을 불러들이라.

앞으로 나아오는 죄인은 성진이 석교에서 만난 남악 선녀 팔인이었다. 그들이 마룻바닥에 꿇어앉는다. .

—남악 여선女仙아, 선가에 무궁한 경개 있고 무궁한 쾌락이 있거늘 어이 이 땅에 이르렀나뇨?

팔선녀가 부끄러움을 머금고 대답한다.

―첩 등이 위부인 명으로 육관 대사께 문안하러 갔다가 길에서 소화상을 만나 언어로 수작한 일이 있더이다. 대사께서 우리더러 부처의 깨끗한 땅을 더럽혔다 하여 우리 부중에 공사하여 첩 등을 잡아 이리로 보내었습니다. 첩 등의 오르고 내림과 고락이 오직 대왕 손에 있사오니 바라옵나니 대자대비하사 좋은 땅에 환도하게 하소서.

팔선녀가 염라대왕 앞에 나아가 세속의 모든 생사고락이 대왕께 달렸다고 말한다. 부디 좋은 땅에 갈 수 있기를 탄원한다.

윤 부인은 여기까지 읽고 쉬기로 한다. 두 어깨가 뻐근하다. 새벽부터 아침이 훤히 밝을 때까지 한자리에서 일어설 줄을 모른다. 세속에서 지옥으로 떨어진 것은 성진뿐 아니라 팔선녀도 염라대왕 앞에 끌려왔다. 장차 이들이 어찌 될 것인지, 성진 수행자와 신선 세계 선녀들이므로 험한 지옥은 면할 수 있을까. 윤 부인은 마음이 조마조마하다.

윤 부인은 또 아들 만중이 생각났다. 만중의 위리안치는 항간에 생지옥이라 알려져 있다. 그 생지옥에서 만중은 『구운몽』을 저작할 수 있다는 게 특별하게 여겨졌다. 거의 불가사의한 일이 아닌가. 이 글을 쓰느라고 만중은 혹 몸을 상한 것은 아닐까.

윤 부인의 시야에 적막한 산간 초옥을 밝히는 호롱불이 보이는 듯하다. 작은 탁자에 한지를 펼쳐놓고서, 만중이 손수 먹을 갈아 한 자 한 자, 한 문장 한 문장을 써 내려간 그 글자마다 만중의 열과

성, 혼이 응축되어 있는 것만 같았다.

쓰고 읽기 어려운 한문이 아니고 언문, 한글이라는 게 위안이 되기는 했다. 윤 부인은 두 손을 가슴에 모으고 눈을 감는다. 아들의 글 쓰는 모습을 머리에 그려본다.

그때 며느리 연안 이 씨가 아침 밥상을 들고 안채로 들어오고 있었다.

─어머님! 어서 진지 드시어요! 책이 그렇게 재미있으신가 봐요.

─오! 그래! 내 평생에 이처럼 재미있는 서책은 처음인 것 같구나!

며느리는 윤 부인이 수저를 드는 것을 옆에서 지켜보고 있다. 밥상 위에는 밥과 국 나물무침이 오색을 맞춘 듯, 조화로운 색감이 식욕을 일으키는 듯하다. 며느리가 도미찜을 김치 그릇과 자리를 바꾸어 놓는다. 비린내도 잘 나지 않으면서 담백한 도미찜은 윤 부인이 가장 선호하는 반찬이었다.

환생

　　－지옥에 온 이 아홉 사람을 각각 영솔하고 인간 세상으로 나아
가라!

　　염라대왕이 사자 아홉 사람을 불러 각각 비밀히 분부하여 보낸
다. 홀연 전 앞에 강풍이 불었다. 성진과 여덟 여인이 공중으로 올
라 사면팔방으로 흩어진다. 성진은 사자를 좇아 바람에 밀리어 표
표탕탕飄飄蕩蕩한다. 한 곳에 가 바람이 그치고 발이 땅에 닿았다.
정신을 차려 보니 푸른 뫼가 네 녘으로 둘러 있고 시냇물이 굽이지
어 흐른다. 대밭과 수풀 사이로 여남은 초가집, 인가가 보인다. 사
자가 성진을 데리고 한 집에 이르렀다. 성진이 인간 세상으로 돌아
온 것이다.

　　윤 부인은 마음이 흉흉洶洶하다. 표표탕탕, 그 바람은 지옥과 인

간 세상을 가르는 강한 바람임이 틀림없다. 큰바람이 불면 큰 변화가 일어난다.

아들 만중에게 일어난 바람은 어떤 바람이었나? 한양 궁궐에서 남해 섬으로 휘몰아간 강풍, 태풍이었던가. 그것은 강풍 태풍보다 더 강력한 피바람이었다. 충신들이 그 피바람에 쓸려 삭탈관직, 원찬, 위리안치, 사약을 받았다. 윤 부인은 가슴이 미어진다. 윤 부인이 큰 한숨을 내쉰다. 전신이 부르르 떨린다.

－문 밖에 섰으라.

사자가 성진에게 이른다.

－양 처사梁處士 부처夫妻 오십에 처음으로 잉태하니 인간에 드문 일이러라. 임신한지 오래 되었는데 아이 울음소리 없으니 걱정이라.

성진이 이웃 사람들의 말을 다 듣고 헤아리고 있다. 저를 이르는 말 같았다. 심중에 분명히 양 처사의 자식이 되어 태어날 줄 짐작한다.

－내 이미 인세에 환도하게 되었으니 이에 와도 분명히 정신만 왔을 것이니 육신은 연화봉에서 불에 탔으리라. 내 나이 젊어 제자를 거느리지 못하였으니 어느 사람이 있어 나의 사리를 거두리요.

성진은 그 마음이 자못 처창하다. 사자가 소리쳐 부른다.

－이 땅은 대당국 회남도 수의 땅이요, 이 집은 양 처사의 집이니 처사는 너의 부친이요, 처사의 처 유 씨는 너의 모친이니 수이 들어와 길한 때를 잃지 말라.

성진이 황망하여 들어간다. 양 처사의 부인 유 씨가 산통을 겪는 중이었다. 산통 겪는 유 씨의 신음소리가 성진의 귀에 들린다. 양 처사가 산모를 위해 약을 달이는 냄새가 코를 찌른다. 성진이 인간 세상의 양 처사 아들로 태어나려는 찰나다.

─어서 방에 들라.

성진이 머뭇머뭇한다. 사자가 뒤에서 많이 밀쳐 공중에 엎어진다. 천지가 뒤집히는 것 같다. 그가 놀라 소리 지른다.

─구우아求我! 구우아求我! 나를 구하라!

틀림없는 아기 울음소리였다. 윤 부인이 후유~ 크게 한숨을 내쉰다.

수천수만의 시간이 흘러갔다. 그때의 고통을 윤 부인의 몸은 기억하고 있었다. 순간 싸아한 아픔이 윤 부인의 전신을 훑고 지나간다. 차가운 겨울 강, 윤 부인은 죽기를 작정하고 얼음 덩어리가 둥둥 떠 있는 강물에 만삭의 몸을 던졌다. 장쇠가 물에 뛰어들었다. 장쇠의 도움으로 간신히 뭍으로 나왔다. 윤 부인은 거의 혼몽상태였다.

그때 그 일이 윤 부인의 기억창고에서 아슴아슴 떠올랐다. 윤 부인은 울컥, 가슴이 메었다. 만중 너도 이 어미도 그리 질긴 목숨이었더냐. 윤 부인이 옷고름으로 눈물을 훔친다. 내 마음이 왜 이리 약한고. 윤 부인의 젖은 눈길이 다시 책으로 향한다.

─구우아! 구우아

─아기 울음소리 크니 소낭군小郞君이로소이다.

양 처사 목소리에 기쁨이 가득하다. 정성껏 약을 고아가지고 들어왔다. 양 처사 부부가 사내아기를 보고 크게 기뻐한다. 성진이 세속의 양 처사 아들로 태어난 것이다. 성과 부모, 삶의 터전을 바꾼 이른바 환생이었다.

연화도량에서 육관 대사 가르침을 받으며 불도를 닦던 수행승 성진은 졸지에 인간 세상의 평범한 가정, 양 처사 부부의 아들이 되었다.

윤 부인은『금강경』의 일체유심조를 연상한다. 즉 마음먹은 대로 이루어지는 금강경의 원리가 성진을 양 처사 아들이게 작용한 것이 아닌가.

양소유 아기는 배고프면 울고, 울면 어미가 젖을 먹였다. 처음에는 마음속에 남악 연화도량을 잊지 않았다. 그리웠다. 가고 싶었다. 점점 자랄수록 현세 부모의 정을 알게 된다. 전생 일은 망연히 잊고 생각하지 않게 되었다.

─이 아이 틀림없이 하늘 사람으로 인간에 내려왔도다.

양 처사 부부는 아이 이름을 양소유楊小游라 지어 애지중지 기른다.

소유가 10살이 되었다. 용모가 고운 옥 같고, 안청眼睛이 샛별 같으며, 기질이 청수하고 지혜 너그러워 엄연한 대인 군자 같았다. 양 처사가 돌연 부인 유 씨에게 길 떠날 것을 알린다.

─내가 본래 세속 사람이 아니요, 부인으로 더불어 인간 인연이

있는 고로 오래 티끌 속에 머물렀소. 봉래산 신선 친구가 편지로 부른지 오래되었으나, 부인의 고단함을 심려하여 떠나지 못했다. 이제 하늘이 도우사 영민한 아들을 얻었으니 부인이 의탁할 곳을 얻고, 늙어서 필연 영화를 보고 부귀를 누릴 것이니, 나의 가고 없는 것을 괘념하지 말라.

소유의 아버지가 백학을 타고 떠나간다.

—아!

갑자기 당한 일이었다. 양소유 모친은 아! 이 한 소리 외에 공중으로 날아가는 양 처사를 바라보고 말을 못한다. 그 후로 간혹 공중으로 편지를 부칠 뿐, 그의 종적은 멀리 사라졌다.

소유의 아버지가 본래 신선이라? 신선이 인간 세상에 내려왔다? 사랑하는 처자를 두고 본래 있던 곳으로 혼자 떠나간다? 이런 일이 다 있어? 윤 부인이 책상을 밀어낸다. 살이 부르르 떨렸다.

이 무슨 아닌 밤에 홍두깨란 말인가. 만중의 부친 김익겸이 병자호란 당시 강화도가 함락되자 홀연히 윤 부인 곁에서 영영 사라진 것과 유사하지 않은가.

윤 부인의 눈에 눈물이 핑 돌았다. 그때 그 정황이 얼비쳤다. 전란 중에 강화도에서 간신이 배를 얻어 탔다. 자리를 잡고 나서 윤 부인은 바로 산기가 있어 아기를 출산했다. 그 시간 그 자리에서 윤 부인은 혼몽 중에 남편 김익겸과 시어머니 서 부인의 죽음을 알게 되지 않았던가. 윤 부인은 50여 년 전의 일을 잊을 수가 없다. 갑자기 가슴이 옥죄듯 통증이 일었다.

─어머님! 좀 쉬엄쉬엄 읽으세요. 목 좀 축이시고요.

만중의 아내가 안채로 건너왔다. 시어머니 윤 부인이 서책에 골몰한 사이 며느리는 시어머니 목이 칼칼할까 싶어 수정과를 만들어 내왔다. 계피 향이 방안 가득 번진다.

─어머님!『구운몽』이 그렇게나 재미있으세요?

며느리는 신기하기만 하다. 남편 만중의 글솜씨가 뛰어난 것은 결혼 전부터 익히 알고 있었다. 만중 집안에서 혼사말이 들어올 때 며느리 연안 이 씨는 너무나 기분이 황홀했다. 만중의 부인 연안 이 씨도 소녀 시절 책을 즐겨 읽었다.

며느리는 늘 수심에 잠겨 있던 시어머니 윤 부인이 주야를 불문하고 열독하는 책이 무슨 내용인가 궁금했다. 가끔은 아들을 껴안 듯이 책을 품에 안고 잠자리에 들기도 했다. 며느리가 걱정하여 안채로 건너와 윤 부인의 방에 등불을 끄고 갈 때도 있었다.

─내 어릴 때 말이다. 삼국지, 손오공, 심청전, 두루 읽었지만 나는『구운몽』이 책이 세상에서 제일 으뜸이다. 장차 너도 읽어보도록 하라.

─네! 어머님! 저에게 읽게 하시려고 급하게 서둘지는 마시고 쉬엄쉬엄 읽으세요.

─오냐! 고맙다.

고부간에 살뜰한 정이 오가고 있다. 시어머니도 며느리도 서로에게 마음 씀이 매우 돈독하다. 만중이 배소로 떠난 이후 며느리 연안 이 씨의 시모 사랑은 더욱 깊어진 감이 있다. 윤 부인 또한 아들 못지않게 며느리를 의지하고 있다.

양 처사가 선계로 떠난 후에 소유 모친과 소유도 서로 의지하여 살아간다. 소유 자랄수록 재주와 총명이 뛰어나 그 고을 태수가 신동으로 조정에 천거하였으나, 양소유는 노모를 위하여 나가지 아니한다.

윤 부인이 또다시 옛 기억을 소환한다. 만중은 임금님께서 내리는 벼슬을 여러 차례 소를 올려 사직했다. 문형 같은 벼슬은 만중이 어려서부터 동경하던 직위였다. 그 벼슬자리 역시 열 번이나 소를 올려 사직했지 않은가. 만중은 벼슬살이로 집을 떠나고 싶지 않았다. 윤 부인은 책갈피마다 아들 만중의 모습이 떠올라 울컥! 한숨을 토한다.

미소년 양소유

양소유가 15세가 되었다.

—양소유는 중국 진나라의 미남 문인 반악潘岳 같고, 기상은 청련靑蓮 같고, 문장은 당나라의 문인 연허燕許 같고, 시재詩才는 중국 서주의 마지막 왕, 유왕幽王의 총애를 받는 포사褒姒와 같고, 필법은 고금古今의 첫째가는 서성書聖으로 존경받는 종왕種王 같고, 제자백가와 중국의 병서 육도삼략六韜三略과 활쏘기와 칼 쓰기를 정통하지 않을 것이 없으니, 진실로 여러 대에 걸쳐 수행하는 사람이더라.

윤 부인이 양소유를 묘사한 구절에서 탄복한다. 만중의 글재주가 최상이듯이, 소유 또한 용모 기상 문장 무예 등등, 어느 것 한 가지도 빠지는 데가 없이 완벽했다.

—가세가 빈한하여 노모께서 힘들어하시니, 세상의 공명을 구

하지 아니하면 문호를 빛내지 못하고, 노모의 마음을 위로하지 못합니다. 이는 아버지 양 처사의 뜻이기도 합니다.

소유가 과거를 보러 집을 떠나겠다고 그의 노모에게 말한다. 소유는 삼척동자와 작은 나귀로 길을 떠난다. 하루 수십 리씩 가며, 혹 명산도 구경하고 혹 옛 사적도 찾으니 소유는 나그네로서 과히 적막하지 않았다.

만중의 어머니 윤 부인은 어린 시절 할아버지 윤신지와 할머니 정혜옹주로부터 법화경, 능엄경, 금강경 등 많은 불서를 접할 수 있었다. 집안의 서가에는 유학 관련 책과 불서 노장에 이어, 시조나 패관에 이르기까지 없는 책이 없다 할 정도였다. 윤 부인은 일생을 책 속에서 노닐었다고 해도 과언이 아니다.

책을 떠나서는 윤 부인의 삶을 설명할 수 없다. 일찍부터 만기 만중 형제를 몸소 가르칠 만큼 실력을 쌓았다. 누구보다 출중했다.

금강경은 오언 칠구의 시처럼 읽기가 수월하여 전체 32분을 외울 정도였다. 특히 선천에서 만중이 지은 시 '몽환'의 소재가 된 맨 마지막 구절을 주의 깊게 읽은 기억이 새롭다.

『구운몽』의 요체要諦는 곧 공空사상, 일체유심조의 철학이다. 구운몽에 나타난 일체유심조의 원리는 읽는 이들 누구에게나 숙종 대의 어지러운 붕당정치와 당쟁의 피해를 짚어보는 직접 동기가 되었으리라. 왕의 자리에서 강고한 의지, 불변의 일심으로 당쟁을 필사적으로 막으려 했다면 왜 막지 못했을까.

사색 당쟁은 극심한 분열과 갈등으로 치달아 마침내 조선을 멸망의 구렁텅이로 휘몰고 가는 것은 아닐까. 윤 부인의 사고가 『구운몽』을 읽는 과정에서 비약하고 있다. 누구를 위한 사색 당쟁이었던가. 왕권? 민생? 백성의 삶은 어떠했던가?

왕과 대신들이 자주국방을 게을리하고 내 편 네 편, 편을 갈라 죽이고 살리면서 중용을 잃고 극단적으로 대립했다. 국가의 안위보다는 왕권, 사리사욕, 당리당략에만 치우친 때문에 임진왜란에 이어 정유재란이 일어나고, 정묘호란과 병자호란 등, 연거푸 외침을 당한 게 아닌가. 아녀자로서 윤 부인의 상념은 나라 문제로까지 거슬러 올라간다.

오직 왕권과 정치생명을 위해서였다. 서인 남인, 노론 소론을 때에 맞춰 고루 이용하고 인정사정없이 버린 왕, 왕은 남인 편을 들었다가, 다시 서인 편을 들고 오락가락했지 않은가.

자신의 왕권 강화를 목적으로 반대당 저들끼리 서로 헐뜯고 중상모략하고 귀양 보내고 죽이도록, 왕이 앞장서서 사색 당쟁을 부추기고 적극 이용한 결과가 아니고 무엇일까. 내란과 외침으로 인해 타의에 의해 억울하게 죽어간 수많은 백성과 대신, 동량지재들이 지하에서 이를 갈고 있지는 않을까.

만중이 남인의 영수 허적을 소인이라며 갈아치우라고 아뢰다가 선천으로 유배갔다. 또 도덕적으로 하자가 있는 조사석을 좌의정으로 임명하는 과정에서 항간에 떠도는 부언을 임금에게 보고하다가 즉석에서 최남단의 남해 섬으로 위리안치 형벌을 받지 않았던가.

윤 부인은 왕의 사돈이다. 사돈이라는 남다른 인연으로 보건대 왕으로서 숙고, 고려, 포용이라는 측면이 전혀 보이지 않았다. 잘 보아 달라는 게 아니었다. 만중의 진정성을 헤아리라는 것이다. 하긴 왕의 사돈이 어찌 윤 부인뿐이랴.

만중은 적소에서 많은 시를 지어 윤 부인에게 보냈다. 만중의 저작물은 시든 서책이든 윤 부인이 으뜸 독자였다고 해도 과언이 아니다.

역설적으로 만중이 척박한 유배지에서 천래의 문혼을 발휘해 유사이래 가장 걸출한 문장가, 시인 소설가, 비평가로 거듭난 것은 전화위복인가. 수백 년이 흐른 뒤, 더 먼 미래에도 만중이 피로 쓴 작품이 길이 빛나고 만인의 찬탄을 받을 것인가. 윤 부인은 먼 미래를 상상으로 그려본다.

그 먼 미래가 만중에게, 윤 부인에게 무슨 소용이랴. 윤 부인은 오직 좋은 세상이 와서 만중이 유배의 사슬에서 풀려 속히 집으로 귀환하기를 빌어볼 뿐이다,

윤 부인의 고뇌하는 모습이 잘 빚은 석상처럼 단아하고 의연하다. 애처롭다.

근래 윤 부인의 일상을 채우는 것은『구운몽』의 꿈속의 주인공, 양소유였다. 양소유는 전생에 육관 대사의 수제자 성진이다. 성진이 팔선녀와 희롱한 죄로 인간 세상에 양소유로 환생하여 과거에 급제하고 하북의 삼진과 토번吐蕃의 난을 평정하여 승상이 되었다.

위국공魏國公에 이어 부마가 되었다. 벼슬은 태사에 이르렀다. 승 승장구였다.

산문에서 도를 닦던 성진이 양소유로 다시 태어나 속세를 체험 하는 장면은 통쾌하다. 양소유에게 권세, 명예, 처첩, 부귀영화가 속속 이어진다. 처첩들은 미워하고 질투하기는커녕 서로 화합하 고 존중하며 양소유를 공동으로 사랑하는데 전혀 문제가 일어나지 않는다. 양소유는 유교적 관점에서 보면 최고의 출세요, 가장 이상 적 인간상이다. 뭇 남성들이 동경하는 남아의 일생이었다.

남해의 고독한 성자(聖者)

첫사랑 진채봉

    양소유가 과거시험을 보러 가던 중에 만난 첫 여인은 진가秦家의 규수 채봉彩鳳이었다. 소유는 과거시험보다 사랑을 먼저 만났다. 그들은 만나자 곧 둘만의 혼약을 맺는다. 소유는 채봉에게 사랑의 맹약을 읊은 양류사楊柳詞를 지어바치며 철석같이 사랑을 맹세한다.

    우리 시골 초중楚中에 비록 아름다운 나무가 있으니 일찍 이 같은 버들은 보던 중 처음이라, 소유와 채봉의 사랑에 버드나무가 등장한다.

> 楊柳靑如織　버들 푸르러 베를 짠 것 같으니
> 長條拂畵樓　긴 가지 그림 같은 누각에 드리웠구나
> 願君勤栽植　원컨대 그대는 부지런히 심으세요
> 此樹最風流　이 나무 가장 멋지다오

楊柳何靑靑　버들은 어찌하여 푸르고 푸른가
長條拂綺楹　긴 가지 비단 기둥에 드리웠구나
願君莫漫折　원컨대 그대는 쓸데없이 꺾지 마오
此樹最多情　이 나무 가장 정이 많다오

소유가 양류사를 지어 소리 높여 한 번 읊었다. 그때 다락 위에
서 낮잠을 자던 미인이 놀라 깨어난다. 진 어사의 딸 진채봉이었
다. 채봉이 창을 열고 소리 나는 곳을 찾다가 양소유와 눈이 마주
친다. 모친을 일찍 잃고 형제도 없다. 아버지 진 어사는 남경에 가
고, 홀로 집에 있어 비범한 남자를 만나게 된다.

─여자가 사람을 좇는 것은 한평생 가장 중요한 일이라.

채봉은 한평생 중요한 일을 위해 당장 편지를 적었다. 유모를
시켜 객관에 머물고 있는 소유를 찾아 전하게 한다. 유모가 양소유
를 만나자 주소와 성명을, 그리고 결혼을 했는지를 묻는다.

─이름은 양소유요, 집은 초나라 땅에 있고 아직 성취成娶 아니
하고, 노모가 계신다. 행례는 두 집 부모께 고하고 하려니와 꽃다
운 언약은 이제 한 말로써 정하노니, 화산華山이 길이 푸르고, 위수
渭水가 끊어지지 아니함으로 맹세하노라.

소유는 얼굴에 가득 희색이 동한다. 한 번 본 여인에게 사랑의
언약을 굳게 맺는다. 유모가 소유의 맹약을 듣고서 소매 속에 넣어
온 채봉의 편지를 꺼내 소유에게 준다. 그 편지에는 채봉이 소유의
양류사를 '왕우승王右丞, 이학사李學士라도 이에서 더할 수 없다'고

극구 칭찬한 글이 적혀 있다.

왕우승은 성당시대 왕유였다. 소동파는 왕유를 가리켜 "시 속에 그림이 들어 있고(詩中有畫) 그림 속에 시가 있다(畫中有 詩)"라고 호평했다. 불심이 깊은 왕유는 시선詩仙 이백, 시성詩聖 두보와 함께 호가 '시불詩佛'이었다. 일찍이 아내를 잃고 자연 속에 망천장을 지어 거하면서 거문고를 타고 산수자연시를 지었다. 이학사는 시선으로 불리우는 이태백으로, 양소유의 글재주가 당나라의 왕유나 두보, 이태백보다 수승하다는 것이다. 최고. 최대의 찬사였다

그때 갑작스럽게 화음華陰 땅에 병란이 닥친다. 닭 울기만을 기다리던 양소유는 병란이 일어나자 채봉을 남겨둔 채 홀로 떠난다.

소유는 급히 남전산으로 간다 산위에 초옥이 있고 학의 소리 구슬프게 들려온다. 인가를 찾아 허위허위 올라갔다. 일위도사가 회남 양 처사의 아들 양소유를 알아본다.

—그대는 피란하는 사람이니 필연 회남 양 처사의 아들이로다.

소유가 놀라 공손히 재배한다.

—부친을 이별한 이후로 다만 노모께 의지하옵더니, 비록 무재하오나 부귀를 바라는 마음이 생겨 과거를 보러 가다가, 화음 땅에 이르러 졸지에 난리를 만나 피란하려고 심산을 찾아왔습니다. 의외에 신선을 뵈옵게 되니 이는 하늘이 도와 선경을 알게 하심입니다. 부친이 지금 어느 산에 계시며 기운은 또 어떠하시니이까?

—선속이 세속과 유별하고, 삼산三山이 멀고 십주十州가 넓어서

양 처사의 거처를 알기 어렵다.

소유는 아버지 양 처사를 만나지 못한다. 일위도사에게서 거문고를 배우고 통소를 배운다. 제자 되기를 원하는 소유에게 도사는 팽조가 지었다는 신선술이 담긴, 평생에 병이 없고 늙는 것을 물리친다는 책 팽조방서를 준다.

윤 부인이 어리둥절하다. 과거시험을 보기 위해 집을 떠난 소유가 여인을 먼저 만나는 장면이 낯설다. 과거시험을 보러 가던 중 채봉을 만나고 즉시 저들끼리 혼약을 맺는 것도 특이했다. 화음현에 병란이 일어나자 채봉을 남겨두고 소유가 혼자서 떠난다. 불가의 금강경에 더하여 도가의 신선술이 나오지 않는가. 윤 부인이 다음 페이지를 넘긴다.

―소자 회음현에서 진가 여자와 혼인을 의논할 때 난리에 쫓겨 여기 왔습니다.

―혼인은 밤같이 어두워 천기를 가히 경솔히 누설하지 못할지라. 그대의 아름다운 인연이 여러 곳에 있으니 진녀(진채봉)를 편벽되이 생각할 것이 아니로다.

일위도사의 말이 가관이다. 양소유에게는 진채봉 말고도 인연이 여러 곳에 있다고 한다. 소유로서는 듣던 중 반가운 소리였다.

―과거는 내년 봄으로 연기되었고, 대부인이 기다리고 있으니 고향에 돌아가서 대부인게 근심을 끼치지 말라.

신선계에 사는 일위도사가 소유에게 노자를 챙겨준다. 소유가 동구 밖으로 나가다가 뒤돌아보니 집도 도사도 간 곳이 없다.

윤 부인이 책을 놓고 멍하니 한참을 그대로 앉아있다. 신선 세계 이야기는 웃음도 나오지 않고 다만 정신이 멍하다.

소유가 다시 진 어사 집을 찾아갔다. 빈터에 불탄 주춧돌과 깨진 기와만 쌓여 있다. 동네가 황량하여 개와 닭의 울음소리도 들리지 않았다.

소유는 그의 본집이 있는 수주秀州로 가니, 초체하고 파리해진 모친이 소유를 반갑게 맞이한다. 아들을 붙잡고 눈물을 흘린다. 죽었던 사람이 돌아온 듯 기뻐한다. 새봄이 돌아왔다. 소유는 다시 과거를 보러 가려고 한다.

─수주가 심히 좁고 궁벽하여 네 배필 될 자 없느니라. 네 나이 열여섯 살이 되었으니, 지금 청혼하지 아니하면 때 넘기기 쉬운지라. 서울 자청관의 두련사는 내 표형表兄인데 도사된 지 비록 오래나 그 연세를 헤어본 즉, 혹 생존하였을 듯하더라. 그가 기상이 비범하고 지식이 유려하여 명문거족에 출입하지 않음이 없으니, 필연 너를 친자같이 알고 극력 주선하여 어진 배필을 구할 터이니 내 말을 유의하라.

소유 모친은 소유가 집 떠나는 것을 당연히 여긴다. 여자 도사 두련사가 소유 어머니의 외사촌이라 한다. 소유는 어머니 유 씨에게 비로소 진채봉 이야기를 한다.

─진녀 비록 아름다우나 연분이 없어서 그리되었도다. 더구나

257

화패禍敗있는 집 자식이 설혹 죽지 아니하였다 할지라도 만나기 어려우니 단념하고 다른 곳에 혼취하여 노모의 마음을 위로하라.

소유 모친은 진채봉이 전란으로 화를 입고 패가한 집안이니 죽지 않았어도 만나기 어렵다고 말한다.

소유가 모친을 하직하고 낙양에 이르러 소낙비를 만난다. 남문 밖 술집으로 피해 술을 마신다. 술을 마시다가 술이 상품이 아님을 알고 주인에게 말한다. 주인이 천진교 아래 낙양춘을 일러준다.

소유의 두 번째 여인은 천진교 주루에서 만난 낙양의 명기 계섬월이다. 그들은 단번에 '무산巫山[1]의 꿈과 낙수洛水의 만남'으로 맺어진다. 계섬월은 양소유와 한 번의 운우지락 후 한평생을 양소유에게 의탁하겠다고 한다. 양소유가 답한다.

―나의 뜻이 계경桂卿과 다르리요마는, 다만 내 몸이 가난한 수재요 당사에 모친이 계시니 계경으로 더불어 해로함은 노친의 뜻에 어길 듯하다. 처첩을 갖춤은 계경이 즐기지 않을 것이요, 또한 천하에 구하여도 계경의 여군女君될 여자를 얻기 어려울까 하노라.

양소유는 계섬월이 기생 신분이기 때문에 모친이 허락하지 않을 것이다. 처첩을 들이면 섬월 네가 질투할 것 아니냐. 정실을 삼을 만한 계섬월 같이 뛰어난 여자는 천하에서 구하기 어려울 것이라고 한다. 남성으로서 비겁한 변명을 한다.

---

1 무산(巫山) : 옛날 중국의 한 왕이 고당(高唐)에 나들이를 갔다가 무산에 사는 신녀(神女)의 유혹에 넘어가 사랑에 빠졌다는 설화에서 유래한 것으로, 성행위를 상징하는 말이다.

—섬월이가 낭군의 총애를 독차지할 것 아니니, 높은 가문의 어진 부인을 취한 후에 천첩도 버리지 마소서.

윤 부인이 놀라고 또 놀란다. 첩으로라도 자신을 취해달라는 계섬월의 말 때문이었다. 선비 가문에서 자란 윤 부인으로서는 쉽게 납득하기 어려운 말이었다. 이 책을 내 아들 만중이 지었다고? 윤 부인이 고개를 갸우뚱한다. 양소유도, 양소유가 두 번째 만난 계섬월도 윤 부인의 상식으로는 이해가 안 된다. 이해가 안 되어도 윤 부인은 책을 덮지 않는다. 그 기분이 묘하다.

—내 일찍 화주華洲를 지날 때 여자를 만났는데 용모와 재기가 계경으로 더불어 형제될 것이로되 그 사람이 이미 없으니 어디 가서 숙녀를 구하라 하느뇨?

계섬월이 청루삼절 적경홍狄驚鴻을 추천한다.

—인재가 청루 중에는 있는데 규합중閨閤中에는 없는가.

윤 부인이 웃음을 터트린다. 소유의 어법이 가히 풍류남 같지 아니한가. 이 책을 내 아들 만중이 지었다고? 하하하. 윤 부인이 활짝 웃는다. 어이가 없으면서 재미는 있다.

소유는 계섬월과 맘껏 희롱하고 족보, 출신을 가른다. 청루의 기생이 아니라 양반 가문의 규수를 찾고 있다고 말한다. 계섬월이 이번에는 정사도의 딸 정경패(鄭瓊貝 영양공주)를 소개한다. 소유는 다가오는 과거시험보다 여인 물색하느라 골몰하다 자청관의 으뜸 여자 도사 두련사를 찾아서 여인 탐색을 하러 떠난다.

윤 부인의 얼굴에 웃음이 가득 어린다. 소유는 맹랑하고 한심한

수험생이다. 과거시험을 빌미로 연산군 시대의 채홍사처럼 미인 물색에 여념이 없다.

─자랑하는 것은 아니다. 과거시험은 소자의 주머니에 있다. 평생 발원하기를 처자의 얼굴을 보아야 구혼을 하려고 한다. 자비하신 사부는 소자로 하여금 처자를 한 번 보게 하소서.

소유는 여 도사 두련사 앞에서 과거시험은 걱정할 게 없다고 큰소리친다. 두련사가 양소유를 여도사로 위장시켜, 거문고의 달인 정경패를 독대하도록 가르쳐준다.

양소유는 과거시험에 수월하게 합격한다. 그가 장담한 대로 주머니 속에 든 것처럼, 마음만 먹으면 무엇이든 척척 해결된다. 미인이건 과거시험이건 벼슬이건 척척 잘 풀리는 대복을 타고난 쾌남아 같다. 만나는 여인마다 절세 미인인데다, 미인들은 소유의 용모와 언변에 한눈에 반한다. 혼약도 쉽게 맺는다.

윤 부인이 책상을 비켜 앉으며 창밖을 바라본다. 가을이 깊어가자 화단에 할련화가 곱게 시들고 있었다. 친정에서 자랄 때 어머니 홍부인은 유난히 화초를 사랑했다. 앞마당은 물론이고 뒤꼍에도 각종 꽃들이 철철이 피어났다. 늘 화단을 예쁘게 가꾸는 친정어머니가 윤 부인의 소녀 시절 또 하나의 꽃으로 보였다. 꽃 중에서도 윤 부인의 친정어머니는 은은하면서 화려한 할련화였다.

할련화는 애잔하고 그 피어난 자태가 음전했다. 가느다란 가지와 불타는 듯한 주홍의 연한 꽃잎이 사람의 눈을 끄는 오묘한 매력

남해의 고독한 성자(聖者)

을 지니고 있었다. 홍초나 달리아처럼 꽃송이가 크고 소담하지 않아도 제 몫을 하는 꽃, 윤 부인은 소공동 집 뜰에 할련화를 듬뿍 심었다.

양소유가 만나는 여인들은 모두 미녀이면서 첫째건 둘째 여인이건 즉시 혼약을 맺는다. 할련화 같은 수줍은 성품을 지닌 여인들이 아니었다. 저마다 타고난 미인이면서 재능이 있고, 개성이 두드러지며 진취적이고 독립심이 강했다. 윤 부인의 마음이 다시 책으로 돌아온다.

사대부가士大夫家 정경패의 부친 정사도가 양소유를 보자 즉석에서 딸의 배필로 정한다. 경패는 첫만남에서 양소유가 두련사의 안내로 여도사로 분장, 신분을 속인 것에 복수할 겸 몸종 가춘운을 신방에 들여보낸다.

공교롭게도 그때를 당하여 양소유는 또 황제의 누이 난양공주(이소화)의 부마로 간택된다. 양소유에게 여복이 강물처럼 흘러넘치고 있다. 소유는 마음이 딴 데 가 있다. 부마 간택을 물리치려고 상소를 올린다. 미소년 양소유에게 줄을 서 기다리는 미인이 하나 둘이 아니다. 이는 행운일까 재앙일까.

윤 부인은 숨이 가쁘다. 숨이 가쁘다는 것은 책이 재미가 없어서가 아니었다. 그 반대였다. 윤 부인 자신도 놀란다. 만중이 쓴 책이어서 더 애착이 가는 것일까. 책을 읽으면서 만중에 대한 생각을 한순간도 놓지 않았다. 구운몽 속의 양소유를 보면서 아들 만중을 더 깊이 사랑하고 있는 자신을 의식한다.

소유 그는 부마로 간택된 것을 거부하려다 어명을 거역한 죄로 하옥까지 되지만, 마침내 사흘 밤을 난양공주, 영양공주, 진채봉 이들 세 여인과 동침을 한다.

윤 부인이 또다시 이상한 상황에 봉착했다. 처첩 거느리는 것이 상식처럼 된 시대라 하더라도 양소유는 풍류객을 넘어 그 시대 돈 후안이었다. 그뿐 아니라 전쟁터에 나가서도 검무에 능한 심요연, 동정호 용왕의 딸 백능파, 낙양의 명기 적경홍 등, 가는 곳마다 미 색을 만나고 그때마다 신속히 사랑의 언약을 남발한다.

특이한 것은 미소년 양소유의 사랑 법이었다. 각자 용모가 뛰어 나고 출신 기량 성품 등이 다른데도, 여덟 여인 또한 한 남성을 연 모하면서 시기도 질투도 전혀 없다. 화평한 상호 협동, 동성애적 사랑 나눔이었다. 이것은 수많은 여성 편력에도 오직 단 한사람을 소망하며 만족을 모르는, 14세기 스페인의 귀족 방탕아 돈 후안과 는 차별이 되는 점이었다. 양소유는 여덟 여인을 모두 같은 농도로 사랑하고 즐기는 것이다. 윤 부인의 상식으로는 수긍하기 어려웠 다. 수긍하기 어려워서 더 흥미로운가.

양소유의 옥으로 다스린 듯한 얼굴, 새벽 별 같은 두 눈, 지혜롭 고 청수한 기질과 부드러운 여성적 성향은 그의 미인 편력에 상당 한 플러스 요인이 되었을 법하다. 그 점은 윤 부인도 인정하고 남 음이 있다. 게다가 그는 전쟁터를 누비는 투쟁의 영웅상이다. 여인 들은 영웅처럼 보이는 그를 열광적으로 사랑했고 양소유 역시 여덟 여인을 평등하게 사랑했다.

─자세히 보니 푸른 눈썹과 맑은 눈과, 구름 같은 귀밑과, 꽃 같은 보조개며, 가는 허리와 약한 태도가 종종 섬蟾랑과 같되, 아닌지라.

윤 부인이 놀랄 일이 계속 발생한다. 하룻밤에 세 여자와 사랑하느라고 누가 누구인지 모를 정도로 미소년 양소유는 미인의 바다에 푹 빠져 지낸다. 남성인 그가 이렇게 말할 때 여성인 계섬랑은 다음과 같이 말한다.

─상공의 새로운 정인情人, 적경홍을 얻으심을 하례하나이다. 첩이 전날 하북의 적경홍을 천거하였더니 첩의 말이 어떠하나이까?

남자들은 포복절도할 일일까? 여자들은 땅을 치고 울부짖을 일인가. 천거로서 끝나는 게 아니다. 계섬월은 어떠하냐고 그 후를 묻고 있다.

그 위에 또 재미를 더하는 요건이 일어났다. 적경홍이 남장을 하고 양소유의 출정 길에서 마주친다. 소유가 길에서 그 미소년(적경홍)을 보자 곧바로 사랑을 느낀다. 남자가 남자를, 여자가 여자를 사랑하는, 사회 통념에 앞서가는 패관, 패설, 통속소설이 『구운몽』이 아닌가. 둘은 여관에 들어 서로 통성명을 한다. 적경홍이 말한다.

─지기를 위해 죽고자 한다.

─한 가지 소리는 서로 응하고, 한 가지 기운은 서로 같으니 쾌

한 일이로다.

양소유가 장단을 맞춘다.

그들은 말고삐를 쥐고 조금도 피로하지 않은 상태로 낙양에 다다른다. 누상 주렴을 걷으며 한 여자가 난간을 의지하여 바라보고 있다. 소유가 보니 계섬월이었다. 양소유에게는 이리 가도 미인이요, 저리 가도 사랑이었다.

윤 부인이 이제 더는 놀라지 않게 된 것일까. 윤 부인은 며느리 이 씨가 가져온 과일 쟁반을 묵연默然히 받아들었다.

옥인玉人과 신발

윤 부인이 크게 놀랄 일이 다시 벌어진다. 주인과 하녀의 관계를 벗어난 정경패와 가춘운과의 유대는 동성애 가운데서 압권이었다. 만중의 작중 인물들이 남자든 여자든 하나 같이 범상하지 않다.

희대의 돈후안 양소유가 거문고 잘 타는 여 도사로 변장해 정경패를 선보고 데릴사위로 혼약을 맺었다. 성례를 기다리던 사이, 정경패는 양소유가 여 도사로 변장한 것에 복수하려고 자신의 몸종 가춘운을 소유 침전에 들여보낸다. 그것은 가춘운이 쓴 시 때문이다.

가춘운은 본래 성은 가賈 씨이고, 이름은 초운이었다. 그 아비가 아전이 되었을 때 정 사도의 집에 공이 많았다. 그 아비 병들어 죽게 되자 그 딸 초운을 정 사도 부부에게 의탁한다. 정 소저와는 나이가 몇 살 아래였다. 용모 수려하고 단정하다. 시와 문장에서도 정 소저와 경쟁할 만큼 뛰어났다.

초운의 재주 많음을 보고 정경패는 한유韓愈[1]의 글귀를 따서 이름을 춘운이라 고쳐 불렀다. 주인과 시녀이지만 정 소저는 춘운을 규중 붕우로 여겼다.

춘운이 시를 지었다. 시에서 '정경패는 옥인玉人, 춘운은 자신을 신발'로 은유했다. 옥인인 정경패가 낭군과 침상에 들면 신고 다니던 신발은 벗어버릴 것이라는 비관적인 시였다.

─춘랑이 나를 사랑하는 도다. 나로 더불어 그 한 사람, 양소유를 섬기고자 하는 도다.

경패는 양소유에게 알리지도 않고 가춘운을 마치 하나의 물품처럼, 살아 움직이는 인형처럼 양소유 침전에 바친 것이 아닌가.

윤 부인은 이제 웃을 수도, 책을 덮을 수도 없게 되었다. 윤 부인의 정서로는 차마 이해할 수 없는 사랑법이 만중이 지은『구운몽』에 줄줄이 이어져 나오고 있지 아니한가. 이 책, 내 아들 만중이 쓴 거 맞는가? 그것은 의심할 여지가 없다. 만중의 문장은 감히 누구도 범접할 수 없을 만큼 옥석에 냇물 흘러가듯 거침이 없고 수승했다.

『구운몽』은 윤 부인이 어린 시절 할머니 정혜옹주에게 배운 여

---

1 한유(韓愈 :중국 당나라의 문인 · 정치가(768~824). 자는 퇴지(退之). 호는 창려(昌黎). 당송 팔대가의 한 사람으로, 변려문을 비판하고 고문(古文)을 주장하였다.

타의 서책에서도 찾아볼 수 없는 전무후무한 서책이었다. 통속인가 하면 불가 유가 철학에 도가 사상과 신선이 서책 전 편에 펼쳐지고 있다. 종횡무진 이어지는 여러 장소와 사건의 우연 필연은 정신을 차릴 수 없이 흥미진진이었다.

유식인가 하면 무식이고, 무식은 유식의 또 다른 한 면에 불과했다. 만중에게 유식 무식은 분별이 무의미한 색다른 경계였다.

윤 부인은 글 속에서 자주 의문을 제기하면서도 책 속으로 속속 몰입해 들어갔다. 그래! 남녀노소 선남선녀가 쉽게 읽고 재미를 느끼면 됐어. 글은 그런 것이야. 소수사람들만 즐기면 그건 제대로 된 문장이 아니지. 빈부귀천 뭇사람들이 즐거이 읽고 선호하면 성공이야. 신선들도 출현하고 있어. 신선이라면 귀신 출몰처럼 누구라도 관심이 부쩍 동한단 말이거든. 필시 이 책을 손에 들면 놓기 싫어질 것 같아. 사는 재미에 반상의 구별이 뭐 다를 게 있겠나. 삶이 고단한 사람들이 읽으면서 마음이 화평하고 즐거우면 족한 거지. 윤 부인은 세속의 수많은 독자를 상상하며 책 읽기를 계속한다.

『구운몽』에서는 한 남성을 여덟 여인이 공동으로 사랑한다. 소유의 사랑을 평화롭게, 도탑게 공유하는 법도가 어디에서 기인한 것인가, 원융圓融 무애無碍인가. 연기설인가. 시샘도 배타도 없는 그것이 과연 온전한 여자들의 화합 심리일까. 아니면 남성의 무한한 욕구를 충족시키려는 아부성 행위인가. 윤 부인은 자주 이 책의 저자 아들 만중의 진정한 작의를 궁금하게 여겼다.

미소년 양소유가 과거시험을 보러 가면서 그의 어머니에게 작별인사를 한다. 입신양명해야 어머니를 위로할 수 있고, 그 또한 아버지 뜻을 이루는 것이라고 호언했다.

이 장면을 쓸 때 만중의 심사는 어디에 머물고 있었을까. 가난한 가정형편으로 말미암아 입신양명이란 명제命題가 만중의 발목을 잡은 것은 아니었을까. 만중의 자유분방하고 호쾌한 본성을 저당잡은 것은 아니었을까. 아들 만중에게 단 하나의 이름을 지어 부른다면 그는 정치가인가 문장가인가.

윤 부인은 구운몽에서 만중의 신비하고 몽상가적인 기풍과, 사통팔달 심오한 지혜와 고매한 정신세계를 새삼 발견할 수 있었다. 읽으면 읽을수록 양소유의 탄탄대로의 삶이, 윤 부인에게 아들 만중 생각을 더욱 절실하게 떠올리게 했다.

춘몽

—상공이 오히려 춘몽을 깨지 못하였도다.

호승이 웃으며 말했다.

—어떻게 하면 소유로 하여금 춘몽을 깨게 하리요?

—이는 어렵지 아니하나이다.

호승이 긴 막대기 끝에 쇠고리를 댄 지팡이를 들어 난간을 두어 번 두드린다. 홀연 네 녘 골짜기에서 구름이 일어나 대상臺上에 끼어 성진은 지척을 분변치 못한다.

—사부가 어이 정도로 인도하지 않고 환술로 서로 희롱하나뇨.

꿈에서 깨어난 성진이 항의하려 하지만 말을 다 맺지 못한다. 홀연 구름이 걷히고 호승은 간 곳이 없다. 좌우를 둘러보니 팔 낭자 또한 없다. 높은 대臺와 많은 집들이 일시에 사라졌다. 성진이 놀라고 당황한다.

성진의 몸이 암자의 한 포단 위에 앉아있다. 언제 피어 올린 향인지 향로에 불은 꺼지고 무심한 새벽달이 밝았다. 향로에 불 피운 흔적도 없고, 성진은 가부좌하고 있다. 성진 손목에 백8 염주가 걸려있다. 머리는 금방 깎은 것처럼 가실가실하다. 틀림없는 소화상의 몸, 연화도량 본래의 성진 행자였다.

이렇게 시치미를 뚝 떼고 천연스럽게 반전을 꾀하다니. 윤 부인은 눈을 둥그렇게 떠 책을 살펴보았다. 이 또한 구운몽을 읽는 가운데 여러 차례 가슴이 뛰는 장면 중 하나였다.

성진이 비로소 눈치챈다. 성진의 당황스러움은 바로 진정되었다. 그가 몽상에 사로잡혔던 기억이 떠올랐다.

석교 위에서 어여쁜 팔선녀를 만난 것, 산문에 돌아와서 정신이 혼란을 겪을 때 스승에게 불려가 책망을 당한 것, 황건 역사에게 이끌려 풍도로 간 것, 지옥에 가서 염라대왕에게 심판을 받은 것, 인간 세상에 양소유로 환생하여 과거시험에 장원급제, 한림학사翰林學士, 출장입상出將入相 공명신퇴功名身退를 거치며, 두 공주와 여섯 낭자와 더불어 맘껏 사랑하고 인생 팔복을 몽땅 누리던 일, 이 모두 하룻밤 기상천외한 꿈이라니. 성진은 끝내 감읍한다. 일시에 가슴이 뜨거운 열기로 가득 차올랐다.

사부가 성진으로 하여금 꿈을 꾸게 하여 인간세의 부귀공명이 허망한 줄을 꿈속에서 몸소 깨닫게 함인 것을. 불가의 제행무상의 신묘한 진리를 꿈속에서 증득하였다는 것을. 마침내는 본연의 수행자 자리로 귀환한 것, 이 모두 사부 육관 대사의 제자 사랑의 책략이었다는 것 등이었다. 꿈 치고는 희유하고 유별했다.

과연 만중이로다. 윤 부인은 다시 한번 크게 웃었다. 윤 부인은 책을 읽으면서 일어나는 이런저런 의문 또한 책이 주는 또 하나의 열락이라고 여겼다.

책의 말미를 아홉 사람 합동으로 부처님에게 귀의하는 과정으로 끝맺음 한 것은 만중다운 귀결이었다. 비록 위리안치의 열악하고 고통스런 처지이지만 이미 만중은 영적 열반을 향유하고 있다는 것을 윤 부인은 부정하지 않았다.

『구운몽』은 시작에서 끝까지 긍정적이고 순탄했다. 융합이며 중도였다. 그것은 구운몽이므로 더욱 조화롭고 합당했다. 구운몽에는 숭묘한 의미가 내포되어 있는 것, 윤 부인은 더 이상 놀라움도 이의도 없고 그 마음이 봄 나비처럼 한량없이 평화로웠다.

아! 그래서 구운몽이다! 아홉 사람이 한바탕 꿈을 꾼 것이었다. 꿈속의 영화로움이고 꿈속의 향연이 아닌가. 만중의 어머니 윤 부인은 어머니의 모성으로, 직관으로, 영성으로 만중의 작의를 이해했고 만중의 맑은 영혼을 깊이 품어 안았다.

절제되고 위축된 인간적인 욕구를 양소유라는 가상의 인물을 통해 성취시키는 책이 『구운몽九雲夢』이었다. 구름 아홉 송이가 지상에서, 천상에서, 꿈속에서 현상계에서 희롱하고 재주부리고, 호쾌하게 한바탕 향연을 펼친 것이었다.

세상의 뭇 남성들이 추구하는 여성의 부드러움, 독립적이면서 자유자재로 재능과 기량을 구가하고, 사랑하고 사랑받는 개방적인 여성들은, 만중이 흠모하는 모든 여성, 어머니의 원형이었으며, 가장 이상적인 여성상이었다. 그들을 등장시켜 꿈속의 꿈을 매개로 문학 예술적으로 창안한 것이었다.

책의 말미에서 아홉 사람이 불가의 권속으로 환원하는 장면은 아들 만중의 위상이, 만중의 고결한 삶의 철학이 몇갑절 더 높아 보여 가상嘉尙했다.

윤 부인은 아들의 문학작품에서 값을 칠 수 없는 가없는 위로를 받았다. 한숨과 눈물조차도 위로였다. 윤 부인은 아들 만중의 어머니를 향한 지고지순한 사랑에 목이 메었다. 김만중의『구운몽』은 참람한 비극 속에서 피어난 하늘 꽃이었다.

윤 부인의 부고

김만중의 남해 유배가 두 해째 되는, 경오년(1690 숙종 16) 정월이었다. 만중에게 어머니 윤 부인의 부고가 이르렀다. 윤 부인 향년 73세였다. 청천벽력이었다. 윤 부인이 돌아가신 날은 이보다 앞선 1689년 12월 22일이었다. 한 달여나 늦게 도착한 부고였다.

만중은 어머니의 부고를 차마 상상할 수 없었고, 미리 예측하지도 못했다. 얼마 전 아내 연안 이 씨의 서신에서는 어머니가 『구운몽』을 읽으시면서 즐거워하셨다는 내용이 적혀 있었다. 책에 도취하시므로 자주 웃음을 보이신 일이며, 가끔 밤에 늦게 잠자리에 드신다고 하는 이야기가 만중을 안심하게 하였다.

'서방님께 기쁜 소식을 전해 올립니다. 어머님께서 당신이 지어 보내신 『구운몽』을 마치 당신을 보신 듯이 아끼고 사랑하셨어요.

읽으시면서 유쾌하게 웃으신 적도 여러 번 있구요. 잠시도 책을 놓지 않으시고 주무실 때도 어머님은 책을 가슴에 품으셨어요. 어머님의 그런 모습 제가 시집와서 처음 뵈었어요.

어머님은 당신이 글을 짓느라고 건강을 상하면 안 된다고 하셨어요. 쉬어가면서 집필을 하시도록 어머님께서 저에게 그 말씀을 꼭 전해달라 하셨습니다. 주야로 너무 열심히 읽으셔서 몸살이 나셨으나 곧 쾌차하시리라 믿습니다. 어머님 걱정은 저에게 맡기시고 부디 당신 건강을 더욱 챙기십시오.'

만중이 아내로부터 그 서신을 받은 것이 불과 며칠 전이었다. 『구운몽』을 읽으시며 어머니가 몹시 즐거워하시고 자주 웃음을 지으셨다는 내용에 만중은 마음이 놓였다. 그래도 그렇지, 어머니의 부고라니. 만중은 황당하여 부들부들 몸을 떨다가 돌연 그 몸이 마루 아래로 떨어졌다. 무엇을 생각할 수도, 말을 할 수도 없는 지경에 처했다. 오랫동안 깨어나지 못했다.

겨우 몸을 추슬러 일어나 만중은 초옥에 위패를 모셨다. 매일 아침 곡을 했다. 소상 때까지 조석으로 메를 올리며 만중은 정성을 다해 어머니의 극락왕생을 빌었다.

윤 부인은 결혼한 지 겨우 몇 년 만에 호란으로 남편을 잃고, 피난하던 배에서 유복자 김만중을 낳았다. 친정살이하며 가난과 고독과 싸우며 두 아들을 훌륭하게 기른 장한 어머니였다.

두 아들이 험준한 벼슬길에 치어 스러지자, 윤 부인의 노년 인생은 고독과 슬픔이었다. 파란만장으로 마감한 것이다. 그나마 적소에서 만중이 지은 책『구운몽』이 윤 부인의 여생을 한시나마 즐겁게 해드리고 웃음을 선사했다고 하니 만중은 다소나마 위로를 받았다.

만기 만중 두 아들이 총명하여 나란히 벼슬길에 나갔을 때, 윤 부인의 삶은 일시라도 활짝 꽃피었던가. 윤 부인의 삶 어느 지점에서 행복과 안락을 누리셨던 것일까.

만중은 겨우 혼미한 정신이 돌아왔으나 침식을 잃었다. 매일 매 순간 통곡했다. 처음 노도에 들어올 때 보았던 올곧고 지조 높은 선비 형상의 동백나무 숲과, 노도 섬을 에워싼 야트막한 산, 이름이 가지각색인 나무 가족, 야생화꽃들의 자연스러운 조화, 에메랄드빛으로 선명한 앵강만 바닷물 색과 한가지로 어울려 불타던 저녁노을, 해 뜰 때 오묘한 색조로 유난히 반짝이던 물결 위를 날으는 갈매기 떼의 단체 윤무輪舞도, 달 밝은 밤 초옥을 나서 어머니를 그리며 하염없이 바라보던 바다의 서정도 만중에게 아무런 위로가 되지 못했다. 그리워할 때가 차라리 행복이었다. 만중은 어머니가 떠난 세상에 홀로 남아 더 살 뜻이 없을 만큼 비탄에 젖어 지냈다.

만중이 하 슬피 울 때 섬마을 사람들이 소문을 듣고 찾아왔다. 낡은 초옥 안에서 터져 나오는 만중의 애절한 울음소리가 산을 울리고 바다를 울렸다. 숲에서 노닐던 고라니도, 유자나무의 산비둘기도 울렸다. 가시울타리 밖에 모인 섬마을사람들도 울음바다가 된 초옥에 둘러서서 함께 울었다.

서포 선생이 손수 판 우물에서 아침저녁 늘 물을 길어가던 몇 몇 이웃들은 아예 바닥에 주저앉아 땅을 치며 대성통곡을 했다. 하늘이 놀라고 땅이 놀랄 만큼 그들의 울음소리가 고요섬 노도에 진동했다.

─노자묵고 할밴 줄 알았더니 대단한 글 박사였구먼!

─낚싯대를 드리우고 멍청히 바닷물만 바라보고 서 있더니 그 모친을 생각한 거였어.

─어머니 임종을 지키지 못했으니 그 한을 어찌할꼬. 참말로 불쌍타!

섬 주민들은 너도나도 전복으로 죽을 쑤어 만중의 초옥으로 가지고 올라왔다. 앵강만 바다에서 잡은 문어에 찹쌀을 넣고 폭 고아 오기도 했다.

그들은 보았다. 노자묵고 할배가 얼마나 그 어머니 윤 부인을 존경하고 그리워하는지를, 만중의 성품이 남해에서 처음 만나보는 거룩한 성자처럼, 얼마나 순수하고 청아한지를 비로소 제대로 알게 되었다.

선량한 노도 섬 주민들은 무엇보다 만중의 기력을 걱정했다. 앵강만에서 나는 톳이며 굴이며 고동이며를 그들 형편 닿는대로 들고 왔다. 만중은 받으려 하지 않았다. 워낙 수척하고 쇠약해지니 마지못해 이웃의 온정을 받아들였다.

수개월이 지나자 만중은 몸과 마음을 일으켜 세울 수 있었다. 섬 주민들의 때 묻지 않은 우정이 그에게 기운을 되살려준 것이었다.

남해의 고독한 성자 만중에게는 과제가 남아 있었다. 기왕 지구별에 내려온 그에게 하늘이 부여한 작품 저작의 거룩한 사명이 있었다. 만중은 떨쳐 일어났다

경오년(1690 숙종 16) 8월 남해 적소에서 만중은 집필에 전력을 다했다. 숙종의 마음을 개선해보려는 의도로『사씨남정기』, 평론집『서포만필』과 어머니 윤 부인을 생전의 공덕을 기리기 위한『선비정경부인행장先妣貞敬夫人行狀』을 쓰기 시작했다.

유복자로 태어나 아버지 얼굴도 못 보고 자란 김만중, 그런 연고로 그의 어머니를 그리는 마음은 보통사람보다 백배나 강했다. 여러 차례 귀양살이 하느라고, 더구나 남해 적소는 한양에서 너무 멀고 위리안치였으므로, 어머니의 임종도 지키지 못했다. 돌아가신 줄도 모르고 지냈다. 부고조차 해를 넘겨 그에게 전해졌다. 만중은 분발했다. 어머니를 향한 그리움과 회한을 작품 저작에 모두 쏟아부었다.

『선비정경부인행장』은 그가 피눈물로 쓴 어머니 윤 부인에 대한 애끓는 사모곡이었다. 『선비정경부인행장』에는 아들 만중의 심정이 적나라하게 드러나 있다. 아버지 면목도 보지 못하고, 난리 중에 자신을 낳아 기른 어머니에게 효도를 다하지 못했다는 회오와 자책이 돋보인다. 미치고 미혹하여 부언 따위로 근심을 끼치고, 후덥지근한 바닷가 가시울타리에 갇혀 벌벌 떨며 살기를 바라는

자신이 슬프다고 읍소泣訴하고 있다.

  '만중(萬重)이 전생에 죄악을 저질러 엄친의 면목을 보지 못하고, 난리 때에 낳아서 기르신 은혜 옛사람보다 백배하되, 미혹하여 아는 일이 없어 얼굴빛을 순히 하기에 다 어그러짐 이 많고, 분복 밖에 영화로이 벼슬함이 이미 어버이를 기쁘게 함이 아니오, 미치고 미혹하여 화기(禍機)를 밟아 대부인의 종신 근심을 끼치니, 불효한 죄악이 위로 하늘을 통하되, 오히려 능히 목을 찌르며 배를 그어 귀신에게 사례치 못하고, 장해(瘴海) 천극(栫棘)한 가운데서 췌췌(惴惴)히 살기를 구하니, 오호라 슬프도다!'

  김만중은 『선비정경부인행장』에서 불효를 참회하고 있다. 벼슬이 '분복 밖'이라고. 그 '분복 밖'의 벼슬살이가 어버이를 기쁘게 하는 것이 아니라고, 오히려 '화기를 밟아' 어머니에게 종신 근심을 끼쳤다고 실토한다. 벼슬은 결국 그에게 화기에 다름아니었다고 통탄하고 있다. 학문의 길로 나아가야 하는 전세의 업, 하늘의 뜻, 고독한 성자로서의 타고난 자신의 직분을 뒤늦게 체득하고 있는 것일까.

남해의 고독한 성자 하늘에 오르다

노도 섬에 봄이 영글어가고 있다. 이름 모를 풀꽃들이 제철 만난 듯 바람결에 하늘거린다. 55세 김만중은 어머니 윤 부인의 사망 이후 더욱 병고와 고독, 처참한 지경에 처한다. 『구운몽』에 이어서 『서포만필』, 『선비정경부인행장』을 저작하느라고 몸의 진기가 죄다 소진된 것일까. 앉고서는 동작도 불편을 겪는다.

그즈음 만중의 면회객은 드물었다. 마음결이 푸근한 노도 섬 주민들 빼고는 한양에서 만중에게 찾아오는 사람은 거의 없다. 멀기도 하거니와 행여 죄인을 면회 왔다가 임금에게 밉보일까 우려도 했을 것이다.

단 한 분 만중의 종형從兄 육화공六化公 김만증曾이 남해 적소로 찾아왔다.

그는 여러 차례 남해에 유배 중인 만중을 보러 올 뜻을 갖고 있었다. 세상이 하 수상하고 어지러워 선뜻 엄두를 내지 못하고 미루다 보면 살아서는 만중을 만나지 못할 것 같아 무작정 천 리 길을 달려온 것이었다.

육화공이 말했다.

─아우님! 늦게 찾아와 미안하오. 나는 나이가 많아 주류을 면제시켜주었는가, 이리 살아서 아우님을 보러오니 다행한 일인지 원! 연좌제로 김 씨 가문 인재들이 모두 귀양 가고 도형을 면치 못했거늘, 오늘날 내가 구차하게 살아있다는 게 여간 송구스러운 게 아니구먼.

─형님! 그게 무슨 말씀입니까? 불초한 아우를 불원천리 찾아주시니 저는 황공하여 감히 몸 둘 바를 모르겠습니다.

시종이 두 사람이 마주 앉은 자리에 유자차 두 잔을 가져다 놓았다. 노도 산에 자생하는 유자 향기가 찻잔에서 솔솔 흘러나와 두 사람의 서늘한 심사를 달래준다. 육화공이 말했다.

─자네 모친께서는 얼굴이 전에 비해 많이 밝으시더라고. 자네 처도 그만하면 편안해 보이더구만.

만중이 생각하건대 종형이 만중을 안심시키려고 한 말인지는 모르나 많이 밝으시다면 어머니께서 만중의 『구운몽』을 읽고 계실 때로 헤아려졌다. 그들의 담화는 오래 가지 못했다. 육화공이 산중에서 하룻밤을 묵기도 어렵거니와 뱃 시간 맞추기도 쉽지 않았다.

─세상에 신선이 없다면 모르겠거니와 있다면 만중 아우 자네

남해의 고독한 성자(聖者)

가 신선이여!

육화공은 자리에서 일어나며 이 한 마디를 부연하고 만중과 작별했다. 만중은 시종을 불러 육화공을 선착장까지 모셔다드리도록 일렀다. 한낮이 기울자 바닷바람이 한결 강해졌다.

만중은 자리를 지키고 앉아있기도 힘든 몸이었다. 무너지려는 몸체를 겨우 붙들고 있는데 신선이라니, 신선? 내가 신선이라고? 신선이면 양소유 아버지처럼 구름 타고 하늘로 올라갈 수 있을 텐데. 만중의 정신세계는 숨박꼭질 하듯 자주 가물거리고 현상세계와 사차원세계를 오락가락 배회했다.

육화공이 아니더라도 온전한 안목을 소유한 사람들은 만중이 당대뿐 아니라, 시대와는 관계없이 천상에서 하강한 성자 반열로 인지할 터였다. 그의 전생을 파고든다면 필시 그는 신선이거나 선지자, 성자聖者이었을 것이다. 성자가 노닐기에 사바세계는 부적합했던가.

신선이며 성자였던 김만중, 그는 사력을 다해『서포만필』에 이어서『선비정경부인행장』집필을 마무리했다. 점차 시작, 저서 집필에서 손을 놓았다. 벼루도 먹 갈기도 중단했다. 살려고 하는 의지조차 내려놓고, 나락으로 떨어지고 있었다. 그가 신선이고 성자일지라도 사방으로 둘러친 가시울타리 속에서 목숨을 부지하기는 산짐승조차도 난감한 처지였다.

김만중 나이 56세, 남해 귀양살이 햇수로 4년째 접어들고 있었다.

그는 3월에 가족을 남해 근처로 이사시키고 싶었다. 만중은 아내와 아들딸을 가까이 두고 보고 싶었다. 아내가 서울에 있지 않으면 어머니 윤 부인의 소식을 들을 수 없을까 걱정되어 아들 진화에게 어머니 윤 부인을 보살피게 하면서 적소를 왕래하도록 했던것이다.

이사는 마음뿐이었다. 이사는 고사하고 그의 건강은 최악의 상태로 기울고 있었다. 만중은 어머니 돌아가신 후 상심하여 병이 더 중하게 되었다. 책 몇 권을 저작하면서 끼니마저 제때 챙기지 않아 지칠 대로 지쳐있었다.

병이 심해지자 모시고 있던 사람들이 약물을 달여서 드렸다. 만중은 약이고 밥이고 다 물리쳤다.

남녘땅이 찌는 듯 무덥고 습해서 몸이 붓고 기침도 심했다. 기침할 때는 가래에 피가 섞이는 둥, 풍토병 증세가 갈수록 악화되었다. 같은 시기에 귀양 온 형제 같고 동지였던 주변의 선비들이 세상을 떠났다는 소식을 잇달아 들었다.

ㅡ신상의 여러 증세들은 진실로 끝내 지탱해 낼 도리가 없고, 같은 시기에 쫓겨난 신하들은 모두 세상을 떠났습니다. 인생은 진실로 한바탕 꿈인가 합니다. 지난가을 형님과 걸상을 마주하고 앉았던 일이 더욱 마음속에 또렷이 빛남을 깨닫습니다.

만중은 병상에서 육화공에게 편지를 보냈다. 주변의 귀양살이 하던 신하들이 하나둘 세상을 떠났다고 했다. 종형이 면회 왔을 때 만중이 몸을 일으켜 의자에 앉아본 것도 그때가 생의 마지막이라고 적었다. 편지의 내용으로 보아 병석에서 일어나지 못할 줄을 미리 짐작한 것 같았다.

3월에 육화공 종형從兄 김만중埢에게 보낸 편지는 김만중의 마지막 유언이 되었다.

임신년(1692 숙종 18) 4월 30일, 김만중 56세였다. 한 사흘 혼몽 상태로 운신을 못하고 누워있던 김만중은 노도 섬의 외지고 허술한 초옥에서 조용히 숨을 거둔다. 아들 진화 목사공牧使公은 어머니 연안 이 씨를 보러 한양에 가서 만중의 임종을 지키지 못했다. 시종 두어 사람만이 만중 곁에 있었다. 아내도 자식도 없는 적소에서 그는 생을 마친 것이다.

김만중의 한많은 일생이 막을 내렸다. 천래의 찬연히 빛나던 문광文光, 그의 청아한 영혼에서 길어 올리던 해맑은 시심도 자취없이 스러져갔다.

실로 어처구니없는 국가(왕) 폭력에 의한 강제적 죽음이었다.

김만중은 갔다. 병자호란 와중에 조선의 경기 서북 강화 뱃길에서 태어나 영욕이 반반인 벼슬살이에 치여 처음은 강원도 금성으로, 두 번째는 평안도 선천, 세 번째 유배지는 남해였다. 홀로 계신 어머니 윤 부인의 상심을 위로하기 위해 유배객 김만중은 변방의 시인이 된다.

윤 부인의 부촉付屬을 받들어 남해의 작은 섬 노도에서 『구운몽』을 저술했다. 첫 독자는 어머니 윤 부인이었다. 김만중의 어머니는 아들이 저작한 『구운몽』을 읽으며 웃음을 되찾고 여생을 품격있게 마쳤다.

김만중은 천상에서 지상으로 내려올 때 부여받은 명저 몇 권을 저작하고 고단한 생을 마감했다. 만중은 드디어 그의 본향인 하늘나라로 여행을 떠난다.

천지 사방에서 빛이 나타났다. 그 빛은 너무나 맑고 깨끗한 하얀 빛이었다. 인간계에서는 죽었는데 천상에 오르니 그는 살아있었다. 섬 주민들이 그의 죽음을 슬퍼하는 모습이 보였다.

─고마운 분들!

귀양 살던 착한 선비가 넋이 빠져나간 헐거운 육신을 싸안고 만중이 글을 짓던 초옥 아래에 묻고 있다. 흙에서도 새하얀 빛이 쏟아져 나와 노도 섬 전체를 백색으로 물들였다.

─선하여라!

만중이 그를 내려다보고 있다.

홀연 천둥이 울리면서 빛이 더욱 쏟아진다. 하얀 빛! 모든 공간이 순백의 하얀 빛으로 뒤덮인다. 아니 황금빛이다. 눈이 부셔 잘 모르겠다. 처음 체험하는 바요, 처음 보는 하얀 빛이었다. 그의 몸은 없고 상황은 파악이 되고 있다.

하얀 빛 속에 아! 어머니! 어머니! 선비정경부인!

만중이 소리쳐 부른다. 달려가려고 몸을 비트는데 먼저 느낌이 온다. 어머니 윤 부인이 두 팔을 펼치고 다가와 만중을 끌어안는다. 자세히 보니 어머니 뒤에 만기 형이 서 있다. 아니? 이이는 누구지? 꿈에서 본 만중의 아버지, 생원공 김익겸이었다. 명찰을 차고 있지 않아도 만중은 알아보았다. 한 명이 더 있다. 갓 20으로 보이는 청초한 여인이었다. 만기 형의 딸 인경왕후였다.

어서 오너라! 이곳은 하늘나라
숙종대왕도 남인 서인도 없는
행복 나라 평화 동산이란다

어디선가 노랫소리가 들려왔다. 천상의 시녀들이 하얀 부채를 펼쳐들고 노래를 부르며 만중 일가를 황금 궁전으로 인도하고 있다. 사방에서 새하얀 광선이 뻗어나와 그들을 호위한다. 가족들과 손에 손을 잡고 빛을 따라간다. 황금 궁전에 도착한다.

김만중의 남해 적소를 왕래했던 순천의 영취산인 인성印成 스님이 만중의 부음을 전해 듣고 노도 섬에 오셨다.

—맑고 깨끗하며 뛰어나 보통과는 다르고, 또한 선어禪語도 능히 알더니, 불행히도 여로에 오른 널이 이미 섬을 떠났구나.

인성스님은 남해로 적소를 옮겨온 김만중의 사위 이이명에게 말했다.

—남보다 맑고 깨끗하며 보통과는 다른, 그 성품이 김만중의 죽음 이유로는 너무나 궁색하지 않은가.

맑고 깨끗한, 보통과는 다른 남해의 고독한 성자 김만중의 품성이 어찌 죽음과 화친할 수가 있겠는가.

김만중은 죽은 게 아니었다. 가족과 재회하러 하늘나라로 여행을 떠난 것이다. 만중에게는 삶과 죽음이 따로 없다. 남해의 고독한 성자 김만중은 그의 본향 하늘나라 신민으로 귀환한 것이다. 그는 빛에서 왔고 본래 빛이었다.